D0615385

ЛАУРЕАТЫ ЛИТЕРАТУРНЫХ ПРЕМИЙ

Глеб ШУЛЬПЯКОВ

Музей имени ДАНТЕ

ЭКСМО
МОСКВА
2013

УДК 82-3
ББК 84(2Рос-Рус)6-4
Ш 95

Художественное оформление серии *А. Саукова*

В оформлении переплета использовано
фото *Нины Ай-Артян*

Шульпяков Г. Ю.
Ш 95   Музей имени Данте / Глеб Шульпяков. — М. :
Эксмо, 2013. — 416 с. — (Лауреаты литературных
премий).

ISBN 978-5-699-65981-4

Рожденный в конце семидесятых в затухающей, словно спич-
ка, стране СССР, герой романа Глеба Шульпякова мыкает свое
существование между торговлей старыми книгами и случайными
журналистскими приработками. Однажды найдя дневник без-
вестного переводчика Данте, герой открывает для себя мир чужого человека и находит пугающие и чарующие параллели между
судьбами — его и своей собственной.

И вдруг понимает простую истину: без любви к женщине в су-
ществовании нет никакого смысла...

УДК 82-3
ББК 84(2Рос-Рус)6-4

ISBN 978-5-699-65981-4

Часть I

1. ОСТАНОВКА В ТАЙГЕ

Через два часа мотор глохнет, машина скатывается на обочину. В тишине что-то потрескивает, механический сверчок под капотом допевает, дотягивает свою песню. Но вскоре он стихает.

— Сева!

Тишина.

— Всеволод Юрьич, — я оборачиваюсь.

Сева — редактор программы, которую мы снимаем. По образованию он историк. В наушниках у Севы музыка, и я просто разглядываю его в зеркале. Лицо, покрытое редкой щетиной, невидящий взгляд. Он даже не заметил, что мы сломались.

Водитель палец за пальцем натягивает перчатки. Над лобовым стеклом у него пришпилена фотография мальчишки, это его сын. Перед тем как выйти из машины, он поднимает глаза на карточку.

От удара дверью по кабине прокатывается волна холода. Через стекло видно, как водитель угрюмо, словно машина сама должна ответить, что случилось, разглядывает радиатор. Сплевывает, садится.

Я застегиваю куртку и вылезаю. Грунт мерзлый, камни покрыты седым налетом. Пустая дорога рассекает тайгу, как след от бритвенной машинки. Ветра нет — на сопках видно, как мелко выточены зубцы елок. Ярко желтеют березы и горит красный семафор — клен или осина.

С обочины тропа забирает вверх. На холме можно снова проверить телефон, но чудес не бывает, связи нет. А дальше спуск, и стопки опавших листьев пружинят под ногами.

На дне оврага родник, он обложен замшелыми бревнами. Увеличенные водной линзой, со дна выпукло белеют камни.

Вода ледяная, пахнет железом; пью до ломоты в зубах. Куртка у меня непромокаемая, можно лечь прямо на листья. Закрываю глаза. Голоса на дороге почти не слышны, и тишина, нарушенная моим приходом, восстанавливается.

Худшее позади, но что именно? Ведь ничего особенного не случилось. И я лежу до тех пор, пока холод не проникает под куртку.

С триколором и логотипами федерального канала наш фургон посреди тайги похож на игрушку. Так нелепа банка из-под «колы», на которую натыкаешься в лесу, или пустая сигаретная пачка на пляже.

Народ уже на дороге — курят, проверяют телефоны. Из машины выбрался Михал Геннадьич, или дядя Миша, как называют режиссера в группе; с азартом хорошо выспавшегося человека дядя Миша осматривает машину.

— Масло, шланг, — выдает приговор. — Хана, Игорек.

Через минуту снова его голос:

— «Он ей: «Мне? Семьдесят!»

Анекдот старый и дядю Мишу никто не слушает.

— «Я бы вам не дала!» — Она».

Дядя Миша переводит взгляд на Севу.

— «Да мне уже и не нужно...»

Тот, лузгая семечки, кивает.

Дядя Миша повторяет уже про себя:

— Да мне уже и не нужно.

Я пересчитываю людей. Поверить, что нашего осветителя увезли в больницу утром, невозможно. После сотни километров по тайге такое ощущение, что из города уехали неделю назад. Но это не так, еще утром мы были в Двинске.

Перед глазами серое, испуганное лицо, как он оправдывался с носилок: «Что-то с желудком, тушенка или пиво». Пытался раздвинуть побелевшие губы. А я даже не знал его имени.

Но график есть график, и мы выехали из Двинска без него. По дороге я думаю не о том, как мы обойдемся без света — свет может поставить оператор или дядя Миша, — а как нам, в сущности, повезло. Что, если бы его аппендицит открылся в тайге? В сломанной машине за двести километров от ближайшей больницы? Вот человек шутит, со всеми смеется. Поддакивает: «Пить надо меньше». А потом лежит на заднем сиденье и стонет от боли. И никто ничем не может помочь ему, никто и ничем.

Спроси себя: что бы ты чувствовал, глядя, как он умирает? Сострадание? Брезгливость? Или досаду, что график сорван и надо возиться с телом? Вглядываясь в лица людей в фургоне — разных убеждений, возраста и опыта, которых судьба свела под крышей одной машины, — я понимаю, что этот вопрос сейчас задает себе каждый. И ответ у каждого тоже свой.

Через два часа алкоголь выпит, анекдоты кончились. Сумерки. Уже не различить ни той красной осины, ни березы. Верхушки деревьев сливаются в темную полоску, сквозь которую едва сочится закат. Холодно.

Эта полоска напоминает ленту пишущей машинки. Когда верхняя часть покрывалась пробоинами, катушки меняли местами. Смешно, что пальцы до сих пор помнят это движение. Сколько все-таки ерунды хранится в человеческой памяти!

Мне хочется спросить Севу, ведь он тоже наверняка печатал на машинке. Но в этот момент дверь с лязгом отодвигается:

— Нет, нету.

В салон влезает техник, пожилой, но шустрый малый. Он успел залезть на соседнюю сопку, чтобы проверить связь.

В машине пахнет пивом и сушеной рыбой. Звуковик, со всеми ровный красавец-белорус Витя, уткнулся в компьютер и флегматично убивает кого-то на экране. Оператор включил фонарик и читает. Дядя Миша после перцовки дремлет. У Севы музыка.

Чем ближе ночь, тем меньше шансов, что сегодня нас отсюда вытащат. Надо готовиться к худшему —

к ночевке. Сколько у нас еды? алкоголя? О том, что завтра утром катер на Остров, лучше не думать.

Час проходит в тоскливой дремоте, как вдруг по потолку пробегают блики. Два желтка, фары! Толкаясь, наши высыпают на дорогу. Мы кричим, поднимаем зажигалки — словно вокруг море и нужно, чтобы с корабля нас заметили.

Шелестя щебенкой, старенький «Москвич» тормозит. Сева проворно обходит машину.

— Прошу прощения, — нагибается к окну. — Позвольте представиться, вот мое удостоверение... Так неловко, но...

За рулем немолодая женщина. Взгляд спокойный, оценивающий. Предупреждает сразу:

— Только два свободных.

Я забираю из фургона сумку и сажусь на переднее.

— Не мешает? — она показывает на саженец. — Из Двинска, еду на дачу. Посадить.

— Что вы.

Салон забит пустыми банками, свободных мест действительно только два. Раздав указания, Сева устраивается тоже, мы трогаемся. Когда машина набирает скорость, банки в коробках дребезжат, а силуэты на дороге растворяются в сумерках. Жалко бросать их, уезжать в теплой машине. Но таков порядок: можно заменить оператора и арендовать новую машину, можно снять передачу без режиссера и звукооператора, но без редактора и ведущего передачи нет, и поэтому мы обязаны покинуть тонущий корабль первыми.

— Удача, — говорит женщина.

— То есть?

Она по-северному окает:

— *По выходным-то машины редко.*

Ей хочется узнать побольше — кто мы и что снимаем в этой глухомани. Но спросить она не решается, и Сева сам все рассказывает.

Саженец в ногах рвет карту. Кянда, Тамица, какие-то безымянные точки и кочки: между Двинской и Онежской губой тайга, населенных пунктов почти нет. Действительно, повезло.

В полудреме я вспоминаю Двинск, съемки на «Севмаше». Огромный короб храма и часовню-парикмахерскую. Стены с мотками колючей проволоки и смотровые вышки.

После досмотра на КПП наш фургон медленно едет по заводской территории. Пейзаж в окне сталкеровский — металлолом, остовы товарных вагонов, ржавые эллинги. Огромные кольца, сваленные вдоль дороги, похожи на секции трубопровода, покрытого толстым слоем резины. И я понимаю, что это такое. Откуда у подводных лодок черный матовый цвет.

Между ангарами мелькает вода, но вид на море закрывает стальная стена. Поднятый на сушу, корабль на стапелях похож на элеватор.

— Продали в Индию, — говорит девушка. — Чинят.

Эту девушку приставили из отдела внутренней охраны, и мы с Севой сразу прозвали ее «особистка». Улыбчивая, хамоватая. В штатском, сквозь которое все равно заметна военная выправка. Как прямо держит спину, быстрый поворот головы. Аккуратное движение — поправить под беретиком светлые волосы.

На все вопросы девушка молчит или многозначительно улыбается. Она рада, что завод произвел впечатление, хотя осадок после того, что я вижу, тяжелый. Все-таки завод строили заключенные. К тому же, глядя на корпуса с выбитыми окнами и кварталы брошенных бараков, на людей, трясущихся в вагонетках, трудно поверить, что здесь поднимают атомный флот страны, великую «кузькину мать». Однако это так, отчего на душе делается еще тоскливее.

В перерыве между съемками я отправился побродить вокруг храма с камерой — поснимать, что осталось. Но «особистка» следила за мной и теперь снисходительно, хотя и строго, отчитывает:

— С фотоаппаратом не положено.

Меня вдруг захлестывает ярость. Я поднимаю камеру и навожу на нее; слепя вспышкой, щелкаю. Она пытается придать лицу выражение, как в журналах, но потом опускает голову и краска заливает ее красивое, с тяжелыми скулами, лицо.

Никаких вопросов я не задавал ей — ни в стекляшке «Осьминог», где мы встретились после работы, ни в узкой гостиничной койке, куда мне без труда удалось затащить ее.

В какой-то момент, усевшись в ногах, она обняла мои ноги и прижала левую ступню к левой груди, а правую к правой. Заставила мять, приподнимать, сдавливать.

Провожая девушку ночью, я показал распечатку из Интернета. Это был снимок из космоса, где то, что они запрещали снимать нам, лежало как на ладони. В ответ она поправила светлые волосы и пожала плечами, обнажив в улыбке крупные ровные зубы.

Из полудремы меня выдергивает звонок.

Связь есть, номер местный.

— Ну где вы? — это Степанов из Устья. — Утром же на Остров! Прилив!

Я рассказываю, что случилось; куда выслать машину, чтобы забрать ребят и вытащить фургон; звоню, пока связь, в Двинск.

К телефону в больнице долго не подходят, наконец трубку снимают.

— Вас беспокоит съемочная группа... Мы хотим узнать, в каком состоянии наш коллега...

Сева подсказывает, как зовут осветителя.

Шелест бумаги, голоса.

— К сожалению...

— Что? — из-за двигателя не слышно. — Повторите!

— Умер — на — операционном — столе, — диктует ровный женский голос.

Сева забирает трубку, а я чувствую, как в одну секунду жизнь бесповоротно изменилась и в то же время осталась прежней. Сознавая это и что ничего не исправить, хочется орать и бить стекла. Но вместо этого тупо смотришь в окно — на лес и как за деревьями блестят заводи и лужи; на берег моря, утыканный серыми избами.

— Это после отлива, — женщина показывает на лужи на песке. — Что-то случилось?

— Все в порядке.

В тайге ночь, а на берегу светло. Вода отливает ртутным светом. Он мерцает до горизонта, где море упирается в тучи, сваленные, как старая мебель.

Фары выхватывают пустые остановки и мусорные контейнеры, темные зарешеченные балконы, ветки и провода. Ни вывесок, ни витрин в городе нет. Фонарь на перекрестке или окошко — вот и все освещение.

Пока выгружаем вещи, пока хозяин оттоняет собаку и гремит ключами — та, на «Москвиче», что спасла нас, исчезает. Благодарить некого.

Хозяин стоит против света, лица не видно.

— Степанов, — протягивает руку.

Ладонь теплая и мягкая, и от этого рукопожатия мне как-то спокойнее. Я даже улыбаюсь. При свете лампы Степанов — невысокий мужик лет пятидесяти, с круглым курносым лицом. Спортивная куртка, на голове кожаная кепка-шлем. Резиновые сапоги с отворотами в шотландскую клетку. Взгляд из-под белесых бровей короткий, ощупывающий. Он не музейщик, никакого музея в Устье нет. Он хозяйственник. Остров и монастырь в его ведении.

Наспех, уткнувшись в тарелки, ужинаем. Время от времени телефон трезвонит, и Сева о чем-то договаривается, устало и по-будничному разрешая последствия того страшного, что на нас обрушилось.

Небо на дворе обсыпано звездами. Они низкие и выпуклые, горят празднично: словно назло тому, что случилось.

Степанов возится с дверью. Расторопный, но несуетливый, он мне все больше нравится. Не бравирует и не заискивает перед столичными, как это бывает. Открытый, но и себе на уме.

«Сапоги вот с отворотами».

В избе все обустроено по-городскому: обои, старая советская «стенка», над трельяжем портрет Есенина с трубкой. Единственная примета времени — плазменная панель — по-деревенски покрыта салфеткой. А в коридоре весла.

— Дочкина.

Он показывает на комнату:

— Белье жена постелила, отдыхайте.

— А где ваши?

— За губками.

Он ловит мой непонимающий взгляд:

— За грибами, — задергивает шторы. — Катер в девять, завтрак в восемь. Разбудить?

— Я сам.

Комната школьницы — компьютер, круглый аквариум, стопка учебников. Календарь с какими-то накрашенными мальчиками. Чехлы для мобильных. Похожим барахлом набита комната моей дочери (она живет с матерью) — а ведь она считает себя столичной штучкой. И вот, пожалуйста, — копия за тысячи километров.

Хочется вообразить белокурую девочку. Как она засыпает под стальное тиканье будильника. Но вместо этого перед глазами лицо осветителя. Дужка очков, прихваченная изолентой. По-детски восторженный взгляд. Бутылка ликера, зачем-то купленная накануне отъезда.

«Зачем ему ликер на Острове?»

Не жалость, но злость — на себя и собственное бессилие перед тем неясным и непредсказуемым, что подстерегает каждого, — вот что я чувствую. На его бессмысленную жестокость.

«Почему этот мальчишка? А не вечно пьяный дядя Миша? Почему не жлоб-оператор, которому наплевать на все? Я или Сева?»

2. ОСТРОВ НА МОРЕ

Устье возникло на месте древнего поселения в нескольких километрах от впадения Онеги в Белое море. Первое упоминание о нем относится к Уставу новгородских князей — в списке погостов, плативших десятину на содержание Святой Софии. Свидетельство о церкви Успения сохранилось и в поздних записях, составленных после разорения побережья норвежцами. Вот как говорится об Устье в сотной книге 1556 года: «В той же волостке на Усть-Онеги реки Погост, а в ней церковь Успене пречистые да другая теплая церковь Николая Чудотворец, а в них черной Кирилл да дьяк церковный Родька Ортемев, да пономарь старей Мисаило».

С середины XVII века волость и деревни по реке приписывают к монастырю на Острове. Этот монастырь, основанный по указу патриарха Никона, построили при государевой поддержке в невиданно короткие сроки. Для закрепления духовного авторитета на престол рукоположили архиманд-рита, а Святой Крест заказали в Иерусалиме. Он состоял из ковчежцев, где хранились мощи святых мучеников.

До выхода России на Балтику Устье — морские ворота в Европу. В XVI веке именно отсюда корм-щики шли в Данию и Англию с дипломатическими посольствами, а в Устье приходили торговые ко-рабли из Европы, чтобы идти на Москву и дальше на Каспий.

При Екатерине II поморское поселение Устье официально становится портовым городом. По ге-неральному плану он получает квартальную застрой-ку с проспектами и улицами. Положение морского форпоста формально остается за Устьем до конца XIX века. Однако после выхода России на Балтику и Черное море город и порт приходят в упадок. Вот как описывает Устье петербургский этнограф Яков Ковельский, побывавший здесь с экспедицией в 1889 году: «Бедно и печально глядит этот некогда зна-чительный город-порт в глаза всякому проезжему. Из опрятных домишек в нем всего два-три, но и те дома богатеев и лесной конторы. Остальные же бедностью своей могут соперничать только с Ме-зенью, виденной нами ранее. Из насчитанных мною двух площадей и 14 улиц немощены все и даже горо-довой вынужден ездить по городу на дровнях, ведь телега вязнет в грязи по самые оси».

Не пощадило время и природу этих мест. Ко-гда-то новгородцы шли сюда за мехом и строевым лесом. Теперь от лесов почти ничего не осталось. Поскольку безлесые берега не держат почву, ее смы-

вает дождями в реку, отчего вода в Онеге вот уже много лет имеет торфяной оттенок. Этот цвет настолько густ, что, впадая в море, река на многие километры окрашивает его, превращая из Белого в бурое.

— Алексей! Это кому?

В окне автобуса памятник — медный мужик, похожий на московского первопечатника.

— Так помор, — Степанов называет имя. — Наш, ходил на лодьях.

(Он так и говорит: «на лодьях».)

Кофры громыхают, и техник лезет, чтобы переложить их. Остальные смотрят на Степанова.

— Нет, правда, — мне интересно. — Кто он?

— Двадцать лет на Груманте.

Степанов, балансируя, пересаживается поближе.

— Один!

— А ел он что? — перекрикивает мотор оператор.

В руке у него пакет с кефиром и лепешка.

— Так лысуна можно или рыбу... — Степанов растерян.

— Старовер, что ли? — я пытаюсь зацепиться. — Скит?

— Что?

Выдержав паузу, Степанов рассказывает историю: что жил в этих краях помор, лоцман и мореплаватель; водил купцов по рекам и царские посольства в Скандинавию; а потом вдруг исчез, сгинул. Только через двадцать лет рыбаки обнаружили на

Груманте останки. Оказывается, все это время он жил на острове, один.

— Лисы-то его объели... — трогает лицо Степанов. — Сам цел, а череп голый.

Он повторяет про череп с каким-то сладострастием. Оператор давится, кашляет. Остальные напряженно молчат. Степанов продолжает.

За время съемок историй подобного рода мне доводилось слышать много. Наверное, когда-нибудь, когда передачу закроют, я напишу об этом книгу. Об опальных вельможах, строивших версальские дворцы в калмыцких степях — и там же спятивших; или о полководцах, отгородившихся от мира константинопольскими стенами и бравших эти стены приступом; о висячих садах и оранжереях под стеклянными куполами, вымышленных и выписанных от скуки помещиками в тверской глухомани; о железных дорогах, уводящих в никуда и заброшенных; о крепостных оркестрах и театральных труппах, тщательно собранных, а потом сгинувших где-то на Дальнем Востоке — все эти истории были не сказками, поскольку сохранились и стены дворцов, и руины фортеций, и чертежи оранжерей, и просеки с остатками шпал. Более того, все они имели между собой нечто общее. За каждой такой историей стояло фанатичное желание переменить участь. Любой ценой избежать того, что предназначено обычным ходом жизни. Все это были истории бегства, исчезновения, вызова или спора с судьбой. Поиска чего-то, что могло бы изменить жизнь. Единственный вопрос, ответа на который они не давали, был вопрос «зачем?». Какова природа этого поиска, одинаково-

го у вельмож и простолюдинов? Генералов и купцов? У народа целой страны, который сколько раз
уже снимался с насиженного места? Словно история нарочно спрятала эти ответы, скрыла.

Бараки, пятиэтажки, несколько серых панель-
ных высоток. Огромные пыльные газоны. Мертвые
светофоры. Продовольственные ларьки забраны решеткой. На тротуарах с колясками юные мамы. Пьют
пиво, болтают с такими же малолетками, вчерашни-
ми одноклассниками.

— Михал Геннадьич! — мне хочется расшеве-
лить режиссера. — Дядя Миша!

Но после вчерашнего тот угрюмо отмалчивается.

«Пазик» сворачивает в рощу и скатывается к
пристани. Речная линза огромна и покрыта рябью,
чей стальной цвет физически передает ощущение
холода.

У причала катер.

— Наш?

Степанов, сощурившись, разглядывает линялый
триколор:

— Да, можно.

Когда мы затаскиваем аппаратуру, доска проги-
бается и скрипит.

— По одному!

Это кричит из рубки капитан.

Они со Степановым громко шепчутся:

— Ты говорил, их будет восемь.

Капитан, молодой парень, вопросительно смотрит на меня. Я показываю: негритят осталось шес-
теро.

— Водитель с машиной, не едет.

А про осветителя они знают.

Спустив кофры в трюм, наши вылезают на палубу. Витя и оператор, пока есть связь, названивают подружкам. Техник щелкает камерой: река, катер, как переносят краном шпалы.

— Старые, для дачи, — комментирует Степанов шпалы. — Распродажа.

Канат летит на борт, из-под кормы выстреливает струя. На фоне белой пены хорошо видно торфяной цвет воды. Облака приземисты и, отражаясь в воде, бесконечно увеличивают пространство.

Когда выходим в море, сырой ветер обжигает лицо; пора в трюм. Внизу уже устроился Витя, а скоро спускаются остальные. Ни вчера, ни сегодня никто не спрашивает, что стало с осветителем. Как он там. А мне сказать нечего, нам еще работать. И мы просто сидим, прижавшись друг к другу, чтобы не замерзнуть.

— Если холодно, можно в рубку, — в люке лицо Степанова.

— А сколько плыть? — Сева.

— Час.

Звуковик и Сева, балансируя, идут к лестнице. Следом встает оператор, но Степанов предупреждает:

— Больше двух не влезет.

Сева уступает.

Когда я вылезаю на палубу, берегов не видно; волны лупят в борт и взрываются фонтанами; небо и море, облака — серая каша; грохочущий ледяной океан.

Сева в рубке, дремлет. Опустив на грудь двойной подбородок, он похож на пингвина. В рубке пахнет мазутом и дешевыми папиросами. Сквозь забрызганное стекло на горизонте проступает темная полоска суши.

— Остров?

Капитан не слышит.

— Давайте сбавим! — ору ему.

Сева просыпается:

— Что вы придумали?

— Немного можем, — отвечает капитан.

Глаза у него блестят, улыбка. Он расстегивает на груди ватник и дергает костыль переключателя. Теперь мотор стучит отрывисто, а катер переваливается.

— Меньше не могу, перевернемся.

— Нормально.

Я пробираюсь к трюму.

— Дядя Миша! Идея!

Из люка высовывается голова.

Показываю на панораму с Островом.

— Понял, — он ныряет обратно. — Работаем!

Наши по одному вылезают. Техник кое-как пристраивает штатив, Витя напяливает наушники. Оператор кричит из-за камеры, мотает головой. Лица у всех злые, мокрые, сосредоточенные. Наверное, в такие минуты они ненавидят меня. Но нам нужен этот кадр, и снять его можно только сейчас.

Сева пытается расправить сценарий:

— Какой эпизод?

— Камера мокнет! — Оператор.

Отмахиваюсь: «К черту сценарий».

Дядя Миша перебирается ко мне:

— Отсюда и на нос, финальная точка.

— Летящей походкой?

Все смотрят на Витю.

— Брак по звуку сто процентов, — показывает он.

Вытирает лицо платком.

— Вы бы еще в забой спустились!

Из рубки за нами наблюдают Степанов и капитан.

Судя по бледным, приплюснутым к стеклу лицам, они тоже нервничают.

Остров все ближе. Уже различимы надписи на валунах; причал с флагштоком; какие-то серые избенки.

— Ладно! — Витя уступает.

Я пробираюсь на точку:

— Готов.

— Камера?

— Мотор идет.

— Начали.

3. АРБУЗНАЯ КОРКА

Я начал эту книгу, поскольку все, что было вычеркнуто из памяти или осталось в прошлом, неожиданно обрело голос. Не образы или чувства, не слова, но звук этого голоса, вот что я слышал. Он звучал все настойчивее и напоминал о вещах, ушедших из моей жизни. Наполнял мое прошлое смыслом. В чем он заключался? Этого я не знал. Не обрывки мелодий или фраз, не забытые картины, которые приятно или тоскливо перебирать в памяти, а нечто, требующее ответа, — вот что это было. Течение времени превращало прошлое в незавершенную историю. И, чтобы разобраться в ней, я начал записывать то, что записываю.

Пока мы колесили по стране, снимая то, что осталось от ее истории, во мне проснулась моя история. Я понял, что прошлое никуда не исчезло. Старый дневник, случайно попавший ко мне на съемках, только подтверждал это — напомнив о человеке, связь с которым казалась мне давно потерянной.

Часы, проведенные в кабине фургона — когда дорога разматывает мокрую ленту, а вокруг тянутся одинаково унылые пейзажи, — или время в гостиничных номерах, когда слышно, как за стеной любят друг друга люди или как скрипит на улице снег под ногами пешехода, — я с удивлением сознавал значение этого человека в моей жизни. То, как отчетливо моя история от него зависела.

Обиднее всего было то, что этот человек даже не догадывался, как глубоко проник в мою жизнь. Ни женитьба, ни рождение дочери не помогли избавиться от него. Наоборот, именно семейная жизнь открыла мне глаза, какая это ошибка. Ведь жить с одним человеком, думая о другом, невозможно, это каторга. И я развелся.

Приехав на съемки в тот или иной город той или иной губернии, я ловил себя на том, что ищу знакомое имя в газетах или на экране. На афишах театров. В клубах. Блуждая по улицам Новгорода и Онеги, Анапы и Иркутска, Бологого и Старой Руссы, Северодвинска, Орла и Тобольска, Кемерова и Барнаула, просиживая вечера в безликих кафе и забегаловках, где всегда звучит одна и та же грубая музыка, — я всматривался в чужие лица. Даже в программу я пришел в надежде на чудо. На то, что, увидев меня на экране, человек даст о себе знать.

Но программы еженедельно выходили в эфир, а писем никто не присылал. Никто не откликался. Почему ты вообще решил, что тебя не забыли, спрашивал я? Не выбросили из памяти, как выброшены и забыты тобой сотни людей? Наверное, присвоив образ человека, мы наивно полагаем, что человек не сможет не ответить. Долгое время так считал и я, и ошибался.

Впервые он увидел Аню в эпизодической роли. Этот спектакль стал его любимым, но только из-за пьесы. Она же, наоборот, раздражала его. Притягивая к небольшой роли слишком много внимания, эта актриса мешала выстраивать спектакль — так он думал. Лишний акцент в безупречно собранной схеме, вот кем была Аня. Но прошло полгода, и он уже ловил себя, что весь спектакль ждет только ее выхода. Когда в белом балахоне она появится на помосте, перебирая венок из лилий. Обведет зал невидящим взглядом. Криво усмехнется горящими губами. Исчезнет за кулисой, пошатнувшись, как от морской качки.

Он чувствовал эту качку. Он плыл на корабле, которым она управляла. Он был внутри игры, где театральная условность выглядела реальной. Это мгновение перехода он хорошо запомнил. От неожиданности он даже испугался, настолько тонкой оказалась грань между игрой и настоящим безумием. И обрадовался, потому что, перейдя эту грань, он очутился совсем рядом с Аней.

Когда в финале ее выносил Актер, он верил, что Аня мертва, настолько тяжело и безжизненно висело на руках ее тело.

Ей не дарили цветы, на поклонах она и так стояла со своими лилиями. Не дожидаясь конца, Аня исчезала со сцены первой. Она сама назначала себе эту роль — непризнанной, но исключительной особы. Хотя что оставалось в театре заштатной актрисе?

Они познакомились из-за арбуза. Он купил его по дороге с дежурства, откуда вырвался на спектакль, на последнее действие. Купил по дороге арбуз, а потом просто влез на аплодисментах на сцену. Влез и вручил.

Арбуз! Благодаря арбузу его наградили настоящим взглядом. Он был снисходительным и пристальным. А те невидящие, что Аня бросала на него в коридорах театра, настоящими не считались.

Зал смеялся и хлопал, а она стояла, обхватив арбуз, как обхватывают беременный живот. По-детски беспомощно, счастливо улыбалась. Эта улыбка врезалась в память, хотя тогда он не думал, какая это будет редкость, такая улыбка, в их жизни.

Серо-голубые глаза, прозрачный взгляд. Он бы назвал его холодным, но тревога? Эта скрытая тревога проникала в того, на кого Аня смотрела. Тогда у человека, говорившего с ней, возникало ощущение неловкости, как будто она куда-то опаздывает, а он ее задерживает.

Встретить якобы случайно после спектакля, в переулке у театра, предложить донести арбуз — таков был его расчет. Но случился великолепный провал.

— Подарили, — спокойно сказала она. — Не оставлять же.

В пакете поблескивала бутылка с иностранной этикеткой. Аня смотрела то на нее, то на него — сквозь короткие густые щетки ресниц. Вопросительно и насмешливо, словно испытывая.

У него в кармане лежали ключи от усадьбы. Какие шутки (так он говорил ей) — дворец, самый настоящий. Вон, Толстой даже изобразил его в романе. Теперь там советские писатели, а я ночной сторож. Сегодня как раз моя смена.

— Позвони, что задержишься, — он взял Аню под руку. — Покажу тебе.

Его фантазия давно сопроводила Аню любовниками в тихих московских квартирах. Но она отвела ладонь с двушкой:

— Не надо.

Лампы фонарей раскачивались на ветру, швыряя тени с одной стены на другую. Машин, кроме последних троллейбусов, не было. Он и она переходили бульвар на красный. Сунув в окошко розовые бумажки пореформенных денег, он брал в палатке экзотические шоколадки. Минеральную воду и сигареты. Шутил с продавщицей.

Шли дальше. Уличные запахи и звуки, блеск пуговиц на Анином плаще, замок на сумке — все это ему запомнилось, врезалось в память. Но разговор — о чем они говорили? Что она спрашивала? Только за бульваром он опомнился — арбуз Аня держала под мышкой. Но когда перекладывали, он выскользнул. От удара куски разлетелись, а нутро вывалилось. По асфальту медленно растекалась черная лужа.

Не сговариваясь, они перешли на другую сторону. Он гремел замком, открывал ворота. Пробирались внутрь и накрывали на рояле стол.

— Римская копия греческого оригинала, — звук его голоса катился под потолком. — Девушке около двух тысяч.

По легенде эту скульптуру Афродиты владелец усадьбы вывез из свадебного путешествия по Италии. Просто купил на раскопках в Риме и отправил в Москву для парадной лестницы.

Посеревшая от пыли и захватанная, с отбитыми пальцами, последние полвека скульптура ублажала советских писателей. Со скуки он любил подолгу смотреть на нее. В такие минуты ему казалось, он чувствует энергию того, кто ее создал. Что эта энергия передается через время.

Бутылка оказалась «Метаксой», приторной и теплой. Когда вдруг засипели и ударили часы, Аня выронила «писательскую» чашку. На полировке образовалось белое пятно.

Он брал ее за руку. Влажные и холодные, ее пальцы подрагивали.

— Это после спектакля, — она поднимала глаза.

В полумраке лицо казалось юношеским, бесполым. Не отпуская ладони, другой рукой он обнимал ее. Вдыхал табачный дым и запах кулис, которыми пахли волосы. Аромат духов и коньяка, и другой, едва заметный, напоминавший гранат. Расстегивая крючки и пуговицы, прижимаясь губами к горячей коже, он успевал поймать себя на мысли, что этот «темный» запах совсем с ней не сочетается.

...В дверь под лестницей барабанили. Он матерился, а Аня беззвучно смеялась и натягивала свитер. Смотрела черными от расширенных зрачков глазами.

— Сволочи, — застегивался он. — Писатели.

Из подвальной двери накатывала волна кухонных запахов. Стукаясь в косяки, из ресторанного перехода вваливался литератор; проверял пуговицы на ширинке; искал безбровыми глазами кепку на вешалке; икал.

На лестнице литератор желал облапать скульптуру, но терял равновесие. Он привычно подхватывал и выводил писателя на улицу. Заперев ворота, несколько минут стоял с ключами и не двигался. Слушал, как в ночной тишине с глухим стуком падают яблоки (вокруг памятника росли яблони). Как где-то за чердаками гудит невидимое Садовое. Ощущение рубежа, вот что он почувствовал. Во дворе старой усадьбы, в двух шагах от незнакомой женщины, которая вот-вот станет его, — жизнь менялась, одно время переходило в другое.

Об Анином прошлом я не расспрашивал. Да и разница в три года в нашем возрасте имела значение, чтобы напрямую допытываться, кто ты.

По обмолвкам я знал, что она приехала поступать из маленького валдайского городка. Что поступила в ГИТИС только со второго раза, а год отрабо-

тала в театральном журнале — сначала машинист-
кой, а потом, когда все обвалилось, редактором.
Снимала углы или жила у подруг. Потом познако-
милась с австрийцем — тот гастролировал с пласти-
ческим театром. Провела одну зиму в Вене, даже
собиралась замуж, но не вышла, передумала.

По ее словам, в Австрии она надеялась отыскать
следы двоюродной бабки. Вокруг этой мифической
родственницы разговоры крутились довольно часто.
Еще девушкой эту родственницу вывезли из блокад-
ного Ленинграда на Кавказ, а оттуда угнали в Германию немцы. После войны она осталась в Вене, вышла замуж. Но оккупационные войска, советские,
все равно ее нашли и взяли. Она отсидела как из-
менница Родины, а потом следы затерялись. Аня думала, что после реабилитации бабушке удалось вернуться к мужу. Но под каким именем? Когда? И что
с ней потом стало?

В самой Вене ничего не нашлось, но информа-
ция могла быть в архивах Лубянки, которые в то
время открывались. И она вернулась в Москву.

Наверное, связь с австрийцем распалась именно
из-за того, что в Вене Аня ничего не обнаружила.
С тех пор этот австриец числился единственным
«официальным» любовником. Аня всегда говорила
о нем с уважением, как говорят о старшем брате.
Вернувшись, она жила у знакомых в Томилино.
А через год все-таки поступила и отучилась. Попала
в известную труппу — тогда репертуарные театры
переживали подъем. Даже сыграла в молодежной
постановке «Амаретто», гремевшей в городе.

Постоянных поклонников, мерещившихся мне
повсюду, она не завела. Или не хотела говорить.

Хотя иногда, гуляя по центру, рассказывала, кто и как живет в доме, мимо которого мы проходим. Наверное, с этим домом у Ани было что-то связано. Но сколько таких домов в жизни каждого? Как часто мы вспоминаем о них?

А про мои адреса она не спрашивала.

Когда мы познакомились, Аня жила в комнате на улице Гастелло. Хозяйка-старуха была очередной дальней родственницей с Валдая, теткой отца или что-то в этом роде, и запрещала водить «хахалей». Правда, сослепу она мало что видела. Поэтому когда Аня приводила меня, я крался по коридору без обуви, а она громко отвлекала старуху разговорами в кухне.

Окно в комнате выходило на крышу гастронома. Пока свет у хозяйки не гас, мы сидели на подоконнике и смотрели, как за деревьями ползут электрички. Потом Аня спускалась на крышу и бесшумно пробиралась вдоль окон.

Что было интересного в обычных московских кухнях, где между шторами изредка мелькнет голубая майка или мерцают перед экранами неподвижные лица? Что хотела увидеть актриса среди людей, погруженных в машинальную жизнь? При виде которой весь мир тоже представлялся машинальным?

Она оправдывалась: ей надо подсматривать для театра. Но что-то мешало в это поверить. Не актерство, а желание убежать от себя, сменить жизнь — вот о чем, наверное, мечтала моя Аня. Но тогда я об этом не догадывался.

Походы на крышу чередовались со свиданиями в гримерке — после спектакля, на кожаном диване,

прилипающем к голому телу. Но чаще мы встречались у меня. В одно окно и узкая, как поставленный
на бок спичечный коробок, эта комната смотрела
во двор Старого Университета, где я учился. Мой
приятель получил ее как дворник, но сам не жил, а
уступил мне. Дом вскоре продали на реконструк-
цию, но что-то с новой стройкой не сложилось, и он
стоял бесхозным, отключенным от горячей воды.
Заселенным такими же, как мы, мертвыми душами.

В каморке все время звучал джаз — Аня при-
несла из театра пластинки и проигрыватель. Кит
Джаррет, Чарли Мингус, Эрик Долфи, Майлз Дэ-
вис: она могла сутками не вылезать из моей двор-
ницкой, валяясь на полу с журналами и вечной сигаретой под их тихое треньканье — как героиня из
романа Кортасара.

Мы спали на матрасе поверх короткого топчана
из досок. Чтобы удлинить этот топчан, я подставил
в ноги чемодан с барабанами. Мой приятель-со-
курсник оставил этот чемодан на хранение, когда
его рок-группу вытурили из соседнего Дома культуры (во время репетиции они проломили рояль). Так
обитый дерматином сундук попал ко мне в двор-
ницкую. Я не открывал его, но когда мы были вместе, когда я любил Аню, в сундуке что-то тренькало
и позвякивало. Моя память сохранила каждый звук
этой «музыки».

Снег, падая на сухой асфальт, наполнял проспект
шуршанием. Редкие машины ехали медленно, словно боялись оставлять следы. В одной из ночных «ам-
бразур», торговавших спиртным после полуночи,

он и Аня брали вино — в очереди таких же полуночных теней, жаждущих приключений.

С бутылкой еще горячего, с конвейера, вина они спускались в арбатские переулки. Аня требовала открыть. Он плавил спичкой пластиковую пробку. Неумело запрокинув голову, она делала несколько глотков и возвращала бутылку.

Ночные переулки были похожи на коридоры в коммуналке. Как-то ночью в одном из таких переулков они наткнулись на съемки фильма. Кино из прошлой жизни: подъезд, пролетка, полосатый столб. Физиономии ряженых артистов, знакомых по фильмам.

Несколько секунд Аня следила за тем, как известный актер, кутаясь в шинель, вылезает из пролетки. Как они повторяют дубль. А потом развернулась, ушла.

Он догнал ее, взял за руку. Обнял.

— Пойдем, — уговаривал он. — Это рядом.

Тащил во двор дома.

Этот двор, обычно запертый, для съемок открыли.

— Италия, — он проследил за ее взглядом. — Видишь?

Аркада опоясывала двор, как южное патио.

— Ты был в Италии?

Это была насмешка, ведь ни о какой Италии тогда даже не мечтали. Это была обида и злость — так, словно он виноват, что других снимают, а ее нет. И он понял и пожалел Аню. Сделал вид, что насмешки не заметил.

В подвале он чиркнул спичкой. Огонек высветил кирпичные своды, а когда он зажег еще одну, из темноты выступили огромные бочки. Деревянные бочки стояли одна за другой, как вагоны. А сам подвал напоминал депо.

В прошлой жизни здесь хранили вино.

Пока он гремел коробком, Аня исчезала.

— Попробуй. — Голос в темноте звучал чужим.

Он поднес пробку к лицу. Толщиной с палец, деревяшка пахла уксусом. Эта пробка хранилась у него долго после того, как они расстались. Он не забывал перекладывать ее из одной коробки в другую, перетаскивая вместе с одеждой, книгами и машинкой. Надо, думал он, чтобы пробка обязательно дожила до времени, когда они с Аней встретятся. В том, что это случится, он не сомневался.

4. ТАНКИ НА УЛИЦАХ ГОРОДА

Из форточки в комнату ворвался пряный осенний воздух. Аня подняла звякнувший об асфальт ключ, открыла подъезд.

— Не знаю, отменили, — легла на топчан. — Спектакля не будет.

Она играла в утренней сказке.

Я убрал пишущую машинку, включил чайник в розетку. Нашел чистый стакан и достал вчерашние коржики.

Вытянув руки по швам и выставив подбородок, она лежала, как покойница.

— Ты читал эти книги? — спросила, не поворачивая головы.

— Эти?

Вдоль стены стояли стопки книг, о которых мне приходилось писать, чтобы заработать.

— Ты же знаешь.

Сколько раз я показывал ей заметки.

— Это новые?

— Да.

Аня вяло пролистала и отложила. С ней что-то происходило, это было видно, — предчувствие еще не принятого, но неизбежного решения.

— В «Гриль»? — предложил я.

— Ты сегодня богач? — она приподнялась на локте. — Танки, — легла обратно.

— Что?

— На улице, надо послушать радио, — она следила, как я одеваюсь. — Не ходи, там никто не знает, что происходит!

Танк был один и стоял прямо во дворе Старого Университета. По газону от гусениц тянулся его рваный следа, на тротуаре валялась вывороченная решетка. Еще одна свисала с брони танка.

Во дворе сидели и полулежали на жухлой траве военные и гражданские. Все они были вооружены. Еще несколько человек сгрудилось у железной бочки, стоявшей у памятника.

В бочке догорала факультетская доска объявлений. Они грелись у огня и разливали водку. Один совсем молоденький танкист нахлобучил гражданскому свой шлем. Они ржали, так смешно торчала из-под шлема шапка-петушок.

— Ну что? — Аня сидела на подоконнике, обняв колени. — Стреляют?

Обычно многолюдная, улица Герцена пустовала. Ни машин, ни людей. «Гриль», где мы собирались поужинать, закрыт. В воздухе запах листьев, прихваченных первыми заморозками, мазута и почему-то рыбы.

Эту рыбную вонь я запомнил особенно. Она струилась из магазина сквозь разбитую витрину. Через окно виднелись аквариумы рыбного отдела; куски замороженной рыбы валялись даже на асфальте; они были похожи на крупную щепу.

— Вот ужин, — Аня попыталась шутить, но в голосе звучал испуг.

В каком-то одновременно поразившем нас оцепенении мы разглядывали разбитую витрину и написанные от руки ценники. Белый, в разводах, фартук, забытый на крючке и теперь шевелившийся от ветра.

В этот момент и раздался щелчок — резкий, хлесткий. Словно по сигналу этого щелчка, на улицу выбежал человек. Он был в джинсовой куртке на цигейке и с автоматом, ремень которого скользил по асфальту, так низко человек пригибался.

Эта цигейка и ремень мне тоже запомнились.

От следующего щелчка он вскинул подбородок. На полусогнутых, ставших ватными, ногах — цепляя асфальт ботинками — сделал несколько шагов. Упал, глухо стукнувшись лицом.

Мой взгляд превратился в объектив камеры. Объектив зафиксировал еще одного человека. Этот другой (в пиджаке на свитер и джинсах) подбежал к убитому и снял с него автомат. Закинул за спину. Отскочил за угол.

Окно над ним тут же разбилось, посыпались осколки и штукатурка.

— Сука, — «пиджак» вскинул автомат.

Я прижал Аню к стене, просто вдавил.

Снова щелкнуло и посыпалось.

Шаг за шагом, словно над пропастью, мы подбирались по переулку к спасительной двери подъезда. Мой взгляд замечал ненужные вещи: рыжий горшок и марлю на форточке в окошке; как безмятежно подрагивает посольский флаг; звезды на воротах пожарной части.

Дверь подалась медленно, как во сне. Мы провалились в темноту. Во внезапной тишине подъезда сердце стучало так оглушительно, что я не слышал, что говорю Ане. Как успокаиваю ее.

Аня порезалась, царапина кровоточила. Она слизнула красные капли, а я удивился, как будто Анина кровь должна быть синей или зеленой.

— Это контора, — она прислонилась к стене. — Здесь никого нет.

Но она ошиблась.

В центре зала с низким потолком и окнами до пола был накрыт длинный стол, составленный из обычных письменных столов. Люди, сидевшие на стульях, креслах и тумбочках, служивших стульями, громко спорили. Каждый говорил, обращаясь ко всем сразу, отчего никто никого не слушал и не слышал. Только взрывы женского хохота подсказывали, что это от возбуждения люди не могут сдержать себя и говорят разом.

Стоило нам войти в зал, как голоса сразу стихли. Только в дальнем углу кто-то сидел у телефона и разговаривал.

— В редакции — где? — доносился его будничный, усталый голос. — Потому что стреляют, почему.

Человек переложил трубку из одной руки в другую. Поправил очки:

— Ты телевизор вообще смотришь? Что? «Шестьсот секунд»?

От стола к нам подскочил долговязый парень в несвежем сером костюме и протянул вату, чтобы Аня могла прижечь рану. В другой руке у него была водка.

Аня прижала вату с водкой к царапине. Под сочувственными взглядами незнакомых людей мы выпили то, что уже успел налить парень.

— Виталик! — окликнула человека у телефона немолодая яркая блондинка. — Виталий Вадимыч, вы с нами?

«Виталик» повесил трубку и вернулся за стол.

Откинувшись на спинку стула, я смотрел на людей за столом, но перед глазами была цигейка в брызгах крови и ремень автомата.

Наливал, чтобы прогнать наваждение.

— Закусывайте, пожалуйста, — пододвигала шпроты пожилая дама.

Задумчиво, кутаясь в платок, приговаривала:

— Такие дела.

Вскоре про нас забыли, а шум и споры разгорелись по новой. Один, сухой старик-мальчик с трубкой, резко, но тихо отвечал крупной даме. То и дело звучало «подонок», «эта сволочь», «давно пора было». Другой, похожий на бригадира из советских фильмов, говорил, что надо всех разогнать, а потом всех переизбрать или устроить референдум.

— А Хасбулатова под суд, — говорил он.

— И Ельцина, Ельцина!

Это поддакивали двое молодых людей — кучерявый очкарик в вязаной жилетке и высокий брюнет с восточными чертами лица. Они шутили надо всем, о чем говорили «старшие».

Очкарика звали Гек, а имя второго я не расслышал и решил про себя называть Казахом. Постепенно весь этот странный народец передвинулся на тот конец стола, где сидел Виталик. Незаметно перебралась к нему и Аня. Через пять минут она с блеском в глазах рассказывала и даже изображала, что с нами случилось на улице. Все, кроме одного, взгляды обратились к ней. Этот единственный взгляд я ловил на себе. Та самая немолодая блондинка с лукавым, по-лисьи вострым лицом — это она посматривала в мою сторону.

Когда наши взгляды встретились, она улыбнулась и прижалась к Виталику. В ответ он по-хозяйски ее приобнял. Но даже прижавшись к нему, она продолжала посматривать — то на Аню, то на Гека, то на меня. Как будто уравнение решала.

Из разговоров я понял, что мы попали в редакцию газеты. Что редакция находится в актовом зале крупного издательства, где есть сцена и даже рояль, и что издательство по бедности сдает зал газете. Все эти люди, когда начался штурм Верховного Совета, пришли, как обычно, на работу. Да и сейчас никто ничего не знал, кроме того, что показывали по CNN и говорили на радио, то есть что Белый дом расстрелян из танков, а «красные» разбежались по городу, где их добивает «доблестная ельцинская гвардия». И что выходить на улицу опасно.

— Будем ночевать! — очнувшись, восторженно кричала блондинка. — Виталик! Виталий Вадимыч! Нужен ваш теннисный стол.

На сцене за занавеской стоял теннисный стол.

— Занят, — отшучивался Виталик. — Так? Вот.

Это была его присказка, причем первое слово он произносил коротко, а «вот» специально растягивал.

Их главным был явно этот Виталик, к которому без конца цеплялась блондинка. Обаятельный мужик с хитрой, хотя и добродушной физиономией, он выглядел на сорок с лишним, носил старый пиджак, обсыпанный перхотью и пеплом, а под пиджаком теплую жилетку.

Жилетка обнаружилась, когда он скинул пиджак и запел под рояль Вертинского. Пел он неплохо, правда, с каким-то хохлацким ражем. Через минуту у рояля очутилась моя Аня. Она напела мелодию из спектакля, Виталик быстро подобрал аккорды. Я снова перехватил тревожный взгляд блондинки. Ее звали Татьяна.

За окнами совсем стемнело. Из-за звуков рояля и пения, из-за шумных споров, которые не унимались, выстрелов на улице почти не было слышно. Только изредка ночное небо пересекали очереди трассирующих пуль.

Очереди напоминали светящийся пунктир. Потом кончилась водка. Пустые бутылки держал тот самый парень в несвежем костюме.

— Схожу! — Я услышал собственный голос. — Только скинемся.

— Так нельзя, давайте жребий, — вступалась блондинка. — Опасно.

На сцене продолжали играть и петь на два голоса.

— У меня ларечник знакомый, — врал. — Нет, правда.

Уговаривать долго не пришлось, мало кому хотелось выходить под пули. Ко мне потянулись с деньгами, и скоро у меня набрался довольно большой ворох голубых и розовых «фантиков».

Тем временем Виталик закончил с музыкой и, поцеловав Ане руку, помог сойти со сцены.

— Что тут у вас? — подышал на стекла очков, выпятив серые губы курильщика.

Ему объяснили, что парень идет за водкой. Он протер очки, щедро добавил и попросил минеральной.

По Калининскому проспекту медленно двигался бронетранспортер. Поворачивая задранную пушку, он выпускал очереди трассирующих пуль. По красивой дуге они плавно пересекали небо и растворялись в воздухе.

На проспекте и тротуарах толпились и слонялись сотни людей, как будто среди ночи в городе объявили праздничное гулянье. Люди несли флаги, многие были при оружии, которое, особенно у штатских, выглядело по-обыденному, словно это портфель или авоська.

Флаги были всех мастей — красный советский, царский черно-желто-белый, несколько триколоров и даже один андреевский. Вряд ли случайный прохожий смог бы определить по этим флагам, за кем победа. При звуках очередей многие вскидывали автоматы, щеголяя друг перед другом. В отсветах фонарей их лица искажала ярость. Видно, никто из них до конца не понимал, что делает. Зачем и над кем эта победа.

Витрины на проспекте побили, а магазины разграбили. Только один киоск и уцелел. Грузовики с водкой разворачивались у «Художественного» и подкатывали к этому киоску прямо через газон, давя кусты и клумбы. Разгружались с борта. Очереди никто не соблюдал, просто из рук в руки передавали деньги. Тогда от киоска поднимался ящик с водкой. Этот ящик плыл по рукам, как гробик. Когда он доходил до крайних, внутри ничего не оставалось. Но толпа радостно ревела, поскольку стоило первому ящику опустеть, как над головами плыл второй, а за ним третий.

Толкаясь в очереди, я думал о себе в третьем лице, настолько невероятным было то, что меня окружало. Я, то есть «он», не боялся ни людей с оружием, ни шальных пуль, ни смерти, которую видел своими глазами. События этой ночи «ему» вообще казались происходящими в другом измерении. Не там, где находились он и Аня, его каморка, Университет и театр, и даже спасительная редакция. В это, другое, измерение он попал по стечению обстоятельств. То, что он видел здесь, он видел как на экране. Странным было лишь то, что события на экране вдруг перешли границу реальной жизни. Как было к этому относиться? Принять? Остаться зрителем? И можно ли быть зрителем в такой ситуации? Все это были вопросы, возникавшие сами собой и требовавшие ответа. Но ответа не было ни у него, ни у тех, кто окружал его. Только время, само течение жизни, могло все расставить по своим полкам.

Получив бутылки, я выбрался из толпы и бросился по переулку. Однако там, где полчаса назад не было ни души, теперь стоял военный грузовик, а под его прикрытием и милицейская машина.

Несколько солдат в оцеплении переминались вдоль решетки особняка. Под решеткой, где стояла милицейская машина, лежал навзничь труп. Я узнал малого в пиджаке и джинсах, стрелявшего по чердакам у рыбного магазина. Было страшно и стыдно видеть неподвижным того, кто еще недавно бежал и стрелял. А милиционер, сидевший на корточках, продолжал равнодушно обыскивать карманы убитого. Что-то из найденного он прятал к себе, а что-то выбрасывал через решетку в кусты.

Мне сказали, что на чердаке работает снайпер. Я пытался объяснить им, чтобы меня пропустили, — но никто не обращал внимания. Закрыто, и все тут.

Существовал еще один путь: через арку заброшенной школы и двор училища. Я бросился туда. Но оцепление выставили грамотно, и в арке тоже маячили фигуры солдат.

В редакции, куда я попал под утро, был погром, самый настоящий. Мебель, еще недавно аккуратно сдвинутая, валялась перевернутой или сломанной. Ящики письменных столов кто-то выворотил, а содержимое вывалил и рассыпал по полу. Осколки бутылок, пачки фотографий, верстка газетных полос и куски печенья — все лежало вперемешку и хрустело под ногами. Только чудом не опрокинутая пишущая машинка возвышалась над столом.

Из каретки у нее свисал наполовину отпечатанный лист и качался на сквозняке. Так же мирно блестел на сцене открытый рояль, на крышке которого все так же стояла недопитая стопка. Все остальное было перевернуто вверх дном.

Я бросился к телефону, но провода были с мясом выдраны. Обернулся на шорох: в дверях стояла Татьяна.

— Ключ... — сказала она тихо, словно сама себе.

Пошла по залу, осторожно переступая через осколки. Ее голос звучал буднично и ничего, кроме многочасовой усталости, не выражал. Загипнотизированный этим безразличным голосом, я тоже принялся за поиски, как будто знал, о каком ключе речь.

Потом Татьяна вынимала и перекладывала в сумку бумаги из сейфа. Я помог ей застегнуть молнию. Мы допили водку. Захмелев, на мои вопросы она только отмахивалась.

— Обыскали и распустили, — прикрыла ладонью зевок. — Все в порядке.

В шестом часу, когда оцепление сняли, мы вышли. Под ногами хрустели схваченные морозцем лужи. Из таксофона я позвонил на Гастелло, но трубку не взяли. А больше Ане звонить было некуда.

Пока я накручивал диск, Татьяна терпеливо ждала у перехода. Предлагала ехать к ней.

— От меня дозвонишься.

Мы поймали машину. По дороге, допив остатки, целовались. А днем я просыпался в ее постели. За окном стоял яркий осенний полдень, подушка пахла увядшими цветами. Моя одежда, аккуратно сложенная, ждала в кресле, а записка — на телефонном столике.

Я машинально набрал номер. Занято. Глядя на дощечку с Кижами, набрал снова. Снова занято. Пока не сообразил, что набираю квартиру, где находился.

5. О ЧЕМ ГОВОРИЛИ НОЧЬЮ

На песчаном пляже огромные валуны. Серые, выбитые в камне надписи. «Онуфриев Н.», «А.Босых», «Наташа и Вера Лебядкины из Дубровичей». Отметились даже «Работники ленинградского Пищетреста № 45 — 5/VII-1940».

Когда я возвращаюсь, наши устроились и курят на крыльце барака. Камера в траве похожа на жука-скарабея. Вокруг вертится собачонка, ее хвост смешно болтается. Тишина, пасмурно.

— У меня печь погуще, — зовет Степанов.

Я бросаю вещи на койку у окна. За печью еще закуток, отделенный занавеской. Топчан, матрас, одеяла. К фанере приколота фотография белокурой девочки. Над ней жестяная иконка Николая Угодника, проржавленная. На этажерке журналы «Охотник и рыболов» за 1979 год. Еще газеты и тетрадки, сложенные в стопку.

Серая тюлька легко скользит по леске. Я присвистываю — за окном, где два часа назад плескалась вода, голый песок и камни.

Отлив, по-местному — урон.

Беспомощно выставив рыжее днище, на боку лежит наш катер. Вдалеке по лужам бегает не то собака, не то кошка.

— Смотрите, — показываю.

Дрова падают у печки, Степанов отряхивается.

— Так лисы, — он выглядывает. — Рыбы в лужах уйма. Печку сами?

Я качаю головой: «Не умею».

Он берет с полки журнал, рвет и комкает страницы. Терпеливо, как маленькому, показывает, как заложить дрова и сунуть бумагу. Где заслонка.

— Только поглубже, — показывает. — Натóшкает.

В смысле — чадить будет.

«Охотник и рыболов» отсырел и горит плохо. Вдыхая сизый дым, я чувствую себя так, словно все это уже случилось. Изба, печка. И как все не занимаются дрова. Или случится.

— Ужин через час, — круглое лицо Степанова в окне.

Я улыбаюсь в ответ:

— Хорошо.

На столе вареная картошка, тушенка, бутылки и медовый тортик от Вити, который не может без сладкого.

Степанов со всеми чокается и опрокидывает рюмку. Несколько секунд сидит, выпятив нижнюю губу, и смотрит в одну точку. Потом убирает рюмку и принимается за еду.

Картошка, а потом и чай одинаково горчат.

— Морская в грунтовую, — объясняет Степанов. — Просачивается.

После ужина он сметает в миску объедки (говорит: «ошурки»). Собачонка, прикончив еду, гоняет пустую миску по полу. Миска громыхает, и Степанов ударом сапога загоняет ее под лавку. Собачонка скулит.

Постепенно разговор все громче. Этими байками — о том, что с кем на съемках приключилось, — я сыт по горло. Надоело.

— А как они говорят «киоск»? — Дядя Миша вспоминает Владивосток, где мы снимали Крепость.

— Алексей — «киосок»!

Степанов пробует слово на язык: «киосок», «киосок».

— Или «повешался», — говорит техник.

В смысле «повесился».

— Это что, — оператор. — У нас на Валааме...

Он тянется за бутылкой:

— Помнишь, Вить?

Витя жует тортик.

— Сидим в скиту и вдруг — монах...

Все улыбаются и смотрят на Степанова. Я беру одну из бутылок и киваю Севе: «Уходим?»

Сева показывает глазами: «Догоню».

— В люлю? — Степанов тоже встает.

— Пройдусь, — неопределенно мотаю головой.

— В сенях бахилы.

На улице тишина, только сосны шумят. Валуны на берегу облиты лунным светом, воздух от воды искрится. Поверхность моря исчерчена струящимися потоками. Прилив.

В темноте звенит стаканами Сева. Мы садимся на камень, но Сева тут же встает.

— Что такое?

Шарит ладонью:

— Смотри-ка...

Из камня торчит железное кольцо размером с баранку.

— Вьюха, — говорит Сева.

В Двинске он купил словарь поморского языка и теперь щеголяет.

Мы чокаемся и выпиваем. Несколько минут молча смотрим на воду.

Сева знает, что я хочу спросить, и начинает первым.

— Тело кремируют в Двинске, — говорит он. — Урну заберем в Устье. Все.

Тишина.

— Он из детдома, — Сева как будто оправдывается.

— Урну? — выдавливаю я.

— Отвезем на канал, пусть разбираются.

Я поворачиваюсь к Севе, но вместо лица вижу только блестящие линзы.

— Почему? — спрашиваю линзы.

— У каждого своя смерть.

— Даже нелепая?

— Даже.

— Какой смысл в нелепой смерти?

— Что вы как маленький, — отвечает Сева. — Оставьте хоть что-то без объяснений. Это же не математика.

Потоки воды складываются в иероглифы. Наверное, он прав, но почему все во мне протестует? Почему кажется подлостью?

— Это затронуло вас лично, — тихо объясняет Сева. — Затронуло и напугало. Вы же о себе подумали? Себя представили? Себя пожалели?

Он обводит стаканом берег:

— А сколько народу исчезло здесь? Или в Двинске? Почему вы не думаете? Таких же молодых, ни в чем не виноватых.

— Но ведь мы были вместе, Сева. Мы...

— Вам жалко себя, — перебивает он. — Перестаньте жалеть себя, и все пройдет. Это же судьба в чистом виде, божий промысел. Винить некого.

Его линзы сверкают совсем близко:

— Или вы судьбы боитесь?

Я разливаю остатки.

Сева вздыхает, потом пьет.

Тишина, только из избы долетают взрывы хохота.

— Вы знаете...

Он несколько секунд думает.

— Это уже не первый раз, когда мы с ним сталкиваемся... — Он показывает на монастырь, чья стена белеет в лунном свете. — Я про Никона. Помните Макарьевский?

— Никон был там послушником...

— ...трудником, — поправляет Сева. — А этот монастырь построил в силе, патриархом. Вторым лицом государства.

Он оживляется:

— Помните, мы говорили, как это странно, что патриарх Никон и протопоп Аввакум родились в одном месте? В соседних деревнях?

Честно говоря, не помню.

— Понимаете? Люди, ставшие на полюса жизни страны, были соседями. Из одного теста. И такой мощный и разный взлет. Разлет. В разные концы истории. Почему?

Мне не очень понятно, куда Сева клонит.

— Но перед этим судьба сводит их в Макарьевском. Что-то вроде репетиции, да? Больше там ученых мест ведь не было. И вот они приходят из своих сел. Ничего не зная друг о друге — встречаются. И несколько ночей спорят. До утра, до хрипоты — монахи слышали. А потом расходятся в разные стороны, чтобы сойтись через много лет в большой истории.

Сева любит такие парадоксы.

— О чем? — спрашивает он, поблескивая линзами. — О чем они спорили? Два человека, определивthe жизнь страны, что не поделили ночью в монастырской келье? Какую мысль не договорили?

В бараке тихо стучит дверь.

По траве шелестит струя.

В такие минуты мне кажется, из Севы получился бы неплохой ведущий. Страстный, эмоциональный рассказчик. Не то что я.

— А если это конфликт поколений? Между старшим и младшим братом? — говорю я. — Только в государственных масштабах? Была же разница в возрасте...

— Пятнадцать лет.

— Вот видите. В какой-то момент младший вынужден строить свою берлогу. Свою Вавилонскую башню.

Сева молчит, потом отвечает:

— Кончили они одинаково.

Я соглашаюсь:

— Каждый упал со своей башни.

— Вы-то на чьей стороне?

В его голосе улыбка.

— С какой башни падать?

Несколько лет назад я не задумываясь ответил бы: «С Аввакумовой». Но теперь говорю:

— Не знаю.

На следующий день сеет мелкий дождь, но к обеду неожиданно светлеет. Это самая хорошая погода для съемок, и дядя Миша торопится, гонит всех на выход.

После полудня мы перебираемся с улицы в храм. Когда Степанов отпирает дверь, я замечаю как Сева украдкой крестится.

Техник, замыкающий шествие, крестится тоже.

Через десять минут все готово, нужно только поставить свет. Это работа осветителя, и я смотрю на его кофр, как на ящик Пандоры. Наконец дядя Миша, тихо чертыхаясь, вскрывает его. Мы ставим лампы, тянем кабель. Сева щелкает тумблером.

От света храм словно раздвигается. Купол, ниши — уходят в глубину. Такое ощущение, что храм не забросили, а просто недостроили.

Пока наши доснимают в храме, я свободен. Можно изучить Остров, хотя что? Через пять минут слепая тропа выводит по хребту на перешеек, слева и справа валуны, море. Вот и весь Остров. А дальше через пролив — Малый.

Я перехожу по камням на ту сторону. Малый Остров совсем крошечный, и тропа быстро упирается в рощу; дальше обрыв. Над обрывом между двух сосен заросший холмик. Деревянный крест — поперечина висит на гвозде, как пустой рукав. А сам холмик обложен камнями. Несколько минут я молча стою над крестом, кутаясь от ветра. Ни надписи, ничего. Безымянная могила.

После ужина все разбредаются по комнатам. Витя, пока работает дизель, подключает компьютер, остальные режутся в карты. Дядя Миша ушел к себе за перегородку. Сева, сложив на груди руки, дремлет у печки.

Я возвращаюсь в избу.

Степанов не спит, возится за занавеской.

— Алексей! — Я хочу спросить про могилу.

Занавеска отодвигается:

— Аю?

Он слушает, пощипывая ухо:

— Вам для передачи?

— Нет, зачем.

— А то это ж легенда.

Помолчав, он рассказывает.

— Давно, в пятидесятых. Два бича, он и она. Пара. Откуда, никто не знал, а сами не распространялись. После лагерей, наверное. Ну и договорились, начальство даже керосин выдало. Вроде платы за охрану, за зиму. Хотя от кого охранять? Всю зиму Остров и так заперт.

— Как это заперт? Землю вон с берега видно.

— Лед не схватывается, — отвечает Степанов. — Из-за реки, течение же. В сплошное крошево. Ни на лодке, ни пешком до апреля.

Степанов чему-то посмеивается, а я не могу поверить: быть отрезанным от всех? Когда до земли рукой подать?

— Метафора.

— Аю? — Степанов не понимает.

— И что могила?

Он снова выглядывает из-за занавески:

— Я и говорю, в зиму один так заболел, что без специальных лекарств никак. И второй пошел, на лодке пошел. А когда вернулся, тот, больной, уже помер. Опоздал он. Ну и похоронил. Я мальчишкой был, точно не знаю. Но говорили — так было.

— И что потом? Который остался?

— Весной исчез, — Степанов пристально смотрит на меня. — Когда пришла партия, ни его, ни лодки. Только могилка.

Смотрит на этажерку:

— И вот.

Он приподнимает журналы, тянет.

Из стопки сыплется труха и мышиный помет.

— Дневник, тридцатые годы, — протягивает тетрадку Степанов. — Только страницы на растопку повыдрали.

— Бичи — и дневник?

Честно говоря, мне немного страшно открывать эту пухлую, в черной дерматиновой обложке тетрадку.

— Так они из образованных, — говорит Степанов. — Интеллегенция.

Он приглаживает жидкие волосы и снова пристально смотрит.

— После лагерей таких на Севере много было. Тут прописку не спрашивают.

6. ЧЕЛОВЕК С МИКРОСКОПОМ

Дневник неизвестного

В тот день мне сказали, что в школу приехал человек с микроскопом и все желающие могут посмотреть в этот прибор. Микроскоп я видел только в энциклопедии и сразу же ринулся в школу. Не застав человека, я страшно расстроился. Но вскоре мне посчастливилось познакомиться с ним.

Этим человеком был новый школьный инструктор Сергей Поршняков. Наше знакомство произошло вот как. Узнав, что этот самый Поршняков интересуется всякой всячиной, я пришел к нему с карманами, набитыми окаменелостями с берегов Увери. Узнал в школе адрес и явился.

Дверь открыл темноволосый, с небольшой бородкой, человек в роговых очках, под которыми скрывались светлые глаза. При близоруких глазах взгляд его был на удивление прямой, очень спокойный и внимательный. Принял он меня радушно.

В крошечной комнате с окнами на реку было много книг. На столе, занимавшем полкомнаты, стояли спиртовые препараты и научные приборы. Несколько географических карт на стенах и даже подзорная труба. Все это говорило о широких интересах хозяина. Что он человек из мира, не похожего на тот, который окружал меня в Дубровичах.

Вскоре наше знакомство с Поршняковым перешло в незыблемую дружбу. И это при разнице в возрасте! Он как будто взял надо мной шефство, негласную опеку. Рассказал обо всем диковинном, что хранилось у него в доме. Дал почитать книги по истории края. Научил, как работать с микроскопом. Открыл мир инфузорий. И, главное, решительно посоветовал поступить на службу. В городской музей, где он и сам в ту пору работал.

Штат музея, помимо Поршнякова, состоял из директора и сторожихи-уборщицы Агафьи Капитоновны. Но для меня тоже нашлось место, правда, без особой специальности. Работа сразу понравилась, хотя мне, конечно, недоставало того поршняковского самозабвения, с которым он отдавал жизнь изучению родного края. Особенно радовало то, что по работе приходилось сталкиваться с различными отраслями промышленности. В поисках материала я побывал на стекольных фабриках и в каменоломнях. Заходил на наши знаменитые заводы огнеупорных материалов. Даже на бумажную фабрику меня однажды пропустили. А ведь еще несколько лет назад я был мальчишкой и не смел помышлять о подобном.

В музей часто звонили из НКВД, чтобы разобрать какое-нибудь имущество — церковное или вымороченное. После одного такого звонка несколько дней провозился я с наследством некоего Ивана Беляева, бывшего фабриканта глиняной посуды нашего города. Этот Беляев оказался предусмотрительным малым и прикрыл дело ровно перед самой Революцией. Репрессиям он не подвергался, но судьба все равно нашла его — дожив до глубокой старости, он был убит с целью грабежа своими квартирантами: девкой Фишей из деревни Барышево и ее любовником.

Родных у старика не было, и поэтому имущество перешло НКВД. Так я оказался в мрачном доме, стоявшем у городских ворот. Странное чувство суждено было испытать мне, разбирая вещи старого скряги. Все знали, что последние годы он жил бедно, чуть ли не подаянием. И вот оказалось, что все комнаты, кладовые, подвалы и чердак в его доме буквально забиты вещами. Тут обнаружил я глиняные садовые вазы в большом количестве; почти не ношенные, но окончательно изъеденные молью шарфы и шубы; самовары с царскими клеймами; дамские шляпы довоенных времен; сотни глазурованных горшков; ящики с печными изразцами; десятки бидонов с олифой, стопки дореволюционных журналов различных обществ; несколько патефонов и горы пластинок к ним; несколько печатных машинок и целый сундук с иконами из церкви, которую недавно взорвали.

Среди хлама подвернулась мне тетрадь, исписанная довольно корявым почерком. В ней старик пытался дать что-то вроде воспоминаний. Владел он пером едва, но тетради все равно каким-то чудом передавали «дух эпохи». Забегая вперед, скажу, что свой дневник я начал писать после беляевских тетрадей.

Примерно в то время я начал писать и стихи. Как это случилось, сейчас не помню. Знаю только, что никакого специального толчка или желания не было. Просто стал писать, и все тут. Но что делать дальше пишущему человеку? В литературе тогда владычествовал недоброй памяти РАПП во главе с «великим инквизитором» Авербахом. А я писал лирику, то есть шансов быть услышанным не имел. Но поскольку никакой поэт не может жить в одиночку, я принял решение послать свои вирши какому-нибудь известному стихотворцу.

Выбор пал на Всеволода Рождественского. Он не стоял в первой пятерке советских поэтов, но мне нравились его стихи за то, что в них говорилось о солнечных днях, о дальней дороге, о светлой юности.

Спустя время в Дубровичи пришел конверт на мое имя. Рождественский ответил хорошим, подробным письмом. Он писал о моих стихах, что это стихи пока еще неискушенного в поэзии человека, но что «в Вас есть главное — воображение и способность чувствовать за внешним миром его подлинную материю». А мастерство и голос придут со временем сами.

Уже будучи студентом, в Ленинграде, я пришел к нему в гости. Рождественский вспомнил меня. Мы провели целое утро в душевной беседе. Он читал свои ненапечатанные стихи, а я, робея, свои. Потом он рассказывал о жизни Максимилиана Волошина, которого я давно включил в число «своих». Вспомнили мы и Гумилева... С волнением смотрел я на автограф Николая Степановича: лист бумаги, исписанный некрупным, ровным почерком красными чернилами. Это были стихи из «Огненного столпа».

Безудержная скачка по времени и пространствам. Вождь непокорного племени; беглец из египетского плена; мудрый дервиш, которому сладко в шуме базаров «жить святым и нищим, перебирая четки дней». Неважно, что путь Пегаса усеян ляпсусами. Неважно, что стихи получаются не очень. Зато можно представить себя римским воином. Средневековым дровосеком. Жрецом храма Любви. Капитаном корабля или на худой конец машинистом. Робинзоном Крузо. Можно сродниться с этими людьми в борьбе со словом, перевоплотиться в них. И в этом перевоплощении нарушить границы «я».

Или перевоплощаться в себя? Только отнесенного подальше от действительности? О, в каких положениях только я не бываю *там*. Например, люблю прекрасную девушку. Отвечает ли она взаимностью? Иногда стихи говорят мне, что да — ведь *там* я лучше, чем *здесь*. Но иногда...

А еще земля под ногами. Эти дома на земле, поля, люди. Все, что передо мною, и сам я — каким живу на земле. Да, иногда Пегас появляется и тут. Но ему не слишком по душе в наших палестинах. Ведь здесь надо топтаться на узкой дорожке. С одной стороны, сорная трава самоуничижения, с другой — желание слиться с людьми — вот и весь пейзаж. От такого Пегасу скучно! И он удирает... О, это норовистая лошадка. Ни малейшего принуждения она не выносит. Только полная свобода, иначе она упирается или сбрасывает крылья. И превращается в клячу, которую нужно тянуть через силу.

Все это относится к тем стихам, которые были написаны в Дубровичах. Тогда, в двадцать лет, я был одинок и не верил в себя. И мои стихи стали для меня спасением.

Возможность выступления в печати меня почти не интересовала. А два-три стихотворения, случайно опубликованные в «Красном Балтийском флоте», в расчет я не брал. О печати я думал как о деле преждевременном.

Позже я попытался перестроиться на современный, рапповский лад, и начал писать о том, что требовало время. Правда, из этих попыток ничего не вышло. Но благодаря им я понял важную вещь: что поэт становится поэтом, когда идет своей дорогой; когда он прав только перед собой и богом поэзии Аполлоном; а на всяком ином пути поэзия превращается в *ничто*. Иногда это *ничто* бывает веселым или полезным для текущего дня. Но к поэзии отношения уже не имеет. Хорошо бы придумать для этого *ничто* особое слово. Называть его хотя бы «ритморечью», чтобы не вносить путаницу. Не вся ли беда в нашей литературе от этой путаницы?

Побившись сколько-то времени, я решил: раз мне скучно писать на заказ, я не поэт и мне следует замолчать. И я замолчал. Мое молчание еще более убедило в отсутствии поэтического дара, ибо принято считать, что поэт молчать не может. С другой стороны, разве не бывает длительный сон души? Разве не молчали десятилетиями Фет и Рембо?

Я не писал много лет, невзирая на настояния Поршнякова, моего вечно сурового критика. Скажу сразу: в многогранной натуре этого человека жила *настоящая* любовь к поэзии. То глубокое, интуитивное ее понимание, какое теперь так редко встречается даже в среде культурных людей. Поклонник жизни с большой буквы, он был влюблен в поэзию. Конечно, он осуждал меня за мотивы упадничества. Но в то же время называл преступлением мое поэтическое молчание.

Рабфак в Дубровичах окончен. Ну а дальше? Если не брать литературу, по своей натуре я склонялся к истории. К тому типу людей, которых называют «борцами с забвением». Кто находит удовлетворение, давая подобие второй жизни давно ушедшему. Для человека с таким мироощущением привычно сознание долга перед прошлым. Он чувствует моральную обязанность говорить за тех, кто больше ничего сказать не может. Для людей такого склада очевидно, что забвение прошлого есть уничижение настоящего, ведь оно тоже станет прошлым. Забывать прошлое — значит унижать себя и свое время, вот что я чувствовал.

И все же я не пошел по этому пути. Причиной стало опасение, что мне не по зубам «партийность». То четкое следование догме, которая более всего имеет место в гуманитарных науках. Что было делать? Я вспомнил, как еще мальчишкой увлекался Бремом, Гааке и Шмейлем. И вот, взвесив все «за» и «против», решил поступать на биологический факультет Ленинградского университета.

Поймет ли молодежь, поступавшая после школы, что значит в тридцать лет переступить заветный порог? Первая лекция на Среднем проспекте, химия. Острое ощущение новизны. И тут же досадное открытие: ты не умеешь следить за лекцией, не можешь аккуратно вести записи. Слишком отвлекаешься, не следишь за мыслью.

Дело в том, что учебу в Ленинграде я расценивал как период жизни, который нужно ощутить во всей полноте. Ведь потом, когда судьба забросит меня куда-нибудь в тмутаракань, что мне будет вспомнить? Именно эта мысль мешала мне погрузиться в занятия. А еще то, что биологические науки по-настоящему так и не заинтересовали меня. История — вот к чему продолжала лежать душа.

В первый месяц учебы мне выпало настоящее студенческое крещение. Денег, кроме тех, которые я получал, продавая свои книги, нет. Обращаться к родным нельзя, они сами еле сводят концы с концами. Да еще без хлебной карточки. Так и пришлось до самого октября жить на кипятке и черном хлебе. На рынке, где я отоваривался, случались истории. А какие типы! Вот паренек продает девушкам тексты песенок из кинофильмов. Вот у забора вполголоса поют о Смоленской Божией Матери две черные монахини. Вот торговки миногами, которых гоняет дежурный милиционер («Эй вы, со своими змеями!»). И я — брожу среди них, прицениваюсь. Смотрю голодными глазами.

Однажды к нам в комнату № 100 подселили историков. Сразу стало шумно и весело и невозможно заниматься. То грубоватый вятич Филипп Криницын схватывался с рогачевским евреем Борисом Гуревичем, имевшим плохую привычку в разговоре придвигаться к собеседнику — дескать, какой он историк, если путает детей Ярослава Мудрого. То женственный Леша Бабич читает стихи Луговского, Багрицкого, Пастернака. А вот сельский учитель из Белоруссии Лашкевич тягучим голосом повествует о своих любовных похождениях.

Вскоре историки переехали, но я долго еще скучал по ним. Их разговоры заставляли меня думать о главном. А была ли у нашей страны другая дорога? Бывает ли вообще в Истории выбор? Какое влияние человек и его идеи — пусть самые ничтожные, мелкие — оказывают на ход событий? На подобные вопросы наши преподаватели не отвечали. Да и задавать их в то время было небезопасно. Но как человеку жить без ответов на эти вопросы?

1 декабря 1934 года. В этот день я пришел в общежитие поздно, засиделся на Мойке у однокурсника. Разделся, повесил пальто. Где все? В комнате у печки только Федя Дорохин.

— Иди, наши там, — он говорит, не поднимая головы, глухим голосом. Ничего не спрашивая, бегу в столовую.

В столовой поют «Интернационал». Опоздал, расходятся! Какая тяжелая, недобрая тишина... Что? Что случилось?

— Кирова убили, — наконец выдавливает Криницын.

— Кто? Как? Зачем?

— Ничего не знаю. Убийца задержан.

2 декабря 1934 года. Четыре часа утра. Весь университет во дворе, тысячи человек. Мы идем прощаться с Кировым. На улице морозный туман и камни на набережной покрыты инеем. Мы идем. Со всех концов стекаются молчаливые, темные в предутренней мгле колонны людей. Над головами знамена с черной каймой. Мы идем.

Мы поднимаемся по ступеням Таврического. Где-то звучит музыка, тихая. Она все громче, громче. Входим. В высоком зале среди пальм, под склоненными знаменами семи республик возвышается постамент. На нем в цветах гроб, в гробу — Киров. В первое мгновение он кажется огромным. Его пожелтевшее лицо точно выбито в камне. Темные пятна на угловатом широком лбу. Тяжелый, волевой подбородок. Неподвижность.

Почти у всех на глазах слезы. Я тоже прячу лицо. Да, сегодня в этом зале каждый дает себе какую-то великую клятву. На всю жизнь. На все времена. Клянусь себе и я.

Еще вчера я спрашивал себя об Истории — какой в ней смысл? Куда она движется? А теперь слышал ее чугунную поступь. Эта История была совсем не та, о которой нам говорили на лекциях. Или о которой мы рассуждали с ребятами. Она была настоящей, ибо бесповоротной. Равнодушной в своем неумолимом, каком-то почти природном движении — к человеку и тому, что он делает. Стирающей или накрывающей все на своем пути, как ледник или тьма. И эта тьма окутывала нас.

Выстрел в Смольном прозвучал как объявление войны. И недолго оставалось ждать ответного шквала. Но против кого? Мы, студенты комнаты № 100, только гадали. Конечно, жесточайшие репрессии применят к тем кругам, представителем которых был убийца. Но что это за круги? Шпионско-диверсантские? Староинтеллигентские? Ясно было одно — прямые виновники увлекут за собой в бездну других. Тех, кто состоял в родстве или был связан знакомством, обстоятельствами жизни. Даже случайной встречей, разговором.

И вот — началось. Листки на университетской доске приказов. Читаю:

— Исключается из числа профессоров... Исключается из числа доцентов... Исключается... Исключается... Исключается...

Одним из первых — Маторин, профессор исторического факультета. Когда-то он работал личным секретарем Зиновьева.

Следом исчез декан того же факультета Зайдель — ему было предъявлено обвинение в организации террористической группы в Академии наук.

Потом по университету разнеслась весть, что расстрелян студент четвертого курса Сергей Транковский. И дальше, дальше — без счета, без перерыва. Страшное время!

7. БАНКА ИЗ-ПОД КОНФЕТ «МОЦАРТ»

Степанов сидит на корме, на ящике с песком. Сапоги у него блестят на солнце. Он по-кошачьи щурится, провожая взглядом Остров, чья серая полоска стремительно сужается на горизонте. Снова прикрывает глаза.

Я догадываюсь, о чем он сейчас думает — что все изменится. Что после нашей передачи начальство прикажет решить проблему. Деньги, конечно, разворуют, но что-то же останется? На это «что-то» он заделает крышу братского корпуса, а если повезет, и купол.

Какое дело Степанову до монастыря? Если даже стране этот монастырь не нужен? Он переводит на меня взгляд, я опускаю глаза. Ни один из выпусков нашей программы еще никому не помог, мне это хорошо известно. Его Остров исключением не станет.

...На море штиль, наши на палубе — курят, сплевывают. Фотографируются. Слушают байки дяди Миши и даже смеются — не байкам, а хорошему настроению, потому что съемки позади, мы возвращаемся.

В сумке у меня «Дневник». Я перебираю в памяти эпизоды, фразы. Ничего особенного, но как упрямо этот человек смотрит в свой «микроскоп»! И это его знание — свое, внутреннее. Такое невозможно приобрести с чтением или опытом. Откуда оно? Ведь никакого опыта у него, до тридцати лет ходившего в мальчишках, не было. А «микроскоп» был, и знание тоже было.

Войдя в реку, катер прибавляет обороты. Снова безразмерная, удвоенная облаками линза воды. Лысые берега, причал. Песчаная полоска берега и наш фургон.

Я сбегаю по доске первым.

— Ну как?

— До Москвы дотянем, — мрачно отвечает Игорек.

Пока мы обнимаемся, за его спиной терпеливо ждет молодой человек в костюме и галстуке. Кажется, я знаю, зачем он здесь.

— Безлюдный, — представляется он.

Рука у него прямая и твердая.

Он и Сева отходят к «уазику», который приехал за Степановым. Через минуту Сева машет рукой: «Подойдите».

Безлюдный помогает открыть картонную коробку. В коробке лежит большая круглая банка из-под конфет «Моцарт». Несколько секунд мы молча смотрим на красную крышку с портретом композитора. Потом Безлюдный расправляет листок, а Сева достает ручку.

Степанов долго прощается, трясет каждому руку.

Наши благодарят за Остров.

— Алексей, нет — правда...

— Мы много где, но...

Очередь доходит до меня.

— Забрал тетрадку, — пожимаю мягкую ладонь.

— Ну и слава богу.

Он шамкает губами, как бабка.

Игорек сочувственно поглядывает в мою сторону. Он в курсе, *что* мы везем.

— Остальным ни слова, — прошу я.

Хотя зачем? За неделю на Острове об осветителе никто даже не вспомнил.

До Двинска двести километров по тайге, но груженый фургон будет ехать часа четыре, поэтому на выезде народ просится в магазин.

— Только по-быстрому, — тон у Михал Геннадьича деловой.

Наши вылезают.

— А вы? — Сева.

— Пакет кефира, ладно?

Коробка стоит там, где сидел осветитель. Перегнувшись, открываю и достаю банку. Тяжелая, и не подумаешь, что пепел столько весит. Перекладываю банку в свой пакет. Прячу под сиденье.

Через десять минут наш фургон мчится вдоль моря. Пока асфальт не кончился, Игорек газует. Берег утыкан дачными домиками, но по карте видно, что скоро дорога уйдет в тайгу. Значит, пора.

— Извини, забыл, — говорю водителю.

В смысле, приспичило.

Машина, шелестя гравием, скатывается на обочину. В наступившей тишине что-то щелкает и потрескивает под капотом. Какой-то сверчок допевает, дотягивает свою песню. Но вскоре он стихает.

— Не расходимся, — толкаю дверь. — Дядя Миша, проконтролируй.

Сосны шумят над головой. Начался отлив, камни выросли из воды. Прыгая на песке, скидываю обувь, закатываю джинсы.

Вода ледяная, а песок на дне плотный.

— Подождите! — это кричит Сева.

Я оборачиваюсь — в длинном черном пальто он похож на шахматную фигуру.

«Черт бы тебя побрал».

Когда джинсы намокают, кое-как вынимаю банку. Сначала она никак не открывается, я даже ломаю ноготь. Когда крышка съезжает набок, пепел вырывается из банки и струится по ветру как газовый шарф. Он оседает на воду и превращается в рябь, бесконечно бегущую к бесконечно недостижимому берегу.

Несколько черных комков падают в воду. Все, дело сделано. Только один вопрос, что с пустой банкой, сводит с ума.

— Ну! Давайте! — снова кричит Сева. — Замерзнете!

На душе легко и спокойно, как бывает, если выполнить то, что не мог не сделать. Вот только банка.

Сева помогает выбраться, протягивает фляжку. Коньяк обжигает, и по телу, пока я обуваюсь, растекается тепло. А Сева торопливо набирает в банку песок. От ветра полы его пальто развеваются как крылья, теперь Сева похож на крупную птицу. Он прячет банку с песком в пакет. Я киваю: под бумагой подпись, мы должны привезти на канал хоть что-то. В том, что ни одной живой душе не придет в голову открывать банку, можно не сомневаться. И мы, разделившие с этой минуты никому не нужную тайну, идем по песку к машине.

8. ДВА ПОТЕРПЕВШИХ

Он посчитал: ровно неделя с той ночи, как исчезла Аня. С тех пор как они не видели друг друга. Значит, то, что произошло, не случайность или недоразумение, и нужно не ждать, а действовать. Но как? В расписании театра ее спектаклей не значилось. У него в комнате-коробке Аня тоже не появилась. А когда он приехал на Гастелло, хозяйка просто захлопнула перед ним дверь.

Он решил выбрать наблюдательный пункт — рядом с домом, в заброшенном особняке у железной дороги. В комнате, бывшей конторе, откуда Анино окно было как на ладони. Он приходил сюда каждый вечер. Приходил, садился за пыльный стол и ждал. От грохота электричек мутные стекла в комнате дребезжали. Звенела крышка старого чайника, подпрыгивала и брякала ручка пустого письменного ящика. А он сидел и смотрел через улицу.

Напротив одно за другим зажигались окна. Люди приходили с работы, дом наполнялся жизнью. Только Анино окно оставалось темным. Это слепое пятно словно говорило, что Ани нет и не существовало. Что это не они целовались на крыше над улицей. Не смотрели в чужие окна. Эти окна горели как прежде, неярким светом. Внутри ничего не изменилось тоже, те же синие майки, мучнистые лица. Но теперь между ним и этими окнами стояла стена. Прозрачная, она отрезала его от мира — вместе со старым особняком, где он прятался.

Зачем ты ее бросил в редакции? — спрашивал он себя. Зачем сыграл роль мальчика на побегушках? Зачем, зачем... Днем, забросив учебу, он бродил по улицам. Всматривался в лица — вдруг что-то или кто-то подаст знак. Смеялся над тем, каким по-детски нестерпимым было желание, чтобы Аня сию минуту оказалась рядом. Иногда внутренний голос подсказывал, что ничего страшного не произошло. Надо просто забыть о ней, если она поступила так с тобой, исчезла. Выбрось из памяти, и пусть время лечит. Но желание оправдать себя побеждало. Он отвечал себе, что ищет Аню только с одной целью: чтобы узнать, в чем его вина. Что без него Аня счастлива и спокойна.

Постепенно в его воображении прочно обосновался образ Виталика, человека из редакции. Сколько ни гнал он его как ничтожный, нелепый, сколько ни говорил себе, что невозможно, «она и этот»! — голос подсказывал: ответ на все вопросы рядом с этим человеком. Что Аня и он связаны, причем задолго до всего, что случилось.

Единственной зацепкой оставалась Татьяна, но записку с телефоном он выбросил, а адреса не запомнил. Да и как смотреть в глаза после того, как исчез и не позвонил он сам?

Каждый день он поднимался на последний этаж. Он барабанил в двери редакции, но те только безучастно гремели. Садился перед окном на лестнице и смотрел вниз на улицу.

Двери оставались одинаково запертыми, а улица менялась. Привкус нового, непривычного, тревожного витал в воздухе. Даже люди изменились. Беспокойство — вот что теперь читалось на их лицах. Глядя на людей, он испытывал зависть, ведь они могли жить внешней жизнью. А он жил внутри того, что произошло. Внутри себя. Сидя на площадке с полукруглым окном, где еще не убрали пепельницу с окурками *той* ночи, он замечал, что идет снег. Но когда осень сменилась зимой? Этого он не помнил.

Внизу опасливо задирали головы прохожие. Чистил снег солдат из пожарной части — спокойными, размеренными движениями. Как ему хотелось быть на месте этого солдата! Ни о чем не думать, ничего не планировать. Никого не искать, а только чистить снег и ждать, чистить и ждать.

И вот то, за чем он охотился, случилось. Как если бы своим многодневным ожиданием ему удалось выпросить у судьбы подачку. Это произошло вечером на улице Герцена. Сначала из магазина «Свет» вышел молодой человек, и он сразу узнал одного из тех, Гека. Гек держал в руке коробку, а другую протягивал Татьяне. Да, это была она. В короткой юбке и красной курточке, отороченной пегим мехом, Татьяна опасливо переставляла каблуки по скользким ступенькам.

— Ба, пропащий! — Подняла глаза. — Здравствуй!

Сырой и снежный воздух тут же наполнился ее визгливой, торопливой речью.

Судя по тону, она не держала обиды или умело скрывала. А Гек просто стянул перчатку и коротко пожал руку. Втроем они потащились вверх к бульвару, утаптывая снежную кашу.

— Чего не заходишь? — спросил Гек. — У нас новое место.

Имелась в виду редакция.

— А где?

— Новый Арбат. Ты ведь пишешь?

Пока Гек рассказывал о газете, Татьяна делала вид, что разглядывает фотографии в окнах ТАССа. Надо сказать, что этот Гек все больше раздражал его — своим развязным тоном и тем, что сразу перешел на «ты»; что читал и даже запомнил его заметки о книгах; но главное — тем, что мешал поговорить с Татьяной.

«Сбить бы его школьные очки, врезать».

Словно читая мысли, он сунул ему коробку.

— Давай, держи. Всего хорошего.

Гек попрощался с Татьяной и повернул в сторону. Оставшись вдвоем, они пошли дальше к «Пушкинской».

— Только ничего не говори, — сказала она.

Мягко взяла под руку, поправляя красный волосатый беретик.

Мокрый снег под ногами чавкал, а коробка глухо стучала.

— Ты не переживай, — погладила по рукаву.

— Чего мне переживать? — грубо соврал он.

Она прижалась к нему.

— Мы оба потерпевшие, — сказала, не глядя на него.

Он зачем-то хмыкнул.

В глазах Татьяны мелькнуло что-то подлинное, тусклое и горькое. Жалость к нему, к себе.

— Это даже хорошо, что ты... — недоговорила она.

Посмотрела из-под беретика.

— Она вернется.

— Что?

С коробкой в руке и открытым на полуслове ртом, он стоял на бульваре и ловил воздух.

— Скоро!

Она поцеловала его и тут же вытерла помаду. Забрала коробку. Не оборачиваясь, засеменила к метро по бульвару. А он стоял и не знал, что делать: ликовать или плакать.

Медленно пошел обратно к памятнику.

Сложив руки на животе и опустив голову — словно передразнивая памятник, — у постамента ждал Гек.

9. ПРАКТИКА ГАВАЙСКИХ ЗАКАТОВ

Оказывается, Гек не ушел, а ждал на бульваре, когда мы расстанемся. Почему он решил, что я не поеду с Татьяной?

— Выпьем? — предложил он. — Домжур?

Развязный тон сменился просительным. Теперь передо мной стоял обычный близорукий молодой человек в шапочке-петушке.

В Домжуре бывать мне не приходилось, да и перемена в тоне Гека заинтриговала. Чего это он? И я, подумав, согласился. После разговора на бульваре возвращаться домой совсем не хотелось.

По его «корочке» нас пустили в нижний бар. Пока Гек двигал табуреты у стойки, я с любопытством осматривался. Обстановка тут была как в советских фильмах про заграницу: джаз, ночники на столиках и зеркальный шар под потолком.

— Слава! — Гек поднял руку в приветствии.

Бармен невозмутимо кивнул и продолжил крутить полотенцем в стакане. Цепочка на его очках в такт покачивалась.

— Лучший в Москве, — зашептал Гек. — Про тебя рассказываю! — Это он произнес громко.

Слава дотронулся до галстука и наклонил голову.

Денег хватило на водку, сок и пару бутербродов.

— Конечно, тут не Америка, — Гек поднял рюмку.

— Ты был в Америке? — мне хотелось подловить его.

— Да.

Я осекся, а он помахал кому-то рукой.

Дама в открытом платье в ответ улыбнулась.

— Ты знаешь, они... — он ткнул пальцем за спину, — меня заклевали. Татьяна эта, Виталий Вадимыч. Говорят, мы тебя отправили в Америку, а ты? Что привез? Что написал? Я пытался объяснить. Честно, что это главное. А Татьяна идет пятнами, за сердце хватается. Главный ржет как мерин. Будешь слушать?

Неужели он ждал меня на бульваре только для того, чтобы рассказать про Америку?

— Давай.

Со слов Гека выходило, что в Штаты его отправил главный редактор, тот самый Виталик. Это была стажировка на Западном побережье. И вот теперь ему, Геку, надо было со мной посоветоваться.

— После курса, — продолжал он, — нам полагался творческий отпуск. На Гавайях. Чтобы там, у океана, мы спокойно все написали. Ну, об американских ценностях. Вот я и написал. Что для меня... Что у них...

Он отставил пустую рюмку и открыл сумку.

На стойку легли исчерканные странички машинописи. Он поднял глаза, потом опустил голову.

— «Чаще всего человек думает, что о закатах ему все известно, — начал с ходу читать он. — Между тем есть закат и закат, и разница между ними, как между дачным спектаклем и оперой. Тихое увядание, исчезновение: вот классический русский закат средней полосы. Солнце садится долго, но его не видно. Оно там, за лесом — куда взгляду невозможно проникнуть. Русский закат — это всегда недосказанность, незавершенность. Фон, на котором так хорошо предаваться мечтаниям или грусти. Другое дело океан. Тут солнце не тихий гость, это уход с большой буквы. Так уходят даже не короли, а боги. Всесильные боги, которым нет дела, что на них смотрят. Русский закат всегда один и тот же, и в этом его обаяние; фатум, милый нашему сердцу. На океане закат разный. Бог не повторяется, каждый вечер у него новое представление...»

Гек пропустил страницу:

— Ты слушаешь?

Я был идеальным слушателем.

— «В тот день на небе с утра бродили тучи. Низкие и однообразные, они не предвещали ничего интересного. Только опадали и надувались, опадали и надувались. И когда их разносило, они висели на небе, как промокшие простыни. Пока наконец не случилось вот что. Неожиданно брюхо самой крупной тучи лопнуло. Из образовавшейся дыры хлынул поток ослепительного солнечного света. Этот луч белого света обшаривал воду, а туча бороздила небо, как подводная лодка. Искала кого-то или охотилась.

Между тем над самым горизонтом наметилась своя история. Нежные и белые, маленькие облачка плыли на фиолетовых тучках, как парусные лодки. Они выстроились в ряд наподобие флотилии. Они тихо покачивались на воде — пока луч из тучи не ударил по головному суденышку и не расшиб его вдребезги. Потом второе, третье. Лодочную флотилию ждал бы разгром, но тут неожиданно выглянуло солнце. Все разом переменилось. Солнце выглянуло из-за мыса, чтобы побыстрее исчезнуть в море. Но не тут-то было! Заметив солнце, и туча-лодка, и полуразгромленная флотилия бросились за ним в погоню. Даже громадный дредноут, всплывший над горизонтом, и тот поплыл в сторону заката.

Он шел к месту сражения медленно, словно на буксирах, и вскоре перегородил полнеба. На палубе дредноута лежал Гулливер. Он лежал навзничь, подняв голову-облако и выставив шишкастый нос. Он лежал с закрытыми глазами, а челюсть у него отвисла. Дредноут оказался катафалком, это были похороны.

Чем быстрее ускользало солнце, тем яростнее рычал океан. Уже не в один, а в два-три яруса громоздились волны. Валы шли один за другим, и стоило одному с грохотом рухнуть, как вырастал второй, а за ним третий, еще выше и страшнее. Шум океана складывался и распадался на тысячи громов. Не океан, но оркестровая яма, где рвет струны взбесившийся оркестр, — вот что я слышал. Увертюру к оперной драме.

Но никакой драмы не было. В последний момент солнце ускользало, скатывалось за горизонт. Тут же подводная лодка и катафалк с Гулливером исчезали тоже. Несколько минут — и там, где мчалось полчище, теперь порхали комочки пуха. Не падая, они кружились, словно кто-то дирижировал ими. Как будто художник набросал их в небо специально.

Так моя жизнь на океане превратилась в киносеанс. Каких только сюжетов, райских и апокалипсических, я не насмотрелся в этом кинотеатре! Какие сражения, любовные и военные, только не развертывались передо мной! Однако самое интересное ждало впереди. «Green flash» — так называли это явление местные жители...»

— Все это хорошо и красиво, — перебил наконец я. — Но идея? В чем смысл?

Он сложил листки:

— Разве этого мало?

Вид у него был обескураженный.

— Ты пишешь «бог», «божественное», — мне захотелось помочь ему. — Но, говорят, в палестинской пустыне закаты тоже фантастические. А боги у них разные.

Гек снял очки и посмотрел на меня тихими серыми глазами:

— По-моему, на Гавайях бога вообще нет.

— Тогда — почему?

Он нацепил очки.

— Может, идея божества возникает из отсутствия?

Пауза.

— В пустыне только на небе что-то. А внизу...

Снова снял очки, потер переносицу:

— Здесь ничего, там все. Внизу камень, жара, смерть. Наверху движение, воздух, жизнь. Вода. А на острове человек протягивает руку и просто срывает то, что нужно для жизни. И там, и там изобилие. Ты это имел в виду, нет?

— Для начала.

Идея увлекала его, хотя никакой палестинской пустыни он не видел. Это была очень русская вещь, такого рода заочные выводы. Иногда они приводили к открытию, но здесь? А еще меня смущало, что по какой-то неясной причине Гек считал, что мы с Виталиком друзья. Он говорил со мной так, словно у меня есть влияние на этого человека. И что я могу помочь ему. Так впервые в жизни я почувствовал себя самозванцем.

— Ты поэт? — пришло мне в голову.

Он смутился:

— С чего?

— Ты смотришь на мир как поэт.

— Ты не знал?

Теперь он заговорил прежним, небрежным тоном.

— Нет, откуда.

— Ну, может, Виталий Вадимыч.

Я снова почувствовал себя самозванцем.

— Нет, он ничего не говорил.

Пауза.

— Пишу.

— Печатаешься?

— Печатают.

— Книги?

— Пока нет. Но вообще ты молодец... — он ушел от разговора. — Что подсказал. Спасибо.

— Покажи, у меня есть издатели, — сам не зная почему, предложил я.

У меня действительно были знакомые.

Гек повертел пустой рюмкой, полез было в сумку.

— Да ну, — бросил листки обратно. — Лучше приходи на вечер.

— Стихи?

— Да, да, — в голосе звучало раздражение, как будто он жалел, что признался. — Что еще.

— Давай.

Он назвал адрес на Чистопрудном. Число, на днях.

— Постараюсь, — пообещал я.

Но про себя знал, что приду точно.

Самозванец я или нет?

На бульваре мы разошлись: он в сторону Нового Арбата, а я вниз по Герцена. Так, ничего не узнав о той, которую искал, я обогатился гавайскими закатами и знакомством с поэтом. В том, что Гек настоящий поэт, я не сомневался.

10. ЖЕЛТЫЙ, ЗЕЛЕНЫЙ И СНОВА ЖЕЛТЫЙ

Этот клуб в Сверчковом переулке открыли недавно, и в подвале еще стоял запах штукатурки. Повесив куртку на железный прут, я двинул по коридору. Налево и направо открывались небольшие сводчатые залы. В одном стояли выкрашенные красной краской стеллажи, тут размещалась книжная лавка.

В другом работала кухня. А вход в третий закрывала черная портьера.

Я подошел к доске объявлений. Судя по очкам в тяжелой оправе, рисунок на афишке изображал Гека. К виску художник пририсовал пистолет, а с другой стороны болталась на веревочке пуля. Пущенная из игрушечного пистолета, пуля прошла навылет. Что, по мнению художника, выражало суть поэзии.

В большом зале располагалось кафе. Ряды стульев делали полукруг у помоста, по-сценически обрамленного кулисами. А остальное место занимали столики.

— Один? Заказано?

Это спросил подскочивший брюнет-коротышка.

— На вечер, — ответил я.

— Поэтический! — согласился он.

Он вывел меня в коридор и приподнял портьеру. Тут находился зал для чтений, но ни Гека, ни слушателей пока не было.

— Здесь! — показал распорядитель. — Через полчаса начинаем. А пока можно скоротать время в баре.

Оценив его «скоротать время», я вернулся к стойке. В честь начала зимы в баре разливали глинтвейн. Не зная, куда девать себя, я взял стакан и прижался к стене.

Не успел пригубить, как меня окликнули. Это был Гек, он сидел слева от входа с каким-то типом.

Тип обладал поэтической шевелюрой и тянул пиво. Гек быстро пожал руку, а тот, второй — устало повторяя, что «мы в восторге от ваших рецензий, просто в восторге».

— Тут и устроим, — они продолжали начатый разговор. — Сцена, звук. Мы что, зал не соберем? На одного Негодникова сколько придет. А будут еще и серьезные авторы.

— Да, да... — вяло тянула «шевелюра».

Так прошло полчаса. Все это время, пока они разговаривали, Гек озирался. Видно было, что он нервничает или кого-то ищет. Наконец, когда подошло время, к нам подскочил коротышка.

— Ну что, — он сделал приглашающий жест, — начнем?

От этого лакейского, подсмотренного в каком-нибудь фильме жеста мне стало не по себе. Но делать было нечего, вечер начинался.

Только что пустой, зальчик наполнился. С трудом отыскав свободный стул, я устроился у выхода. Помахал Геку, который проверял микрофон и пил из стакана.

На вечер собралась разношерстная публика, но почти все были знакомы между собой. То, что некоторые не подавали друг другу руки, бросалось в глаза тоже, в поэтическом мирке шли свои войны.

В первом ряду сидели совсем молодые люди, студенты, и господин чиновничьего вида. Сунув портфель под лавку, он поправлял в нагрудном кармане платок, а ногой проверял портфель.

Вдоль стен слонялись долговязые красотки в джинсах, непонятно как попавшие в этот угрюмый подвал. Рассаживались ученого вида дамы с авоськами в руках. Какой-то парень с косицей методично обходил их. Когда он наклонялся, чтобы вручить афишку, косица свешивалась. Привычным движением он убирал ее. Дамы благодарили и прятали афишки в авоськи с продуктами.

Справа от микрофона, то есть почти на сцене, разговаривали двое. Дама с большими накрашенными губами что-то рассказывала немолодому, ей по плечо, человеку с мелкими, словно сдутыми чертами. Дама что-то шепотом доказывала — а «сдутый» делал вид, что внимательно слушает, не забывая кивать входящим.

Представляла Гека некая литературная дама. Судя по тому, каким благоговейным стало выражение у Гека, она была его редактором. Несмотря на возраст, редакторша носила зеленые обтягивающие брюки. Кривая полуулыбка, с какой она вышла к микрофону, не слезала с ее лица. Она выступала довольно долго и путано, хотя интонация чувствовалась хвалебная. Закончив, с той же неровно приклеенной улыбкой она разместилась в первом ряду.

Когда вышел Гек, раздалось несколько хлопков. Он поднял к лицу бумажки, они дрожали. Гек только сначала читал тихо, но уже через минуту стихи зазвучали громко и отчетливо. Без поэтических подвываний, которых мне меньше всего хотелось слышать. Недостатком было только то, что он спешил, словно стеснялся отнимать время.

Стихи Гека кишели яркими, иногда даже нелепыми образами. Тут было небо, которое колется, как шерстяной свитер. Спящая на телефоне кошка. Челюскинцы, дрейфующие на льдине. Говорящий укроп и античные статуи. Как и с закатами, он нанизывал и нанизывал образы. Однако здесь они складывались в подобие сюжета, и этот сюжет не давал им рассыпаться.

Ритм и рифмы были традиционными, но стихи звучали свежо и ново. Эта свежесть заключалась во взгляде на мир. Как будто поэт видел мир и вещи впервые после долгого сна. После того как забыл о них. И это ощущение передавалось слушателям.

Вскоре после начала портьера бесшумно отодвинулась и кто-то вошел. Этот кто-то встал у меня за спиной, и теперь те, кто оборачивался, чтобы посмотреть на него, смотрели на меня тоже.

Я не выдержал и обернулся. Это был знаменитый Александр Коробко, поэт-шестидесятник, недавно с помпой вернувшийся из эмиграции. Несмотря на приглашающие жесты из первого ряда, он сел у стены. А Гек сделал вид, что ничего не заметил.

Что делал знаменитый поэт на подвальном вечере? Неужели пришел специально — чтобы послушать Гека? Не успел я подумать, как портьера поднялась снова. Между стихами, когда Гек пил воду, можно было пройти на свободное место, но тот, кто стоял за спиной, не двигался.

Я решил, что мешаю, и поднялся. Это была Аня!

Ее нерешительный, выпрашивающий взгляд; тихая улыбка; блеск зрачков; и вот я забыл, кто и что вокруг; и все, что случилось раньше, забыл тоже; обида и страх, ревность и злость — улетучились, стоило мне увидеть ее.

Когда я посадил Аню к себе на колени, несколько взглядов тут же метнулось в нашу сторону. Но какое мне было дело? Теперь, когда я прижимался губами к ее затылку?

Снег колыхался над Чистыми мелкой сеткой. По той стороне летел похожий на аквариум трамвай, а здесь машины обдавали тротуар снежным месивом.

— Он не обидится? — спросил я. — Что мы сбежали?

— Ты хочешь вернуться?

Пауза.

— Как ты здесь?

— Пригласили.

— Кто?

— Кто и тебя.

Вышли на Покровку, встали на светофоре. Красный, желтый, зеленый, красный. Желтый, красный, желтый, зеленый. Целовались, и люди, чтобы перейти улицу, брезгливо обходили нас.

Потом я ловил машину.

— Нет, пожалуйста, налево.

Она отстранялась, чтобы показать дорогу.

Машина поворачивала в другую сторону.

— Куда...

— Ты что, торопишься?

В окне засверкал Калининский проспект. Несколько секунд вагоны метро на мосту летели вровень с нами, пока не исчезли в тоннеле. Потом потянулись каменные «комоды» Кутузовского. Когда дорога ушла на Рублевское, вокруг выстроились пластины многоэтажек.

— Здесь налево и снова налево.

В темноте Аня хорошо ориентировалась.

11. КВАРТИРА С ДВУМЯ ТУАЛЕТАМИ

Разлапистые, в засаленных пуфиках, диваны; полупустая и от этого кажущаяся огромной «стенка»; нечищеные, хотя и не старые, с пятнами от сигарет, ковры, одинаковые в прихожей и гостиной; почти такого же рисунка, что обивка на диване, шторы; столы и кресла дорогого советского гарнитура; цветной, но по нашему времени уже несколько антикварный «Рубин» — вся эта обстановка в квартире, куда мы попали, обладала тем удивительным свойством, что ничего не говорила о своих хозяевах.

Через десять минут Аня вернулась из ванны и теперь стояла с полотенцем на голове: чужая, взрослая. В чужом халате с белыми яблоками.

— Нравится? — она улыбалась.

— Чья это квартира?

— Наша.

Я молча вышел в прихожую и взял куртку.

— Что ты как маленький.

Она встала в дверях.

— Ты ничего не рассказываешь.

— Ты тоже.

— Я ждал тебя, мне рассказывать нечего.

— Ну хорошо, хорошо, — она взяла за руку. — Прости.

Кухня была настолько большой, что в ней поместился диван. Мы сели, она взяла меня за руки. С ее слов выходило, что эта квартира Виталия Вадимыча, «Виталика». Что в тот злополучный вечер, когда полгорода перекрыли, он просто привез ее сюда, поскольку имел депутатский пропуск.

— Больше-то проехать было некуда.

Сам он, продолжала она, в этой квартире не жил, а давно переехал к любовнице. Ее знал по театру — спектакль, где она с лилиями, ему понравился, они даже напечатали рецензию. А тут мы, такое совпадение.

— Он депутат от Украины. Съезда, первого — помнишь? Ну, бывший. Семья на родине, сам тут редакторствует. Любовницу ты видел, вострая блондинка за сорок. Татьяна, тоже из редакции. Квартира ведомственная, по советской схеме — вместе с мебелью и посудой. Сдавать почему-то не хочет.

Аня открывала шкафчики, где аккуратно была расставлена посуда с клеймами.

— Даже ножи казенные.

Гремела в ящиках.

— Все ж перекрыли, а тебя не было.

Она напирала на это «не было».

— Привез и к своей уехал. Посмотри, сказал. А понравится, оставайся.

Умоляюще смотрела на меня.

— Сколько можно по углам? А тут ванна. Два туалета.

Тащила смотреть туалеты.

— В этом грибы, — закрывала дверь. — Он разводит. Свет не гаси, ладно?

— Ладно.

Чем дольше мы кружили по квартире, чем радужнее рисовались картины нашей совместной жизни, тем больше мне хотелось верить в то, что я слышал. Ревность рисовала в воображении отвратительные картины, как она и *этот*. Но мечта спать в спальне, а не на топчане, завтракать в чистой кухне и говорить по домашнему телефону, а не бегать в таксофон на улицу — разве это не то, что я хотел?

— Но почему... — мне не терпелось узнать, что она делала после той ночи. Но и это легко объяснялось. Утром после событий она уехала по срочному вызову на Валдай — что-то с разделом имущества и завещанием, поставить подпись. Хотела предупредить, но в моей университетской каморке меня не застала.

— Ты же там без телефона, — оправдывалась. — Не телеграмму же посылать? Зато теперь у нас изба в деревне. Можно летом. Ты печь топить умеешь? Баню? Хочешь? Я раньше умела.

— Хочу.

Единственной вещью, мешавшей принять новую жизнь, было то, что тогда, ночью, тот самый Виталик ни у какой любовницы не был по той простой причине, что эту ночь его любовница провела с другим человеком. И этим человеком был я.

Так, с недоговоренности, началась эта «семейная» жизнь. Зона безмолвия, где и Аня, и он запрещали себе что-либо спрашивать, стала частью этой жизни. Но сейчас, вспоминая ту зиму, он готов сказать, что именно в чужой квартире они провели самое счастливое время.

В шкафу его рубашки висели теперь рядом с ее платьями. Просыпались и укладывались они тоже вместе. Ужинали, смотрели телевизор. Все это тривиальные вещи, но, испытанные впервые, они навсегда остаются в памяти. Ни забыть, ни вытравить их невозможно. Вот и его память зачем-то хранила Анину вечно расхристанную зубную щетку. Каким шампунем она пользовалась. Как постоянно забывала закрутить на тюбике крышку и та вечно закатывалась. Желтую губку и бирку на пижаме. Перед его глазами чашка, из которой она пила кофе. Недокуренная сигарета со следами кофе или помады. В каком порядке стояла в коридоре обувь. Вот Анин зонтик с рисунком английского флага, вот ложка для обуви. Плетеные тапки со смятыми задниками. Он помнил бижутерию под зеркалом и само зеркало — с календариком под зажимами. Щетку с запутавшимся волосом. Часики «Чайка» на радио. Книжечку расписания репетиций и спектаклей в театре, прижатую магнитом к холодильнику. Магнит в форме лондонской телефонной будки. Пометки фломастером, сделанные в книжечке, и сам фломастер, висевший на леске от бус, которые он рассыпал. Следы зубов на колпачке, потому что, изучая репертуар, Аня держала колпачок во рту.

Большую часть времени в чужой квартире проводил именно он. Стучал на машинке, звонил в редакции. Валялся перед телевизором. А потом ехал в город, чтобы встретить ее после спектакля.

Она играла часто, но все это были роли в массовках. Актерского роста они не давали, а времени отнимали много. Когда Аня уходила на утреннюю репетицию, он, полусонный, закрывал дверь и снова ложился. Потом просыпался окончательно, завтракал и курил на балконе. Садился за машинку барабанить обзор в очередную однодневку.

Иногда он уезжал на несколько дней к матери, и Аня жила одна. Время от времени она уезжала тоже: на короткие гастроли в провинцию. Единственной просьбой, когда она уезжала, была просьба не подходить к телефону.

— Пусть думает, что я одна, — пожимала плечами. — Кому охота чувствовать себя идиотом?

Он обижался, но стоило Ане закрыть двери, как внутренний голос убеждал, что так действительно лучше. Что нехорошо лишать Виталика подобного мизера. Слова для внутреннего голоса находились легко, и он был рад верить им. Жизнь в отдельной квартире была слишком безмятежной, чтобы портить ее подобными мелочами.

Виталик звонил редко, но когда звонил, они с Аней часами болтали. Никакого подвоха, разговор только в приятельских тонах. Но катастрофа все-таки случилась. Это произошло весной, когда он вернулся от матери, а Ани еще не было. Он поискал ее расписание, но книжечка репертуарного плана завалилась за диван. Там и обнаружился этот проклятый ремень. Среди комков пыли чужой мужской ремень — он лежал так, словно его только вчера бросили.

Подозрения тут же выскочили и набросились на него. Конечно, да, конечно, Виталик. Кто же просто так отдаст квартиру? Все эти ночные разговоры.

Телефон, не отвечающий, когда он уезжал. Те самые мелочи, ставшие вдруг кричащими. Воображение рисовало ему отвратительные сцены, которые происходили в квартире в его отсутствие. Он видел подробности так, словно сам снимал на пленку. Ревность и обида захлестывали его, но через минуту тот же внутренний голос нашептывал, почему еще этот ремень здесь очутился.

Сперва он хотел оставить все как есть — и пусть будет как будет. Но потом передумал и положил ремень на видное место. Он специально положил его так, чтобы Аня сразу увидела. Положил и ждал. Но ничего, кроме досады, на лице Ани не отразилось. Она тщательно скрутила ремень, бросила в шкаф и насмешливо сощурила глаза:

— Где нашел, Пинкертон?

— Там, куда вы его бросили.

Пауза.

— Что ты сейчас ищешь? — она.

Он ходил по комнате, невидящими взглядом скользя по предметам.

— Крышку от машинки.

Пауза.

— Она на подоконнике.

Пауза.

— Уходишь?

Замок на крышке щелкал, он поднимал и выносил машинку. Ставил в коридор к ботинкам.

— Вещи потом, вот ключ, — связка брякала на телефонный столик.

Аня пожимала плечами и выходила на кухню.

Садилась спиной к двери.

— Или ты хочешь что-то сказать мне? — не выдержав, кричал он из коридора.

Она молчала.

— Это то, что я думаю?

— Какая разница.

— Какая?! — опускался на пол.

— Если ты так думаешь, какая?

— Ты хочешь сказать...

Она резко поворачивалась:

— Я ничего не хочу сказать.

— Так я ухожу?

Как только он задал этот беспомощный вопрос, сражение кончилось. Теперь Аня могла придумать что угодно или не говорить ничего. Никаких прав выяснять и спрашивать у него больше не было. Не ей, а ему предстояло вымаливать прощение.

Однако история, которую рассказала Аня, превзошла даже те картины, которые рисовало его воображение. Оказывается, ремень этот принадлежал не Виталику, он принадлежал австрийцу, с которым Аня жила в прошлой жизни и о котором вскользь рассказывала. И вот на днях этот австриец вернулся, предъявил права.

— Не знаю откуда! — кричала Аня, глядя в пустое окно. — Нашел, позвонил, напросился. Сказал, что у него есть что-то о моей бабке. Что хочет передать. Тебя же не было!

Монотонно, с паузами на глубокие затяжки, Аня говорила. А он сидел на полу в коридоре, оглохший от боли, и не понимал, как жить со всем этим дальше.

Австриец, рассказывала Аня, ползал на коленях и клялся, что не может ее забыть. Готов увезти, жениться. Готов на все ради одной ночи. А когда Аня попыталась выгнать его, набросился и взял силой.

— Он массажист. Не руки, тиски.

Показывала синяки.

— Потом сказал, что ждет в «Национале». Будет еще неделю, если решусь уехать.

Аня рыдала, а он молчал. Внутри все оцепенело, покрылось льдом. Что оставалось, когда жизнь кончилась? Жалеть? Ненавидеть? Простить? Если да, то за что? И кого? Чтобы отвечать на подобные вопросы, нужен опыт, но никакого опыта у него не было. Ни бросить ее, ни быть рядом он не мог.

Когда она заснула, он еще сидел на кухне, а ближе к утру лег на край постели. Уснул, тут же проснулся. Принятое решение было единственно возможным, и он, одеваясь, с наслаждением представлял, как врежет ремнем по холеной круглой роже (почему-то лицо представлялось круглым). Как австрийца перекосит от недоумения и боли. А он будет хлестать и хлестать.

Через сорок минут он вышел на станции «Проспект Маркса». Шел мокрый снег, пустую площадь покрывали огромные лужи. Отражаясь в лужах, гостиница «Москва» напоминала печатную машинку.

Он потянул дверь, и та тяжело подалась. Из фойе ударил теплый воздух, пахнувший кофе, табаком и сдобой; воздух, наполненный бодрыми разговорами и звоном посуды.

Под настороженными взглядами привратников, оставляя на красной дорожке следы от снега, он прошел к стойке.

— У меня встреча с господином...

Губы с омерзением выговорили немецкое имя.

— Как вас представить? — человек снял трубку, а другой рукой открыл журнал.

Он молчал.

Рука с трубкой медленно опустилась, рычаг щелкнул. Человек за стойкой еще раз прошелся пальцем по странице, покачал головой.

— Гостей с таким именем в нашем отеле нет.

Он попросил проверить, уточнить — может быть, съехал? Если да, то когда и куда? Но повторный поиск результата не принес тоже. Мужчина из Австрии с таким именем в «Национале» в последний месяц не проживал.

12. МОСКВА — «МОСКВА»

С тех пор как я пришел на программу, Москва отодвинулась в дальний угол. Города, где я родился и вырос и который так любил, больше не было. То, как быстро он исчез под натиском нового времени, еще недавно причиняло боль. Но со временем эта боль притупилась. Раз города, который я любил, больше нет, пусть новый не будет иметь ко мне отношения. Если те, рядом с кем ты идешь по улице или едешь в метро, — москвичи, лучше быть кем угодно, но только не жителем этого нового и некрасивого, населенного чужими и грубыми людьми города.

Данте называл себя «флорентийцем родом, но не нравами». Так и мне, чтобы выжить в новом городе, требовалась дистанция. Нужно было приучить себя не принимать этот город, не впускать внутрь. Называть его и думать о нем в кавычках. Отделить от себя. Возвращаясь в «Москву» со съемок и все меньше узнавая город, я убеждал себя, что рад этому. Чем хуже, тем лучше, пусть поскорей зарастет травой.

Боль проходила, но мне хотелось уничтожить даже память о ней. Будь в «Москве» гостем, туристом, говорил я себе. Смотри на все, как если бы тебя окружал Пномпень или Гонолулу. Наблюдай с бесстрастием исследователя жизни во всех проявлениях. Почаще напоминая себе, что исчезали и не такие города мира.

Но с каким трудом давалось мне это бесстрастие! Как некая буддийская практика, оно требовало ежедневной работы ума и сердца, памяти. Хотя никаких гарантий, что эта работа приведет к освобождению, не было.

Я жил в «Москве» постояльцем: от одной поездки до другой. Сидел в Интернете или за книгами, собирал материалы. И ждал одного — когда наш фургон выползет за ворота студии, а потом и за Кольцевую, и дальше, дальше.

За «Москвой» нас встречала страна, чье прошлое лежало в руинах. Но это были руины, а не пустота. Эти руины завораживали, поскольку по ним, как по книге, читалась история. Не та история, которую расписывали в книгах, придумывали в школе или показывали в патриотических фильмах. В полуразрушенных и заброшенных и никому, кроме нас, не нужных дворцах и монастырях, усадьбах и фабриках лежало настоящее прошлое. Это прошлое, это исчезнувшее время было свободно от настоящего. Но именно в нем заключался смысл того, что происходило сегодня. Шифр, ключ. Но в чем? И какой?

Все это были новые и важные для меня вопросы. Встречаясь с друзьями, чтобы поделиться ими, я ждал отклика. Но те, кого я считал друзьями, давно превратились в тех, кому не интересно ничего, кроме собственного благополучия. А когда я говорил об этом, меня поднимали на смех. Хорош ли мир, окружающий нас, или плох? Хороши ли мы в этом мире? Свободны ли? Живем как мечтали? Если нет, то почему? И кто виноват в этом? Что нужно изменить, чтобы вернуть свое прошлое? Стать собой? Эти вопросы волновали их меньше всего, если волновали вообще. Они оставались по-прежнему умными, образованными, тонкими людьми. Но течение времени и образ жизни приучили не допускать мысли, что в мире может происходить что-то противоречащее их планам. Что правильная жизнь может идти не тем единственным образом, который они выбрали.

Мне было жаль их, но чаще я жалел себя. Ведь это я не сумел стать таким, как они, самоуверенным и безмятежным. Это я изгой, не вписавшийся в жизнь и новое время. Это я неудачник, пропустивший свое счастье, если вообще знающий, что это такое.

Постепенно мы перестали говорить об этом. А потом перестали встречаться. Я бы остался совсем один, если бы не племянница Маша. Удивительно, но в компании ее приятелей я нашел отдушину. Пока я женился и разводился, а потом ездил по стране со съемками, Маша успела стать красивой двадцатилетней студенткой. Заехав как-то раз к ней на съемную квартиру — что-то взять или передать, не помню, — я попал на вечеринку. Среди таких же, как она, аутичных, улыбчивых и тощих девушек, нахмуренных и вечно ироничных, смотревших исподлобья юношей я впервые за много лет почувствовал себя дома.

Спорить с ними мне не хотелось. Не возникало мысли ухаживать за какой-нибудь девушкой. Просто сидеть в углу дивана на кухне, просто смотреть — на их жесты и улыбки; как они готовят коктейли или салаты; неумело и решительно пьют водку; а потом играют в мафию или рассказывают по кругу истории — вот что мне нравилось.

Глядя на этих молодых людей, я видел новое поколение. Но впервые за много лет новизна не вызывала отвращения или ревности. Наоборот, эти люди оказались мне ближе, чем сверстники. И я радовался этому, как ребенок.

По своим дням я гулял с дочкой. Мы ходили в зоопарк или на каток; на утренний спектакль в тот самый театр, ведь они жили рядом, так уж вышло. Но жизнь в разъездах давала себя знать. Я больше не находил в дочке той замкнутости и задумчивости, которые так меня трогали. Она слушала все меньше, а отвечать старалась, как мама, заранее отводя мне роль человека, который всегда что-то должен.

Но винить в том, что вышло, нельзя было никого, кроме самого себя.

Последняя улица в городе, не вызывавшая неприязни или тоски, была Большая Никитская, бывшая Герцена. Здесь прошла большая часть моего прошлого, и я возвращался сюда снова и снова, желая понять, почему все случилось так, а не иначе, и какой в этом смысл. Улица и скверы, подъезды и подворотни, кафе и магазины, дворы, где мы гуляли, давно изменились. Но именно то, что улица со временем преобразилась, давало надежду, что и у моего прошлого есть будущее. Чем меньше общего удавалось обнаружить с улицей, где мы с Аней были счастливы, тем отчетливей мерещилась возможность продолжения.

Что касается «Дневника», вывезенного с Острова, в Москве я забыл о нем. Тетрадь нашлась, когда пришло время снова собирать сумку. И я с изумлением Робинзона развернул страницы в черном клеенчатом переплете.

13. ТАК ЭТО ТЫ?

Дневник неизвестного

Подробно рассказывая о пройденном пути, я ничего не сказал о Любви. Да и зачем говорить о том, чего не было. В разные годы мне нравились две-три девушки, но разве можно назвать это увлечение Любовью? Тем всепоглощающим, сжигающим и возрождающим душу чувством, которого я ждал всю жизнь? И вот теперь, когда в прожитых днях осталась моя одинокая юность, она пришла — беспощадная, безысходная. Любовь, испепелившая душу.

7 марта 1935 года — этот день я запомнил во всех подробностях. Как зашел после занятий в нашу библиотеку; увидел библиотекаршу, и луч из окна — как он падал на лицо этой немолодой женщины и трескался в круглых очках; как блестели золотые корешки старых энциклопедий на полках у нее за спиной; и только потом ее, незнакомую девушку с книгой в руке.

Она держала книгу Чуковского о Блоке. Сперва меня заинтересовала именно книга, ведь Блок был моим кумиром. И вдруг — вот она, эта книга.

— Берете? — спросил я.

— Вы тоже хотите? — Она услышала в моем голосе разочарование.

— Ничего, возьму после.

Мне ничего не оставалось, как смириться.

— Я верну через пять дней, — она обрадовалась и смутилась. — Очень хочется прочитать.

Заглянула в глаза.

— Иногда ведь не думаешь, да найдешь книгу, правда?

Выбрав еще одну, она сложила книги на стол.

— Эти, — робко сказала. — Можно?

Стопка получилась большой, и библиотекарша не разрешила.

— И ту хочется взять, и эту, — сказала девушка как бы про себя. Снова подняла на меня глаза.

Они были светлые, серовато-голубые, а у самого зрачка зеленые. Русые, слегка волнистые и недлинные волосы. Невысокая легкая девушка. Невесомая стремительная походка.

Вот и все. Но когда я шел обратно, никак не мог понять: почему до сих пор перед глазами ее взгляд? Почему во мне звучит ее тихий уверенный голос?

— Нет, но как же... — говорил себе.

А в ответ видел, что все кругом преобразилось. И стены, выкрашенные зеленой масляной краской. И люди, безразлично бегущие в коридоре. И солнце, минуту назад косо бьющее в окна — а теперь вдруг залившее коридор ярким весенним светом.

Мне стало страшно и радостно, ведь в мою жизнь вошло что-то небывалое. Так обыденно и невзначай. Безо всяких приготовлений и намеков. Как что-то само собой разумеющееся — и вместе с тем новое. А в душе все пело. И стены в коридоре, и полы, и доска объявлений — пели тоже.

— Так это *ты*? — ошеломленно повторял я.

«Любовь с первого взгляда». Не знаю. Не может быть, чтобы мы не виделись раньше. Но человек слеп, пока не окажется нос к носу. Глух, пока не услышит голос.

Это мгновение взгляда, оно все решило. Все расставило по местам. А еще интонация, как она сказала: «Хочется взять ту и эту книгу». Оттенок сожаления и оправдания. Размышления.

Где и когда я слышал эту мелодию? Ну конечно, так в моем воображении говорила любимая героиня: Тави из «Блистающего мира» Грина. И вот теперь эта мелодия звучала наяву.

Через три дня мы снова встретились. Она занималась в читальном зале, делала выписки. Взглянула, задержала взгляд, словно припоминая. Не узнала, опустила голову. Мало ли студентов, с кем переброситься словом?

С того дня мир стал певучим. Отныне все вокруг пронизывала «музыка сфер», о которой говорили древние. Пусть хоть что-то в этой девушке было бы не так — я перестал бы слышать музыку. Но она звучала, а значит... Каждое новое впечатление сливалось с первым и расширяло его. Музыка играла все громче. Мне нет возврата, понял я. Корабли сожжены!

Снова военные сборы на Карельском перешейке. Но в этот раз служба тяжеловата. То ли сказались недоедания, то ли требования. Хотя, скорее всего, изменился я. Перебежки под воображаемым огнем, ползания и окапывания — все теперь казалось нелепой, глупой игрой. Внутренний голос говорил, что это нужно. Что готовиться к войне надо в мирной обстановке. Но ползать по лесу, где бабы собирают ягоды? Или прятаться от вымышленной пули? В девятнадцать лет учиться легко, но что делать тому, кто из этой игры вырос?

Меня выручала стрельба — по меткости в роте я не знал равных. Но до срока мне все равно дослужить не дали. Однажды в жаркий день 13 июля меня вызвали. В штабе сидели двое — политрук Башаев и офицер НКВД.

Башаев просматривал бумаги:

— Садитесь. Курите?

Я взял предложенную папиросу.

— Тут поступили кое-какие материалы на вас.

— Какие? — папироса моя дрогнула.

— Кто был ваш отец?

— Дворянин.

— Сколько земли он имел? Сколько работников у него было?

И пошло, и поехало. Была земля у деда? Была, да и немало. Сколько именно? Не могу знать. Был ли дед помещиком? Бесспорно, хоть и разорился. Ваш отец пользовался доходами при жизни деда? Конечно. Много ли денег получили наследники с продажи имения? Не знаю. Каково было имущественное положение семьи вашего отца на вашей памяти?

Я мог многое вспомнить, но оправдываться было противно:

— Неважное.

Тут встал офицер НКВД.

— Зачем ты запираешься? — рявкнул он. — Я же вижу, жизнь твоя была нелегкой. Тебе тридцать, а виски седые. Зачем укрываешь отца? Ведь он был помещик!

— Он был типичный деклассированный дворянин.

Офицер сел, закурил. Не глядя на меня, сказал:

— Придется сдать обмундирование. Все. Можете идти.

Так впервые за жизнь социальное происхождение встало мне поперек дороги. Впрочем, поперек какой? Военной. Ведь опасаться исключения из университета не приходилось, там на очереди стояли троцкисты и зиновьевцы.

В университете было пусто, все на лето разъехались. И мне тоже захотелось к себе в Дубровичи. В нашу деревню. Каким же удивительным выдалось то одинокое лето в деревне! Я ловил рыбу, бродил по лесу, купался и загорал. Топил нашу старую баню, а потом выскакивал на улицу и обливался ледяной водой из колодца. Все вокруг — и баня, и сараи за деревней, похожие на жуков, и деревья в поле — были мне знакомы с детства. Но в этот приезд я впервые почувствовал себя в родных местах гостем. Почему? Потому что перед моим мысленным взором была она, моя любовь. И она меняла мир не только внутри, но и снаружи.

Иногда мне казалось, что судьба знает, куда ведет. Что все у нас сложится прекрасно. В такие минуты я шептал ее имя, не опасаясь, что его услышит кто-нибудь. Ну а деревьям можно доверить все. Это странное и новое ощущение, когда ты говоришь с лесом, а кажется, что обращаешься к ней. Что ты не один. Что гуляем вдвоем по нашим дубравам. По заливным лугам и взгорьям, взметнувшимся над Мстой крутыми отрогами. Среди золотых берез по берегам Молодкинского озера. Разве я был один? Нет, нет.

И снова университет, и снова шумный круг молодежи. Редкие, мгновенные встречи с ней. Но если в деревне я был создателем своего мира, его всевластным повелителем — то здесь каждая встреча возвращала меня на свое место.

А она все та же, та же. И там, где она проходит, все так же зацветают цветы. Если я не вижу этого, то лишь потому, что «глазам летучей мыши не дано зрения», как сказал поэт.

Ну а что занятия? Трудно с занятиями, трудно. «Весьма удовлетворительно» — вот и все, на что я могу рассчитывать. Да, усилием воли заставляю себя записывать лекции, слушать преподавателя. Но вот — рука машинально выводит на бумаге ее профиль, а язык бормочет новую строчку стихотворения.

Эти стихи — о моей любви. Как герой Джека Лондона отмечал зазубринками на палке встреченных людей, так и мне приходится вырезать в памяти каждое слово, которое от нее слышал. Их немного, этих слов, но каждое из них я повторяю про себя долго.

Моя прошлая жизнь, положение в коллективе в роли наблюдателя приучили судить о людях не из длительных разговоров, а по случайно услышанным словам. По взгляду, жесту, поступку. Теперь по таким намекам, по черточкам я все больше узнаю ту, которую полюбил. Помнит ли она меня в лицо? Не думаю... Хотя в университете многие знают мою прическу «воронье гнездо» и рыжие гетры. Должно быть, знает. Может быть, нет.

На улице февраль, стою у окна выдачи книг в читальном зале. Неожиданно подходит она. Решаюсь, заговариваю первым:

— Сегодня больше не выдают, читальня закрывается.

— Почему? — В ее прозрачных глазах веселая досада.

— Кто их знает...

Мы в один голос спрашиваем — почему закрывается? Нам отвечают — юбилей университета.

— А-а! — говорит она.

Улыбнувшись, выходит из зала.

Вот и весь разговор за целый год.

Мало!

Еще осенью, в минуту отчаяния и тоски, я передал моей возлюбленной стихи. Я сделал это через подругу, инкогнито — потому что стихи недвусмысленно указывали на мои чувства. Эти стихи не были подписаны. И вот теперь, зимой, они попали на университетскую олимпиаду. Как? Кто предложил их в комитет? Не знаю, кто-то из сокурсников. Тех, кому я показывал. Но только теперь я был участником, и это значило, что меня ждет разоблачение.

Подругу, через которую мои стихи попали к ней, звали Мира Гольданская. Она была симпатичной, маленькой и умной еврейкой. Что касается литературного жюри, туда вошли критики Иволгин, Алексеев и поэт Александр Прокофьев.

Уже в апреле состоялся вечер. Мне повезло, что к выступлению нас, «литераторов», не допустили (жюри решило, что мы плохо читаем) — ведь на вечер она обязательно придет, и что тогда?

В зале было очень людно. Она вошла, огляделась. Кивнула. Я вскочил, чтобы уступить место, но она схватила меня за руки: сидите, сидите! И отошла к окну.

Она то стояла с подругами у окна, то уходила за сцену. А на моих ладонях горело ее прикосновение. Я ощущал это прикосновение и одновременно любовался ею. Как она стоит, опустив голову, и о чем-то думает, покусывая губы. Как смеется, запрокинув голову. Любовался темно-лиловой бархатной кофточкой, открывающей шею и начало тонких ключиц, — и тем, как она идет к ней. Какая узкая и длинная зеленая юбка. И как выглядывают из-под нее квадратные носки черных туфель с изумрудной пряжкой. Каким наблюдательным делает человека любовь! Сколько мелочей хранит она в своей копилке...

— Ты выступаешь? — спрашивала подруга. — Когда?

— Скоро, теперь скоро.

Так по обмолвке я понял, что она будет на сцене.

Когда конферансье, наш долговязый зоолог Андрей Франц, объявил, она стремительно вышла, и я поразился, насколько она преобразилась. Осанка, выражение лица, поворот головы, взгляд — на сцене стояла самая настоящая артистка.

Концертмейстер вступил, она запела «Шестнадцать лет» Даргомыжского. Как промелькнул романс? Помню только зал, как он взорвался аплодисментами. Как она отступила в глубину сцены, потупилась. А потом, выдержав паузу, вернулась к роялю. Теперь это был «Жаворонок» Глинки.

Потом выступали другие, но я ничего не слышал. В ушах у меня звучал только ее голос, а остального мира просто не существовало. Так вот какой у тебя талант! Актриса! Да, в тот вечер мне открылось то, к чему лежала ее душа. Я был горд и счастлив этим. А внутри кипела ревность, ведь остальные в зале видели тоже.

Не помню, как закончилось отделение. В фойе шум, разговоры. Шипучка в стаканчиках. Все поздравляют: успех, какой успех. Ну же, вот момент!

— Спасибо! — только и сказал я. — За «Шестнадцать лет»...

Она улыбнулась и ответила:

— Как могла... Пожалуйста.

Мы разошлись, потерялись в толпе, а потом сразу началось второе отделение, литературное. Пришла наша очередь. Когда я занял свое место, ко мне подошел критик Алексеев и попросил пересесть поближе, в первый ряд. А через одно кресло устроилась Мира Гольданская.

Сначала со сцены выступили руководители и участники литературной секции. Наконец слово взял товарищ Алексеев. Перво-наперво он обвинил в плохой работе наш литературный кружок. Дескать, на факультете много пишущих, а мы и не знаем. А уж потом объявил первое место.

Зал, особенно мои сокурсники, стали вовсю хлопать, ведь первое место занял наш факультет.

— Да, товарищи! — Алексеев жестом остановил овации. — На этом факультете есть прекрасные поэты. И один из них — это...

Он с широкой улыбкой смотрел на меня. Я не ослышался? Это мое имя? Озираюсь и вижу сотни взглядов. Сотни смеющихся, восторженных глаз. Растерянно улыбаюсь, а самому страшно посмотреть туда, где она. Хочется провалиться под землю от страха и счастья.

На сцену поднимается декламатор — и зал разом затихает. Мне слышно дыхание людей и как разрывается мое сердце.

Он читает стихи, мои стихи — ей. Несколько мучительных минут стыда и радости, какие они бесконечные. Снова аплодисменты, крики. Овации. Опять Алексеев, теперь он поздравляет ту, которой посвящены «такие прекрасные стихи». Говорит, что завидует. Зал хохочет, и я не сразу понимаю, что эти аплодисменты — мне. Что это меня вызывают, требуют на сцену. Но сил у меня нет. Только встаю, кланяюсь с места.

Перекрикивая шум, Алексеев заканчивает. По решению жюри, говорит он, мне присуждают первое место. В качестве премии мое стихотворение «Лесной ветер» — то самое, что написано в деревне, где я мысленно разговаривал с моей возлюбленной — будет помещено в «Литературном Ленинграде», а потом войдет в альманах, посвященный олимпиаде.

Когда Алексеев закончил, ко мне подлетела Мира.

— Так это вы? — восторженно и заговорщицки шептала она. — Простите меня, что я читала... — она запнулась, покраснела. — Но вы не запечатали и не подписали... Я сразу сказала ей, что человек, написавший такие стихи, это лейтенант Глан. Самый настоящий Глан. И это вы.

Вечер закончился, все стали выходить из-за столов. А я, взрослый тридцатилетний человек, не знал, куда деваться. Теперь, когда меня полностью разоблачили перед любимой, причем прилюдно, перед всем залом, — что мне оставалось? Убежать, исчезнуть? Спрятаться, как от взрослых прячется ребенок? Но Мира по-матерински крепко держала мою руку.

И вот она подошла, поздоровалась. Посмотрела исподлобья в глаза — нежно и весело и немного с грустью.

— Так это вы? — повторила ту же фразу.

Мира, улыбаясь, представила нас. Задыхаясь от волнения, я снова почувствовал ее ладонь. Меня снова обожгло ее крепкое и короткое пожатие.

Между тем толпа вынесла нас в гардероб. В толкотне мы кое-как получили одежду, я помог ей надеть пальто.

А Мира в этой толчее куда-то запропастилась.

Мы остались одни. Выходившие с факультета, завидев нас на ступеньках, поздравляли. В глазах юношей читался восторг, в глазах девушек зависть. Что и говорить, в тот момент мне и самому ничего другого не оставалось. Шутка ли, получить сразу и поэтическое признание, и счастье быть вдвоем с любимой?

По земле бежала февральская поземка, обвивая ноги. Миры все не было.

— Можно проводить вас? — услышал я собственный голос. Она кивнула, словно ждала этих слов, и взяла меня под руку.

14. БАЛАНСИР И ФЛЮГАРКА

Долговое лежит на берегу озера на северо-восто-ке Валдайской возвышенности. Первое письменное упоминание о «сельце Долговое с церковью Усекно-вения главы Иоанна Предтечи» относится к Новго-

родскому периоду. Потом, в конце XV века, прилегающие к озеру земли входят в Московское государство. Будучи веками глухой провинцией, с переносом столицы в Санкт-Петербург Долговое неожиданно оказывается между главными городами империи. Вокруг царской дороги одна за другой возникают дворянские усадьбы, принадлежащие знаменитым фамилиям. Однако окончательно судьба Долгового решается, когда Петербургско-Московская железная дорога проходит именно через этот малозаметный населенный пункт. Тогда-то вокруг села и появляется комплекс железнодорожной станции. В 1885 году на месте старого кладбища в Долговом возводится величественный собор Покрова — яркий памятник русско-византийского стиля, разрушенный большевиками в 1932 году. Именно этот собор вместе с огромным куполом кругового депо были архитектурными доминантами Долгового, полностью утраченными в наше время.

С конца XIX века станция Долговое продолжала укрупняться, постепенно превращаясь в важнейший железнодорожный узел страны, соединивший три дороги стратегического назначения: на Ригу, Псков и Великие Луки. Численность населения Долгового к 1901 году достигала шести тысяч человек, среди которых было более трехсот временных рабочих.

Надобность в железнодорожном сообщении с западными границами обозначилась накануне Первой мировой войны, тогда в нескольких километрах от Долгового была построена еще одна станция, Долговое-Полоцкое, давшая начало новой ветке.

За деревней Ложки свободно, можно набирать скорость.

— Возьмем? — спрашивает Игорек.

На обочине девушка в короткой курточке.

— Подбросим, — соглашаюсь я.

Машина, шелестя гравием, скатывается на обочину. Игорек мигает фарами: «Давай!» Та, сунув руки в карманы, неуклюже бежит.

— Вы что, — шипит Сева. — Это же проститутка.

Витя отворачивается к окну:

— Психи.

— Да ладно! — Народ в машине переглядывается.

Девушка привычным движением дергает дверь. Быстро оглядев салон, залезает.

— До заправки, — голос у нее сонный.

Кабину окутывает запах пыли, табака и пота. Сквозь дешевые духи доносится другой, знакомый и забытый. Я стараюсь не дышать, чтобы прогнать его.

— Телевидение? — девушка оживает. — Астоцкую знаете?

— Из сериала? — оборачивается Витя.

Он знает обо всем, что происходит в «ящике».

— Наши девчонки ее обожают.

Она смотрит в зеркало. Серая сухая кожа, угри под косметикой. Малолетка, а на вид убитая жизнью баба.

— Из Ложек? — спрашиваю.

Эту деревню из «Путешествия» Радищева знают все.

— Откуда? — она закашливается. — Что ли, вы про Ложки?

Наши смеются, а мне хочется, чтобы поскорее исчез запах. Где проклятая заправка?

Наконец Игорек притормаживает, и девушка, пригревшись в машине, нехотя вылезает.

— Ложки, — передразнивает.

В зеркало видно, как она перебегает трассу.

За избами, вдоль которых идет трасса, — поля. Клочья жухлой некошеной травы похожи на свалявшуюся шерсть. Тут и там, как кротовые кучи, торчат ушедшие в землю баньки. Пронзительно желтеет лес — на фоне сизых нависших туч. Когда выглядывает солнце, стекла в избах вспыхивают. От этого сочетания — праздничной желтизны леса и мрачных туч и до мельчайших трещин высвеченных гнилых срубов — на душе тоскливо. Вернуться бы в город, запереться в теплой квартире. Никуда не выходить, не видеть — ни пустого этого леса и деревни, ни людей с ведрами антоновки и картошки, ни серых картонок с чернильными надписями «Черви» и «Свежая рыба». Не чувствовать гнетущей, безысходной печали, которая разлита во всем этом.

...Когда я просыпаюсь, Волочек позади, а поворота на Долговое все нет.

— Витя!

Тот кивает и включает свой навигатор.

— Двадцать километров проехали.

Тон у него насмешливый: как будто заблудились мы, а он — нет. В ответ Игорек молча дает по тормозам. В спину истошно сигналят, водитель матерится. Дядя Миша, качая головой, с хрустом сворачивает пробку на бутылке.

110

Заброшенные фермы, склады, бараки, потом об-
лупленные пятиэтажки — постепенно нежилая застройка образует городскую черту. Хотя никакой
городской логики в Долговом нет, въездная дорога
просто обрастает домами, и теперь это улица, которая тянется вдоль ж/д полотна.

На пустыре, где раньше стояло депо, она делает
петлю, а дальше развилка: одна дорога на станцию,
другая огибает озеро и упирается в гостиницу. Гостиница в городе одна и называется «Долговое». Это
бывшее общежитие железнодорожников, оно стоит
прямо у озера.

Пока наши выгружают технику и регистриру-
ются, я иду на берег. Трава у воды вытоптана. За
мостками в осоке затонувшая лодка, чей контур похож на лютню. Среди отраженных звезд со дна по-
блескивает осколок. Еще несколько пластиковых
баклажек и пачки из-под лапши — у кострища.

Пахнет тиной и печным дымом. Гремит цепью
по доскам невидимая собака. Со станции, раздви-
гая вечернее пространство, долетают гудки. Слышно, как лязгают вагоны и что-то выговаривает дис-
петчер. Из барачной форточки долетают голоса и
звон посуды, грубый смех. Если бы не музыка, можно
представить, что с 50-х годов тут мало что изменилось.

— Вы идете? — зовет Сева.

Мне предстоит привычная задача — выбрать
пригодный для жизни номер в непригодной для жизни гостинице, которая находится в непригодном для
жизни городе. Поскольку вставать рано и надо быть

в форме, главное в гостинице — звукоизоляция. По этой части все гостиницы делятся на советские кирпичные и те, что построены в новое время из мусора. Кирпичные, само собой, лучше. Обычно в гостинице я прошу ключи от *всех* свободных номеров. Чаще всего консьерж идет навстречу, все-таки федеральное телевидение. Хорошо, если номер расположен подальше от лифта и лестницы. В конце коридора, а лучше в каком-нибудь закутке или кармане. В аппендиксе. Хорошо, когда номер с одной, а лучше двумя капитальными стенами — не так слышно соседей. Выяснить это несложно: если стена капитальная, звук глухой, а пальцам больно. А если из мусора, звук будет гулким. Хорошо, если номер с предбанником. Значит, между комнатой и внешним миром будет не одна, а две двери. Иногда можно улучшить звукоизоляцию самому. Набить платяной шкаф подушками и придвинуть к двери, например. Или матрасом, если вставить его в дверной проем — по невероятному совпадению стандартов их размеры одинаковы. А на втором матрасе можно спать. Сгодятся одеяла, это ноу-хау, благодаря которому можно неплохо выспаться даже в самых жутких гостиницах. Надо просто попросить у консьержа, сославшись на холод, пару дополнительных и прибить их к двери одно поверх другого. Перед сном надо обязательно выключить холодильник и телефон, поскольку холодильник дребезжит, а по телефону будут звонки с предложением досуга. Снять со стены часы (ненавижу, как они тикают). Все, можно спать.

Стены кафе обиты вагонкой. На досках висят серые сетки и голубые штурвалы. От сквозняка пластиковая акула, подвешенная к потолку, поворачивает в нашу сторону морду.

Видно, как грубо она размалевана.

Официантка одета стандартно: черная юбка и белая блузка, передник. Стоит, ждет, когда мы выберем.

— Вино! — перекрикиваю музыку. — Есть?

— Конечно.

Они всегда говорят «конечно».

— Какое?

Она открывает меню.

— «По бокалам, Франция».

— А какое именно?

Сева укоризненно качает головой.

Официантка еще раз смотрит в меню:

— Красное и белое.

— Пожалуйста, шницель и морс клюквенный, — вворачивает Сева. Он привык к моим выходкам и хочет заказать побыстрее.

— Спасибо! — кричу я.

Смотрю прямо в серые глаза-пуговицы.

— А какое красное?

Она держит меню, как дневник школьница, прижав к переднику.

— Вы брать будете?

— Конечно.

Прямая спина, вздернутый подбородок, исчезающая талия — не девушка, а солдат. Беззвучно шевеля губами, она уходит.

— Перестаньте, — Сева перехватывает взгляд. — Вы маньяк.

— Она не красотка, но... — мне нравится дразнить Севу.

— Ничего не хочу слышать, — он затыкает уши.

Сева голоден и, когда приносят шницель, набрасывается на него.

— Вот еще смешной случай, — говорю я, чтобы как-то скрасить вечер.

Сева занят едой и не слушает.

— Сегодня в сквере, — мне все равно хочется рассказать ему. — Где ротонда, помните? На скамейке сидит баба. Курит, пьет пиво. В ватнике. Пьяная. Подхожу, спрашиваю: где у вас тут кафе? Поужинать? Ночная жизнь есть? Та сначала молчит, вроде как не понимает. А потом ухмыляется. Я и есть ночная жизнь, говорит. Я и есть.

Вопросительно смотрю на Севу.

— То есть с чувством юмора люди, — соглашается он.

Пауза

В дальнем углу зала отмечают день рождения четыре девушки. Неподалеку устроились местные молодые люди. В одинаковых куртках и кепках, они сидят, пригнув головы, изредка поглядывая то на нас, то на девушек. На столе водка и стаканы с томатным соком.

— Давно хотел спросить, — меняю тему.

Сева мотает головой: «Ну что еще?»

— Почему у мужского населения признаки вырождения так бросаются в глаза?

Парни выпивают и скалятся.

Сева кашляет.

— Мне не нравится ваша формулировка, — говорит он. — Не «вырождение», а «злокачественная генная мутация». «Тупиковая ветвь развития»...

— А мне не нравится ваша корректность, — перебиваю я. — Все ведь сделано своими руками.

Сева смотрит на столик, где пьют и закусывают девушки. Потом на молодых людей, как одинаково быстрыми движениями они заглатывают водку.

— Зачем? — продолжаю я. — Если считать, что в истории каждый ход имеет значение, зачем это самоуничтожение? Зачем мы были?

— Вы считаете себя выбракованным материалом?

Сева вытирает жирные губы.

— Нет.

— Вот и ответ.

По скатерти ползут блики от зеркального шара.

Сева придвигается ко мне и зловеще блестит линзами:

— А еще — чтобы показать человечеству, какой будет жизнь без Бога.

Сева часто приплетает Бога.

Он хочет сказать еще что-то, но официантка, она уже здесь:

— «Мерлот» и «Каберне»!

На завтрак в гостинице стандартный набор: омлет с куском колбасы и чай. Спрашиваю буфетчицу, можно ли заменить омлет на яичницу? Ответ тоже стандартный:

— Нельзя.

Еще одна загадка русской жизни.

Витя встал раньше всех и уже допивает чай. В другой руке у него брошюрка. Отставляя мизинец с перстнем, он читает:

— «Череп неандертальца был найден на берегах Долговойского озера археологами в начале XX века. От человека неолитического периода он отличался формой головы. Неандерталец имел развитые надбровные дуги и выдающийся нос».

Витя выразительно смотрит на нашего оператора.

— Ты пошутил, — мрачно кивает тот.

Дуги у него действительно крупные.

Все в сборе, не хватает только дяди Миши. Сева смотрит на меня, я киваю, беру в буфете пива и пару бутербродов.

Дверь в номер не заперта, Михал Геннадьич лежит на кровати в одежде и ботинках, свесив морщинистую, словно отдельно от него существующую, руку. Неразобранная сумка стоит рядом. На столе — открытая консервная банка и пустые бутылки. Пакет из-под сока.

Стараясь глубоко не вдыхать, сажусь. Что мне известно об этом человеке? С которым уже несколько лет мы не вылезаем из таких вот гостиниц? Ни-че-го.

— Михал Геннадьич, — трогаю за плечо. — Дядя Миша.

Он приподнимается на локте. Берет стакан. Лязгая зубами, пьет пиво.

— Надо ехать, дядя Миша, — говорю как можно мягче.

— Не ругайся.

Он всегда говорит «Не ругайся».

— Кто ругается, дядя Миша?

Я смотрю, как он собирается, и думаю: что, если бы это был мой отец? И кто-то посторонний помогал ему — как я сейчас? Мне вдруг до слез жалко и рано умершего отца, и дядю Мишу. Себя, что не сумел хоть что-то исправить. И чтобы Михал Геннадьич ничего не заметил, выхожу из комнаты.

На той стороне тормозит «девятка». Из-за руля улыбается парнишка в кепке и комбинезоне. Заднее сиденье у него завалено рулонами рубероида. Дверь хлопает, над машиной возникает долговязая фигура. Не глядя по сторонам, человек переходит улицу. Здоровается:

— Худолеев.

Это местный музейщик, который будет с нами на съемках. Мы по очереди пожимаем руки.

— Готовы? — улыбается. — Сейчас, только жене скажу.

Он возвращается к машине. Когда парнишка снимает кепку, я вижу, что это девушка. Он целует ее через окно, что-то говорит. Идет обратно.

Высокий и тощий, Худолеев одет в голубую «варенку», какие носили двадцать лет назад. На голове короткий, с проседью, ежик. Он переходит в щетину на щеках, отчего голова выглядит по-кошачьи круглой. А на носу узкие очки в модной оправе.

Мы загружаемся в машину. Усевшись на переднее, Худолеев сразу достает мобильный. Под его крупными пальцами кнопки жалобно хрустят. Разговаривая, он поглаживает себя по щетине.

— К губернатору сам, — густые брови двигаются в такт речи. — А завтра он.

В ответ трубка шелестит и лязгает.

— Знаю, что ляпнет, — Худолеев отстраняет-
ся. — Там можно.

История здесь, как и везде, одинакова. На рес-
таврацию нет денег, земля под памятником уже про-
дана. Расклад сил тоже незамысловатый — глава города и местное купечество против музейщиков и
закона. Решающее слово за губернатором. Поскольку тот обычно в доле, финал предсказуем. Вот и вся
арифметика. И Худолеев это знает, конечно.

С железнодорожной архитектуры, в которой он
спец, Худолеев переходит на байки. Сева слушает
вполуха, время от времени вставляя фирменные
«поддакивания». Этих междометий у него несколько, от чувственных причмокиваний до недоверчи-
вых «гм-гм».

— И перевели! — Худолеев вдруг начинает говорить присказками. — И пошел царский поезд в
феврале семнадцатого в другую сторону, да не в Петроград пошел, и не в Царское Село, а на Дно пошел,
в расход, прочь с дороги Истории.

В машине жарко, и он расстегивает джинсовку.

— Знаете, почему мы город? — переходит на
нормальную речь. — За что Временное правитель-
ство подарило статус? Этой, в сущности, дыре — не
догадываетесь?

— Да вы что? — Сева.

— За перевод стрелки, за то, что беспрекослов-
но выполнили приказ. — Худолеев злорадно посмеивается. — Все мы тут исполнители, потомки
стрелочников.

Нечто похожее про нехорошую судьбу Долгового я читал на интернет-форумах. Мне немного стран-

но, что Худолеев, историк по образованию, повторяет эти байки.

Машина переваливается на ухабах по центру города. За окном кричащие, набившие оскомину вывески мобильных операторов. Выложенные одинаково серой плиткой крылечки Сбербанка. Вывески «ДвериЛэнд», «Коси и забивай», «Нью-Йорк пицца». Между этими фасадами, напоминающими дешевую декорацию, зияют пустыри и мусорные кучи. Пепелища с остовами русских печей. Такое ощущение, что город недавно сожгли или разбомбили.

— Вы знаете, — я называю Худолеева по имени. — Вот мы — разное видели. Правда, Всеволод Юрьич?

Поворачиваюсь за поддержкой.

— Но такого, как здесь... — я пытаюсь найти слово.

— Убожества? — охотно подсказывает Худолеев.

— У вас тут просто семнадцатый год какой-то, — говорит Сева. — Продолжается.

— А у вас? — Худолеев пристально, словно прощупывая, смотрит. — А в стране?

Город кончился, машина летит по трассе.

— Ну что страна, — отвечаю я. — Здесь вы сами...

— Сами, сами! — Он снова ерничает. — С той царской стрелки — сами приемлем судьбы удары. За то, что не довезли царя-батюшку. Сплавили мать-Расею. Покорно несем бремя, да-с.

Слушая Худолеева, я не понимаю, шутит он или серьезно — о революции, которая не кончилась.

— Здесь, здесь поворачивайте!

Машина уходит на проселок, кофры гремят. Когда лес расступается, на прогалине видны семафоры и три-четыре товарных вагона. Красная водонапорная башня.

Высадившись, Худолеев берет дядю Мишу под руку. Смотрятся они комично: один высокий, другой по плечо. К тому же Худолеев много жестикулирует. А мы с Севой идем следом.

Станция с резными наличниками и деревянной башенкой-фонарем. Боковая стена в плюще; палисадник. Худолеев подпрыгивает на платформе, демонстрируя, как хорошо она утрамбована.

— Как говорится — до плотности садовой дорожки.

Дядя Миша делает знаки оператору:

— Снимем, снимем.

На фасаде сохранился знак царской нивелировки. Рядом керосиновый фонарь и столетние столбы «телефонки».

В окне станции кто-то пьет чай. Видно руку, как она подносит кружку ко рту.

— 604-й без остановки, будьте внимательны. Без остановки, — неожиданно сипит репродуктор.

И молодой подлесок, обступивший полузаброшенную станцию, и жухлая трава, съевшая большую часть путей и откосов, и сами пути, ржавые и кривые, и заброшенная башня с гранитным цоколем, торчащая в поле, как форпост исчезнувшей армии, и тишина, какая бывает только в глухих, удаленных от магистралей местах, — никак не вяжутся с поездом, который по-театральному медленно плывет вдоль перрона. В этом поезде всего четыре вагона, но даже четыре вагона старый тепловоз тянет еле-еле, поминутно выпуская в прозрачный осенний воздух ошметки черного дыма. Вагоны мерно, торжественно стучат. Многие стекла выбиты, а рамы заколочены фанерой. Сами вагоны полупусты.

— Снимут, — Худолеев протирает очки. — Кого возить? Мертвые деревни.

В конце перрона стоит тетка в ватнике. Она держит грязный желтый флажок и грызет семечки. Когда последний вагон поезда-призрака исчезает, когда он сливается с бурым подлеском, теряясь среди деревьев, как медведь или лось, — рельсы еще поют, тихо полязгивают. Но потом и они стихают.

Сквозь тучи пробивается солнце. Оно висит над лесом, освещая сочную, ранней осени, желтизну березовой рощи. Та самая осень, финал которой мы застали на Белом море, здесь еще в самом разгаре, еще только входит в свою ослепительную фазу. От этой аберрации, от забегания вперед обычного хода вещей, вперед времени — во мне все сжимается и вместе с тем торжествует.

...Худолеев, режиссер и Сева стоят вокруг стрелки.

— Сюда! — машут.

Это обычная механическая стрелка, такую каждый хотя бы раз в жизни замечал из окна поезда. Правда, большую часть таких стрелок давно заменили на электрические. Так что, по сути, перед нами музейная ценность.

Сева достает платок, протирает рукоятку.

Рывок, другой — безрезультатно.

— Она, — Худолеев любовно оглядывает механизм. — Изменившая ход истории.

Он снова насмешничает.

— Можно? — Я перешагиваю через рельсы.

Худолеев показывает, как переводить:

— Сначала балансир, — поднимает груз, а другой рукой толкает рукоятку. — А потом флюгарка.

Стрелка с лязгом передвигает рельсу.

— Фонарь. Видите, он повернулся другой стороной? Сигнал машинисту, что поезд направлен на главный путь, дорога свободна.

— А если другим боком? — спрашивает подошедший Витя.

— Тогда тупик.

Я протягиваю Севе перчатки:

— Давайте.

Рукоятка балансира ледяная и обжигает пальцы. Перед тем как сдвинуть груз, я представляю железнодорожника, который в ночь на 1 марта перевел стрелку на путях с царским поездом.

Хорошо все-таки, что история не сохранила его имени.

После съемок нас приглашают на чай.

— Не раздевайтесь, холодно.

Без тулупа и платка баба с флажком оказывается курносой щекастой девицей. Она без стеснения разглядывает нас, переводя светло-голубые глаза с Вити на меня, а потом на дядю Мишу и снова на Витю.

Стол придвинут к железной печке. Витя трогает царский герб и тут же отдергивает руку.

— Горячая.

Девушка показывает жестом: приложи к мочке.

Не глядя друг на друга, они улыбаются.

— А вы, — спрашиваю Худолеева. — Сами-то в эти байки верите?

Сушка каменная, и Худолеев показывает, что лучше размачивать.

— Какие?

— Про стрелку и ход истории. Самобичевание. Вы меня извините, но, по-моему, это бред какой-то. Вы же историк.

Худолеев продолжает помешивать чай. Дядя Миша от удивления замер с чашкой. Витя улыбается девушке. Остальные набросились на сладости и ничего не слышат.

— Послушайте, — говорит тихо, — ну кому сегодня нужна история.

Дядя Миша вздыхает и лезет за сигаретой.

— Людям не история нужна, а оправдание, — Худолеев показывает, что здесь не курят. — Собственной глупости и лени. Пьянству. Отсюда и самобичевание.

Он кивает своим словам.

Продолжает, глядя в чашку:

— Это как планка, прошлое. Или вытаскивай себя за волосы и соответствуй. Или перепиши к той-то матери. Почему гибнут памятники?

Он показывает чашкой в окно.

— Потому что они свидетели. Указывают на наше ничтожество. А кому охота, чтобы его каждый день тыкали в собственное ничтожество?

По тому, как зло и напористо звучат фразы, как безапелляционно он произносит их, видно, что эти мысли его — безутешный итог, в котором он себе признался, но редко говорит вслух, поскольку в провинции, и мне это хорошо известно, за такие разговоры можно вылететь с работы с волчьим билетом.

— Виктор Вадимыч, но как же? — спрашивает дядя Миша. — На самом-то деле как было?

— А вы хотите?

Наши шумно придвигают стулья.

— Конечно!

Худолеев отодвигает чашку и сахарницу, словно расчищает место для сражения.

— Как вы, наверное, знаете, после роспуска Думы в феврале семнадцатого в Петрограде начались волнения. Поскольку законная власть оставалась у императора, тот приказал выслать в столицу карательные отряды с целью подавить возмущение. Сам же выехал из Ставки чуть позже, чтобы лично во всем разобраться.

— А где находилась Ставка? — дядя Миша.

— В Могилеве, где.

Это неожиданно вставляет оператор.

Худолеев кивает.

— Утром 28 февраля из Могилева выходит свитский литерный поезд «Б», за ним следует литерный «А», то есть царский. Оба поезда идут в Петроград через Смоленск, Вязьму и Лихославль. То есть по кружному пути, который пересекается с Николаевской дорогой как раз на нашей станции.

— А почему по кружному? — это Сева.

— Прямой держали для карательных частей Северного фронта, они шли в Петроград. Должны были идти, то есть. А царский двигался уже после. Первые полдня прошли без приключений. Губернские города, где о беспорядках еще ничего не знали, встречали императора со всеми почестями. Царь давал на станциях аудиенции губернаторам, правда, короткие. Они ехали дальше. Но уже в 4 часа вечера со свитского в царский пришло сообщение, что в Петрограде образовался Временный комитет членов Государственной думы. Некий думский депутат Бубликов по поручению этого комитета занял Министерство путей сообщения. И теперь он передает по железнодорожному телеграфу подписанные Родзянко воззвания.

— Что значит «занял»? Кто он?

— Сейчас, — видно, что Худолеев волнуется, словно сам едет в этом поезде. — На этом надо бы подробнее.

Все молчат, чтобы не терять время.

— Дело в том, что с вечера 28 февраля судьба царского поезда зависит от двух людей, занявших телеграфный аппарат в министерстве. А именно от этого самого Бубликова и его помощника, члена инженерного совета по фамилии Ломоносов.

— Смешно, — шепчу Севе я. — Ломоносов и Бубликов.

— Хармс какой-то, — соглашается тот.

Худолеев продолжает:

— Следуя их указам, в ночь на 1 марта царский поезд мечется с ветки на ветку. Да вот здесь, собственно, в этих местах.

Наши, как по команде, поворачивают головы. За окном тот же осенний пейзаж, но теперь мы смотрим на рельсы, словно с минуты на минуту покажутся голубые вагоны.

— Как эти ни комично, но судьба империи теперь в руках Бубликова с Ломоносовым. Ведь если бы царь прорвался в Петроград, кто знает, как все сложилось бы. Сколько и кто встал бы за государя.

— Сотни тысяч, — голос у Севы взволнованный. — Судя по Гражданской — сот-ни.

— А тут происходит элементарно вот что. Очутившись в министерстве, эти ребята берут под контроль связь по всем направлениям. То есть *всю* страну. В лице начальников станций Ломоносов и Бубликов получают прекрасных осведомителей. Говоря по-нашему, только у этих людей в империи есть интернет. Только они знают, что реально делается в Петрограде и его окрестностях. И только они могут рассказать об этом народу. Или не рассказывать. Или дать ложную информацию, понимаете? И вот Бубликов отправляет по всем станциям телеграмму, в которой оповещает начальствующих, что по поручению комитета Государственной думы он, Бубликов, занял Министерство путей сообщения и теперь будет объявлять приказы председателя Государственной думы по всем станциям. И что первым указом будет следующий... Сейчас...

Худолеев лезет во внутренний карман и достает электронную книжку. Дядя Миша выходит покурить, но время от времени заглядывает в комнату.

Худолеев читает:

— «Железнодорожники! Старая власть, создавшая разруху во всех областях государственной жизни, оказалась бессильной. Комитет Государственной думы взял в свои руки создание новой власти. Обращаюсь к вам от имени Отечества — от вас теперь зависит спасение Родины. Движение поездов должно поддерживаться непрерывно с удвоенной энергией. Страна ждет от вас больше, чем исполнение долга, — ждет подвига...»

Дядя Миша возвращается и подливает чай.

— Ведь что такое эта депеша? — Худолеев поднимает глаза. — Это заявление на всю страну, что в Петрограде революция. От Могилева до Владивостока, от Мурманска до границы с Персией эта телеграмма теперь на каждой станции. Старая власть пала, ее больше нет.

— Постойте, — говорит Сева. — Но ведь еще не было отречения. Что значит «пала»? Как люди могли это принять? Православные?

— В том-то и дело! — Худолеев встает. — За двое суток до официального отречения царя «отменили». Задним числом сместили. Представили события, которых еще не было.

— Все мы живем в будущем, — говорит Витя.

Худолеев сбивается, смотрит.

— Будетляндия, мать их! — дядя Миша.

— Тут испытание веры, — вздыхает Сева. — Если власть от Бога, никуда царя не денешь.

— Рассказывайте!

Худолеев продолжает:

— Вторым распоряжением Бубликова была телеграмма о недопустимости передвижения воинских поездов ближе 250 километров от Петрограда.

Что логично, ведь на столицу шли карательные отряды. Могли идти. И они это понимали. С этого момента Бубликов исчезает, уходит спать. Нет его. И на сцену заступает Ломоносов. В министерстве звонок, это начальник нашей станции. Спрашивает, как быть с царским литерным «А», который имеет назначение Лихославль — Тосно — Александровская — Царское Село. Само собой, Ломоносов не хочет принимать решение, бежит к Бубликову. А тот уже спит, дрыхнет — буквально. «Разбудить его нет никакой возможности», как он потом в дневнике напишет. Что остается? Звонок в Комитет председателю Родзянке. «Императорский поезд в Малой Вишере! — докладывает Ломоносов. — Что прикажете делать? Везти в Царское? В Петроград? Держать в Вишере? Ждать? Чего и сколь?»

Но Комитет тоже не хочет брать на себя ответственность в таком деле. Там тоже не знают, что делать с поездом. И решение принимает сам поезд. Он отправляется на Петроград самостоятельно, не дожидаясь разрешения. Правда, далеко он не уехал, уже через несколько часов из свитского, который впереди, в царский летит депеша: Малую Вишеру заняли мятежники, ехать в Петроград нет никакой возможности. И инженер Керн, находящийся при царском, решает ради безопасности государя вернуть поезд на нашу станцию.

— На самом деле там просто буфет разграбили, — неожиданно вставляет оператор. — В Малой Вишере. Так, пьяное отребье. Одного выстрела было бы достаточно.

Худолеев рад как ребенок:

— Вы вот знаете! Тогда дальше, ладно?

Оператор мрачно прихлебывает из чашки.

— Утром первого марта Ломоносову сообщают, что царский поезд вернулся. Тому ничего не остается, как передать информацию в Комитет. Что прикажете делать, спрашивает он у Родзянко. Как быть? И тот приказывает задержать поезд до своего приезда к нам в Долговое на переговоры. То есть на неопределенный срок. То есть делает сложную ситуацию патовой. Чисто русский метод решения проблемы, кстати. Но тут опять неувязка! В ответ управляющий нашей дороги доносит, что из царского поезда раньше поступило другое требование — дать назначение на Псков. Что делать? Кого слушаться?

— Момент истины, — Сева.

— Ломоносов понимает, зачем царю во Псков. Он едет к генералу Рузскому, которого держит за надежного человека и на чью армию рассчитывает. Комитет на запросы не отвечает, Родзянко самоустранился. И Ломоносов вынужден принять судьбоносное решение на свой страх и риск. «Ни в коем случае не выпускать поезд!» — телеграфирует он. То есть самолично идет против царя и закона. Но тут — снова зигзаг. Телеграмма опаздывает! Империя получает еще один шанс. В телефонограмме, которую приносят в ответ Ломоносову, сказано, что поезд литер «А» уже *вышел* на Псков, причем «без назначения», то есть самовольно. Все! Момент упущен, царь ускользнул. Ломоносов проиграл, теперь он преступник. Как спасти шкуру? Только перехватив поезд по дороге во Псков. Задержать на пути, по которому он движется. На любом разъезде — например, на ближайшем. На станции Дно.

К этому времени на сцену возвращается проспавшийся Бубликов — и Ломоносов спешно передает дело с рук на руки. Пусть и Бубликов получит свою порцию. Пусть он тоже станет звеном цепи, где виноват каждый и никто. А сам устраняется. Посвежевший Бубликов берется за дело с двойным усердием, поскольку на кону такая ставка. Он телеграфирует начальнику движения Виндавской железной дороги, по которой едет царь, с требованием не пускать царский поезд дальше станции Дно, для чего разрешается применить — внимание! — любые действия вплоть до крушения. Вот текст этой телеграммы.

Худолеев снова открывает электронную книжку:

— «По распоряжению Исполнительного комитета Государственной думы благоволите немедленно отправить со станции Дно навстречу царскому поезду два товарных, чтобы занять ими какой-либо разъезд и сделать физически невозможным движение каких-либо поездов в направлении на Дно — Псков. За неисполнение или недостаточно срочное исполнение настоящего предписания будете отвечать как за измену перед отечеством».

Такое же предписание у начальника станции Дно. Тот подчиняется и отправляет со станции Дно, как ему и приказано, два товарных состава на перегон Дно — Полонка, то есть в лоб царскому поезду. Казалось бы, крушение поезда и убийство царя неизбежны. Но! Империя получает еще один шанс, теперь уже в лице стрелочника. Этот стрелочник —

обычный железнодорожник — ничего не знает о революции и просто *не переводит* стрелку, резонно решив, что наверху либо спятили, либо перепились. Ошибка, оговорка! Нельзя же в трезвом уме приказывать пустить поезд на путь, по которому шпарит встречный? Никак невозможно, нет у честного железнодорожника такой инструкции. И поезд, в котором спит царь, благополучно доезжает до станции Дно, а потом и до Пскова, где его встречает генерал Рузский.

В комнате тишина.

— Значит, — Сева трет переносицу, — стрелка его спасла.

— Его, но не империю, — тон у Худолеева грозный. — Если бы царь погиб при крушении, никакого отречения, то есть отказа от народа и страны, на следующий день не было бы. В случае смерти царя престол просто переходил к наследнику, на передачу ушло бы время, это целая церемония. А время в те дни решало все.

— ...Но вообще они зря старались, — говорит Сева. — Ломоносов и Бубликов эти. Слабым звеном оказался тот, на кого царь рассчитывал. Генерал Рузский, он организовал отречение.

— Ну, он поплатился, — разводит руками Худолеев.

Сева рассказывал мне о страшном конце Рузского.

— А это не странно, — спрашиваю я, — что одних людей возмездие находит, а других нет?

Все смотрят на меня.

— С большого человека большой спрос.

— А что с генералом-то стало? — Витя.

Сева, изображая голос за кадром:

— «Осенью 1918 года шестидесятитрехлетний генерал Рузский, находящийся на излечении в Кисловодске, был взят Чрезвычайной комиссией в заложники и приговорен к расстрелу. В связи с нехваткой патронов бывших генералов царской армии было приказано изрубить шашками на пятигорском кладбище. Могилу генералы вырыли сами. Им приказали снять одежду, встать на колени и вытянуть шею. Казнь длилась несколько часов. По воспоминаниям сторожа, никаких звуков, кроме ругани красноармейцев и хруста разрубаемых костей, он не слышал. Ближе к рассвету могилу засыпали, но поскольку многих зарубили не намертво, земля некоторое время шевелилась».

Тишину в комнате заполняет зуд электрической лампы. Слышно, как в печи догорают угли.

Первым очнулся дядя Миша. Он и оператор выходят курить. А Худолеев, подперев рукой небритую щеку, смотрит в стену, где висит график.

— Яму копал кладбищенский сторож, — наконец говорит он. — Но в целом вы правы. Могилу эти люди вырыли себе сами.

15. КНИЖНЫЙ МИР

После истории с австрийцем им оставалось сделать вид, что ничего не случилось. Ведь если никто не виноват, иначе невозможно, надо забыть. А злополучный ремень куда-то сам собой сгинул.

Но жизнь изменилась, сама их связь, ее смысл лишились какой-то важной нити. Еще один узел оказался распущенным. То, что руки развязаны, — вот что он чувствовал. Что свободен той вольной, веселой свободой, отвечать за которую ни перед кем, кроме себя, не надо. А с собой человек всегда договорится.

В Анином голосе тоже появилась новая интонация. Это была интонация снисходительности и насмешки. Как будто оба они провалили экзамен и ждут каникул, чтобы исчезнуть каждый в свою сторону. Только она это знает, а он нет.

Иногда в приступе раскаяния и нежности она целовала его, просила прощения. Просила, чтобы он всегда был рядом. Без тебя я брошусь из окна, говорила ему. Я не смогу одна. Еще что-то такое, нелепое и страшное. За что простить? Почему из окна?

Но чаще в голосе мелькали досада и раздражение. Ничего напрямую Аня не требовала. Ни о чем не просила. Но по отдельным жестам или тому, как целый вечер она могла провести в кресле, не проронив ни слова, он понимал, что все меньше соответствует человеку, которого она нарисовала в воображении.

Наверное, проживая на сцене чужие жизни, Аня и в реальности хотела, чтобы спектакль продолжался. Чтобы ей подыграли. Дали возможность побыть разной. Аня ждала от него импровизаций, новых масок. А он не понимал этого — и оставался собой.

Она стала все чаще намекать, что у них плохо с деньгами. В газетах, куда он писал, платили немного, но этих денег все равно хватало. Он понимал, что, говоря о деньгах, Аня имеет в виду что-то другое. Но что? И он решил продать старые книги.

Найденные когда-то в комнате-пенале, они до сих пор там лежали. Значит, можно было сдать их в книжную лавку. Тогда он не мог и предположить, что судьба свяжет его с этой лавкой.

Сколько длилось отсутствие — пару месяцев, полгода? Сидя на топчане и глядя на чемодан с барабанами, в тишине старого дома он вдруг понял, как соскучился. Как все это время ему не хватало этой комнаты. Письменного стола, покрытого зеленым сукном в чернильных пятнах. Серого гранитного подоконника со сколотым и уже сглаженным от прикосновений краем. Как он соскучился по двору, куда выходило окно, и по желтому фасаду Университета, бросавшему на обои золотистый отсвет. По звяканью курантов, долетавшему через форточку, когда ночью стихало движение, — как будто в небе тихо перекладывали столовые приборы. По тому, как привычно шаркает в коридоре сосед-карлик. По голосам первокурсниц, сбежавших с лекции пить пиво. По паркетинам, щелкающим и скользящим под ногами. По высоким кривым плинтусам и пыльной, почти неразличимой от побелки лепнине, где запуталась голая лампа в газетном абажуре. По вспученному линолеуму в непроглядном коридоре, изгибы и выступы которого он мог повторить с закрытыми глазами. По запахам и звукам — отсыревшего картона и пыли, ржавчины на железных трубах, где пугающе отчетливо журчала и плескалась ледяная вода.

Это была тоска по одиночеству. По тому времени, когда он жил один, свободный и никому не нужный. Когда еще не появилась женщина, изменившая его жизнь. Та, о которой в каморке напоминала книжечка репертуарного плана, забытая на подлокотнике старого кресла. Кроме этого блокнотика, все в комнате осталось неизменным — а он был другим. От этого несовпадения, от этой невозможности вернуться в старый угол прежним человеком, от того, что он разминулся с самим собой, на душе было особенно тоскливо.

Очнувшись, он отбирал книги: почище, потяжелее. С картинками и таблицами, и папиросными бумажками, эти фолианты по зоологии и ботанике принадлежали университетской профессуре, жившей в доме до революции. А книжная лавка находилась в Калашном.

...Во дворе лавки загружался зеленый фургон. Протиснувшись между коробками из-под бананов, он поднимался на крыльцо. Тащил сумку с книгами по деревянной лестнице. Отсюда, через окно, двор лежал как на ладони. Его взгляд снова натыкался на зеленый автомобиль. Машина выезжала из ворот, и на секунду ему показалось, что на переднем сиденье Гек. Хотя откуда ему было здесь взяться?

Одного приемщика, длинного и тощего, звали Карл Карлыч. Он был молчун и курильщик со впалыми серыми щеками. А второй, пухлый и невысокий, заросший по губы кучерявой черной бородой, представился Мишей. В отличие от вечно насупленного Карлыча, Миша любил побалагурить. Со своей бородой он смахивал на Маркса, имя «Карл» ему подходило больше. А Карл только молчал и пыхтел трубкой.

Пролистав пару книг, Миша хохотнул:

— Библиотечные!

Он покраснел, растерялся:

— Как библиотечные?

Миша, посмеиваясь в бороду, открывал разворот со штампом «Из библиотеки Императорского Университета». Неодобрительно качал головой. Но это была шутка, Карлыч уже отсчитывал из портмоне деньги.

За книги дали гораздо меньше, чем он думал. Но даже этих денег хватило, чтобы сходить с Аней в кафе, купить что-то из тряпок и музыки. Однако с книгами разговоры о финансах не кончились.

Он бы не замечал их, если бы не одна фраза.

— Жалко, что я не взяла у него денег! — бросила в сердцах Аня.

Образ австрийца, с трудом вытолкнутый, выжитый, вытертый из памяти, тут же водворился обратно. Но теперь он уже не хотел отгонять этот образ. Чем хуже, тем лучше, пусть. Австриец так австриец.

Хлопнув дверью, выходил на лестничную клетку.

Под скрежет лифта, который спускался на землю, мир наполнялся прежним отчаянием. Мелочи их совместной жизни, даже самые ничтожные, теперь снова увязывались с этим злосчастным человеком из Австрии. Так вот откуда эта блузка, злорадно говорил он себе. Эти духи. Эта сумочка.

Из метро он пересаживался в троллейбус, «двойка» медленно тащилась по Калининскому. В окнах

проплывали рыцари Военторга, и ему хотелось стать
одним из них. Окаменеть и ничего не чувствовать.
Смотреть на жизнь, в которой больше нет смысла,
из-за железного забрала.

Его толкали, дергали за рукав. Два пожилых кон-
тролера спрашивали билеты. Вывели на улицу под
мелкий дождик. Бубнили, держа за руки, про «штраф
платить будем» и «как вам не стыдно». А он смотрел на них и не мог сообразить, что случилось. Что
от него хотят эти люди.

— В милиции поулыбаешься! — поменял тон
один, с приплюснутым подбородком.

— Сколько? — неожиданно спросил кто-то.

Бумажки перекочевали из рук в руки, контро-
лер довольно проворчал:

— Повезло тебе, парень.

А он наконец сообразил: Гек.

Не говоря ни слова, Гек потащил его под козы-
рек Почтамта. Усадил на коробку. Теплая водка, вы-
питая махом из крышки термоса и запитая такой
же теплой газировкой, мгновенно смазала все вокруг. Теперь и троллейбусы, и пешеходы, и очереди
у табачных киосков, и афиши кинотеатра были от-
делены прозрачной, но непроницаемой пленкой.
Эта же пленка склеила между собой то, что не ук-
ладывалось в голове раньше. И австриец, и контро-
леры, и рыцари Военторга, и книжная лавка, где не
зря в машине померещился Гек, и сам развал, на котором они с Казахом, оказывается, уже давно тор-
говали, — больше не противоречили одно другому.
Наоборот, и угол под козырьком, занятый расклад-

ными столиками с книгами, и кучки покупателей, и Казах, колдовавший над ящиком из-под книг, выравнивались в его сознании с ним самим, Аней и вообще всем тем, что хранила его память. Что его окружало.

— Ну, будь здрав.

Казах кивал ему и улыбался узкими азиатскими губами. Отвернувшись к стене, опрокидывал стаканчик.

Теперь, когда первая волна опьянения прошла, он почувствовал себя как на сцене. Что это театр и все на него смотрят. Нужно играть что-то, делать. При том, что ни Казах, ни толпа покупателей не обращали на него внимания.

Тогда он спустился со сцены. Успокоился, закурил. Стал наблюдать как зритель. Вот Гек, он стоял на дальнем конце и заигрывал со студентками. Те купили «Новую жизнь» и приценивались к Фрейду. А он предлагал сборник «Сумерки богов» в придачу. Вот Казах, который, наоборот, ни с кем не разговаривал, а стоял на углу и озирал книги и покупателей. Он был рослый и широкоплечий, а когда садился на корточки перед коробкой, словно втрое складывался, только далеко вперед, как чужие, торчали колени. В коробке лежали купюры, выручка. Беззвучно шевеля губами, Казах с наслаждением тасовал их и складывал.

— Это что, за все?

Он ворчал, потому что Гек отдавал книги вполцены.

— Не жмотничай.

Гек запускал в коробку руку:

— Вермут или водка?

Казах протягивал зонтик.

— И сосиски у Шептухи.

Так началась его жизнь на книжном развале.

Для начала я перетащил на развал и продал свои старые книги. Потом они предложили поработать на погрузке, подменить днем. Я не возражал, почему бы и нет? И постепенно втянулся, тоже стал лоточником.

Книги на лотке продавались букинистические и новые, в основном переиздания: философия, психология, история и поэзия, до этого запрещенные. Казах получал книги в лавке, от которой они работали и куда сдавали выручку Карлычу. Пенсионеры, как правило, интеллигентного вида тетушки в старых плащиках, часто привозили книги прямо на лоток, в тележке. Тогда лавка в схеме не участвовала. Их привлекало, что книга оплачивается сразу. Деньги небольшие, но тех, кому не хватало на хлеб и яйца, они устраивали.

Книга тут же выставлялась на лоток, причем вдвое-втрое дороже. Случались выезды на дом, когда клиент хотел сдать библиотеку, и тогда я стоял на лотке один, подменяя и того и другого. Сколько денег уходило в лавку? Сколько оседало в карманах? В эти тонкости меня не посвящали, а платили на глаз, в зависимости от выручки. Другая часть прибыли уходила на милицию и чеченский рэкет в лице Руслана. Этот Руслан влезал на своем белом «Мерседесе» прямо на тротуар и угрюмо скалился из окна машины. Потом, когда его застрелили в «Жи-

гулях», к нам повадились два вертлявых жидкоте-
лых дагестанца. И тот, и эти приходили строго раз в
неделю, а менты расписания не признавали и обходились дороже. А часть денег пропивалась просто
без учета.

Гек с Казахом пили постоянно. Водка или порт-
вейн, пиво, мадера, кубинский ром — их устраива-
ло все, что выбрасывали в ларьке напротив. После
бутылки Гек преображался. Он чувствовал уверенность. Он мог обсуждать книгу, забыв обо всем на
свете, с удовольствием показывая покупателю, что
перед ним человек, который знает и любит литературу.

Это была его стихия, хотя по разговорам я понимал, что познания Гека в литературе небезуко-
ризненные. Он мог перепутать века и фамилии или
вообще не знать книгу, не знать которую невозможно. Но то, что задело его и засело в нем, почти
всегда получало самую неожиданную интерпрета-
цию. Неполнота знаний как будто давала ему возможность устанавливать новые связи внутри того,
что известно — и о чем он рассуждал. Иногда он
попадал пальцем в небо. Но чаще угадывал вещи,
которые ученому человеку никогда бы не пришли в
голову.

Обычно разговор начинался из-за конкретной
книги. Это мог быть «Медный всадник» — как, например, сегодня. Гек и покупатель, сцепившись
языками, сдвигались на край лотка.

— Ну вчитайтесь же, посмотрите.

Он наугад распахивал книгу.

— Готовый сценарий, кино, — поднимал глаза. — Нет?

Заинтригованный покупатель поспешно вынимал из рук книгу.

— Что вы имеете в виду, молодой человек?

Гек говорил о чередовании общих и крупных планов, «невероятном для того времени, просто невероятном». Показывал «перебивки» между планами. То, насколько тщательно «кадры» озвучены. Какие взяты сравнения и что они не случайно «оживляющие», когда неживое сравнивается с живым, — а чтобы заставить читателя увидеть и услышать то, что происходит.

— Не зря же он назвал ее «повесть»!

Часто к разговору подключался третий — из тех, что копались рядом. «Да что вы такое говорите!» или «Ну это уже совсем никуда не годится». И Гек, постояв еще минуту, с победным видом отчаливал, оставив спорщиков.

Казах встречал его с недовольным лицом — «сколько можно, иди работай». Но во время таких «диспутов» я часто перехватывал его восхищенный взгляд. Чем пристальней наблюдал я за этой парой, тем больше убеждался, что Казах хоть и обходится с Геком запанибратски, хоть и попрекает и понукает его, но в душе испытывает пиетет. Он прощал Геку прогулы и то, что тот норовил прихватить лишнюю сотню. Он прощал, когда Гек присваивал книгу, которая ему понравилась. Он закрывал глаза на то, что Гек срывался с лотка за девушкой. Что мог не прийти на погрузку, потому что в «Рекорде» «Жена керосинщика» или какой-то Ганелин играет в музее Глинки. Он, этот Казах, хоть ругался, хоть и говорил «нет», «не хами» — в душе все равно уступал. Видел это и Гек, и пользовался.

Пару раз на книжный развал заходили Татьяна с Виталиком. Она хитро улыбалась и крепко держала того под руку. А он, посмеиваясь, изучал свободной рукой книги. Оба они выглядели влюбленной парой.

Торговля за прилавком вернула меня к жизни. С усмешкой вспоминал я ревность к Виталику, да и австриец забылся. Когда карманы под вечер набиты разноцветными купюрами — может ли быть иначе? Наоборот, Аня стала тихой и уступчивой. Теперь, задерживаясь допоздна или ночуя в своей каморке, мне больше не надо было оправдываться, я просто ставил ее в известность. И чем чаще я чувствовал в себе эту свободу, чем чаще позволял проявлять ее — тем покладистее и нежнее была со мной Аня.

Иногда Татьяна заходила одна. Они с Геком ворковали на краю развала, а потом шли в «Жигули». Сидя на коробке, я исподволь разглядывал Татьяну. Мне не верилось, что именно с этой красивой, изящной женщиной я провел ночь. Теперь мне нравилось в ней все. И стройная фигура, и как будто помолодевшее, не такое вострое лицо. То, как она улыбается мне, и что я не отвожу взгляда, а, наоборот, улыбаюсь в ответ. Как она переступает с ноги на ногу, прижимая сумочку. Или откидывает со лба волосы, обнажая небольшой чистый лоб. Как вспыхивают темным блеском ее глаза, когда наши взгляды встречаются. И что от этого взгляда я больше не испытываю неловкости.

Книжный развал, на котором я очутился, работал не только сам по себе, но был частью торговой системы, процветающей вокруг Дома книги на Калининском. Нелегальной, разумеется. У «жучков», отирающихся вокруг нашего лотка — бомжеватого вида, без возраста и с одинаково плохими зубами, — имелась своя иерархия. За несколько дней мне удалось изучить ее. Верховодил на проспекте Коля из Королева, бородатый рябой детина с лицом каэспэшника. Пока наука не рухнула, он работал в КБ, а теперь перешел на книги. Специализировался Коля на редких словарях. Англо-русский по химии или арабско-русский по нефтедобыче, испанский математический — они были редкими, поскольку не переиздавались с семидесятых. А теперь, в девяностых, вдруг многим понадобились. «Жучки» говорили, что словари казенные и Коля на пару с королёвским библиотекарем просто распродает фонды. Правда, никаких библиотечных отметин на книгах не было. Но смыть штамп в то время тоже ничего не стоило.

Другой был Шурик из Отрадного. Он работал с томами из собраний сочинений, которые добывал по окраинным букинистам, куда не забредали скупщики из центра. Книги возил в клетчатой пенсионерской тележке. Ухоженный, откормленный малый, он отличался от большинства книжных скупщиков, больше похожих на бродяг или нищих. Говорили, что раньше он играл в оркестре на флейте и что его жена работает в кооперативном кафе. Поскольку из собраний пропадали, как правило, одни и те же томики — с «Грозой», или «Анной Карениной», или чеховскими пьесами, — работа у Шурика была довольно однообразной.

Третий тип, невзрачный паренек по кличке Крысеныш, занимался «Литпамятниками». Он мог достать любую, даже самую редкую книгу из этой серии. Например, «Тараса Бульбу». Этот мифический «Бульба» фигурировал в разговорах часто. Те, кто хоть раз держал книгу в руках, не говоря — торговал, считались небожителями. Что объяснялось просто, ведь этот «Бульба», выпущенный в пятидесятых к юбилею, остался нераспродан и пошел под нож. А Крысеныш брался найти даже суперобложку (все «Литпамятники» первоначально имели суперобложку). Конечно, не все суперобложки ценились одинаково. Например, «памятник» Фолкнера почти всегда шел «одетым», а достать «супер» под Пополь Вуха считалось невозможным, поскольку к нему «супер» печатался подарочным тиражом только для членов Академии.

Альбомами по искусству заведовал Мордатый — книжник, работавший прямо у Дома книги. Мордача недолюбливали, поскольку, курируя мелких альбомщиков, он нещадно обдирал их. Как ни странно, альбомы по искусству в те годы оставались востребованными и стоили хороших денег. Бывшие дефицитом при совке, они и сейчас уходили быстро. Покупали такие альбомы, как правило, люди из интеллигентных, сумевших сохранить достаток, или новые русские, по советской инерции считавшие издание по искусству хорошим подарком.

Особый спрос был у фотоальбома «Москва» на европейских языках. Их скупали туристы, поваливние в страну, чтобы своими глазами увидеть, как «на обломках Империи зла зарождается свобода». Самыми щедрыми слыли немцы, эти покупали не торгуясь. А самыми сквалыжными — французы. При том что в пересчете на европейские цены альбомы обходились и тем, и этим почти даром. А еще Мордатый мог достать каталоги выставок, приезжавших в Москву чуть ли не каждые полгода, — Кандинского, Миро, Малевича, Шагала, Пикассо, Дали.

Еще один тип специализировался на советской периодике. Книжники почему-то звали его полным именем — Володя Григорьев. В любое время года этот высокий и лысоватый, с редкими усиками на губе, господин носил длинное черное пальто и был увешан авоськами. Пальто под мышками давно прорвалось и оттуда торчал ватин. А на голове Володя носил красную бейсбольную кепку, перехваченную из гуманитарной помощи. Он мог под заказ отыскать «Известия», вышедшие в день смерти Сталина, или «Огонек» с Гагариным. «Ленинградскую правду», где напечатали ждановское постановление о журналах «Звезда» и «Ленинград», или «Вечерку» со статьей «Окололитературный трутень».

Поскольку мобильные телефоны еще не появились, все эти люди, чтобы не пропустить клиента, отирались поблизости от лотка — ведь тот, кто искал книгу, сначала приходил к нам. Тут-то его и цеплял «жучок». Цены на подобные книги были астрономические. Но поскольку официального прейскуранта на услуги такого рода не существовало вовсе, покупатель рано или поздно соглашался.

О самих «жучках» говорили, что они скряги и подпольные миллионеры. Глядя на немытых и нечесаных, не совсем психически здоровых людей, можно было поверить в первое. Но миллионеры?

Кивая на пылающий закат, Казах предрекал снегопад и поторапливалс книгами. Вскоре на тротуар, лязгая железом, взобрался наш зеленый «ЕРАЗ». За рулем измятого и облупленного фургона сидел Василий Иваныч. Этого немолодого, хитрого и вечно поддатого мужика Казах называл «Чапаев». Он был веселый малый, блестел стальным зубом и охотно помогал с коробками. Правда, взамен требовал выпивки.

По жребию место в теплой кабине выпало мне. Отрыгивая вермутом, Иваныч сел за руль и дернул костыль.

От резкого старта в кузове посыпались коробки.

— Чапаев! — двинул в стену Казах.

Но тот только скалился.

Выскочив в темный Мерзляковский, он тут же зацепил одну и сразу другую машину, стоявшие на обочине. Обе тут же завыли, запиликали.

— Карлу скажу! — орал Казах. — Заканчивай!

— Не ссы на ляжки, — цедил «Чапаев».

...Закончив с разгрузкой, Казах объявил, что знает, где у Карла коньячная заначка. Бутылку можно было выпить, если завтра вернуть такую же до пяти вечера — чтобы Карл ничего не заметил. Пить он

начинал именно в это время. А гастроном, где продавали коньяк, находился на бульваре.

В первом часу Казах опомнился и побежал на
метро — оказывается, на Сходненской его ждали
жена и дочка. А мы с Геком остались и допили бутылку.

Улица, два часа назад по-весеннему голая и сухая, лежала в снегу. Он сыпался комками, заполн-
няя ночную тишину глухим стуком. Эта быстрая
смена весны на зиму остро передавала само время. Казалось, его даже можно потрогать — как снег
на побелевших карнизах. Это время беспощадно
отмеряло и отрезало куски жизни, моей жизни.
Стирало их, превращало в ничто. В снег и черный
воздух.

Мы вышли по Калашному на Калининский.

— Давай ко мне, — почти приказал Гек. — Чего
будить?

Это он говорил о моей Ане.

— Поздно, машину все равно не поймаешь.

Его тон поменялся на просительный.

— Телефон есть?

Он кивнул. Мы молча шли по Воздвиженке на
Боровицкую. Темные фасады нежилых зданий были похожи на старую мебель, опасливо отодвину-
тую от Кремля. Машины ехали редко и медленно,
отчего следы успевало занести снегом. Не площадь,
но белое поле лежало перед нами.

Прямой и короткий, Лебяжий напоминал питер-
скую перспективу. Мы спустились в переулок, Гек

дернул первую от моста дверь. Та, сгребая снег, с лязгом подалась.

На последнем этаже он достал ключи. Предупредил, что это коммуналка. Из коридора пахнуло кошкой и пригоревшим луком. Какой-то краской. Щелкнув выключателем, Гек быстро втянул меня из коридора в комнату, словно боялся, что нас заметят.

Пенал, где мы очутились, был еще меньшим, чем мой на Грановского. Знакомая картина — такой же электрический чайник, радиоточка. Пишущая машинка «Москва». Только вместо топчана диван.

— Ляжешь в соседней, — он показал на дверь.

За дверью имелась еще одна клетуха.

В окне висела Боровицкая башня. Ее звезда светилась сквозь снежное марево бурым бутылочным осколком. А мост взмывал как трамплин и терялся вместе с Домом на набережной в сумерках.

Аня не подходила к телефону — наверное, спала. Пока я накручивал диск, Гек вытащил из-за окна авоську. Декламировал, орудуя над сковородкой:

— Коробка с красным померанцем —
Моя каморка.
О, не об номера ж мараться,
По гроб, до морга!

На столе лоснились два куриных окорока и пачка масла. Стояла бутылка «Сибирской», желтел батон хлеба.

— Твои стихи? — спросил я.

Он снисходительно усмехнулся:

— Пастернак, старина.

На печной стене, куда он показывал, из-под облицовки тянулись рваные полосы.

— «Обоев цвет, как дуб, коричнев».

Цвет старых обоев был действительно темным.

— С померанцем просто, в тот год на спичечных коробках печатали апельсины, я проверил.

Бросал ледяные окорока на сковородку.

— У настоящего поэта за каждым образом конкретные вещи.

Вода под окороками шипела и пузырилась.

— Добро пожаловать в комнату Пастернака. Ты запиваешь?

Курицу ели руками, оставляя на рюмках жирные пятна. Ему хотелось услышать от Гека что-то в духе гавайских закатов или о стихах и вдохновении, о том, каково это — быть поэтом. А он говорил о рыжей кожанке из Италии. Об альбомах по искусству, что их надо хорошо перепродать, чтобы купить эту куртку. Гек спрашивал его, держать ли деньги в «МММ» дальше или пора вытаскивать от греха подальше. Набирал телефонный номер точного времени, где говорили курс акций. Спрашивал, может ли он помочь с загранпаспортом и сколько это стоит.

— У тебя с Анной — как?

Вопрос прозвучал неожиданно, он даже не сразу понял, кто это — Анна.

— Хорошо, — пожал плечами. — А что?

В ответ Гек сделал вид, что занят курицей.

Чем дольше они разговаривали, тем больше он убеждался, что Гек держит его за другого человека. Но за кого? Спросить в лоб не хватало духа, а продолжать игру в прятки становилось невыносимо. Он пошел спать.

...При свете дня комната преобразилась. Над кроватью появилась репродукция иконы, древнерусский святой со страдальческим ликом (рамку вокруг вырванной страницы чья-то рука нарисовала прямо по обоям). Между окон виднелась еще картинка, абстракция в духе Клее или Кандинского. Над круглым, спиленным с одного боку столом стояли на железных полках книги. Подшивка «Иностранки» за 1989 год с «Улиссом», несколько антологий современной американской и английской поэзии. Детективы на газетной бумаге, а рядом томики «Русской философской мысли». Бордовый томище «Божественной комедии». Разрозненные тома Достоевского из собрания 1895 года. А под столом лежали выпуски газеты, где Гек работал.

Он поднял одну, развернул. Пробежал глазами. Подвал полосы занимала фотография, на которой он с удивлением узнал сцену из спектакля, где играла Аня. Автором заметки был Гек.

16. ОБЩЕСТВО РУССКОЙ ЕВРОПЫ

111-й автобус подъехал через минуту — видно, Гек знал расписание. Мы пробили билеты. Резиновый тамбур заскрипел, «Икарус» потащился на мост.

Москва утопала в снегу. Слева почти сливались с белым небом заснеженные луковицы Воскресенской церкви. Чуть дальше поблескивали колпачки Климента. С другой стороны парил бассейн, то открывая, то пряча в клубах пара кафкианский Замок — силуэт Министерства.

На 1-й Градской мы вышли. Проспект еще шипел и брызгал снегом, а здесь потянулись тихие улицы. Деревья почти касались тяжелыми ветками земли. Между автомобилями с шапками снега на крышах лежал смётанный в пирамиды снег. Квартал пустовал, только несколько человек топтались у дверей винного магазина.

Между деревьев виднелась красная кирпичная стена. Башня на углу напоминала шахматную ладью, а сама стена с бойницами — древнюю крепость. То, что вокруг хрущобы и чахлый заводик, делало их похожими на декорацию.

— Ты не знал? — Гек снисходительно посмотрел на меня.

Я не знал.

Мы вышли на аллею.

И черные липовые стволы, образующие эту аллею, и розовые зубцы стен, и еле слышные шаги по рыхлому снегу — все складывалось в ритм, и этот ритм пронизывал утренний воздух. В этом ритме, словно вторя ему, катила коляску юная мамаша. Бежал из подъезда в подъезд мужик в сером ватнике. Кралась, брезгливо трогая снег лапой, рыжая кошка. Отрывисто и отчетливо каркали, тоже в такт, вороны. И когда они прыгали с ветки на ветку, сбивая ломти снега, те падали на землю тоже через равные промежутки.

Этот ритм (или гул) был настолько явственным, что я слышал его даже внутри. Говорить, думать, шагать — все хотелось делать, подчиняясь ему.

— Первая сцена, — Гек обвел рукой аллею. — Здесь.

Мы остановились, он снял шапку.

— Мой новый роман, — вытер пот на лбу. — Герой, погруженный в себя, бредет вдоль монастырской стены. Он одинок и никому не нужен...

Обернувшись, девушка с этюдником улыбнулась.

— Сцена вторая: видение рыси, льва и волчицы, — Гек нацепил шапку. — Или он видит их в самом деле? Рысь могла сбежать из зоопарка...

Про сбежавшую рысь действительно писали в «Комсомольце».

— Похоже на Данте, — предположил я.

Он смахнул варежкой снег с лавки.

Мы остановились.

— Опоздал я как-то зимой на последний трамвай, — начал он. — Вот здесь опоздал, на Шаболовке. Что делать? На улице минус тридцать и никаких подъездов. Местность такая, что только гаражи и фабрики. А идти пять остановок. И вот я иду. Чертыхаюсь про себя, что свалюсь с воспалением — ну и подбираюсь потихоньку к кладбищу. Тут недалеко кладбище.

Гек, не оглядываясь, пошел по аллее.

— А на кладбище горит огонь, — его голос долетал словно ниоткуда. — Прямо перед храмом — такой яркий, что купол в темноте видно. Это был не костер, как я сначала подумал, а вечный огонь. У обелиска. Там на кладбище есть обелиск павшим. Я бегом к огню — подхожу, протягиваю руки. Лицо грею, спину. Блаженство, спасение. И вдруг рядом возня какая-то. Голоса, кашель. Как в зрительном зале, просто из-за яркого света не видно. А это бездомные, бомжи. Когда глаза привыкли, я увидел, что у них тут вокруг огня целый симпозиум. Тушенка на ящиках, водка. И один мне протягивает банку. Майонезную, с водкой. Выпей, согрейся. Что лучше, менингит или сифилис? И я пью. Лиц из-за тряпок не видно, только белки блестят. Мужики или бабы, непонятно. Но вонь такая, что даже на холоде слышно. Хотя был там и другой запах.

Под самой башней Гек снова остановился.

— Этот странный цветочный запах, понимаешь? Он перебивал даже их миазмы. Как будто духи или одеколон разлили. Но откуда? Пили-то они водку. Пока один не ткнул в небо. Наверх посмотри, говорит. Я поднял голову и обомлел. Прямо над вечным огнем качалась цветущая ветка. Вся ветка в белых цветках-свечках. Каштан от тепла зацвел! Кругом минус тридцать, сугробы — а она цветет.

Гек остановился перед воротами.

— То есть все эти люди, бомжи, они не в Москве уже давно, они...

Он шагнул в ворота и провалился в темноту.

— «Иди за мной, и в вечные селенья...» — гулко донеслось из-под сводов.

...Огромный, с серыми пузатыми куполами, храм вздымался в небо. Утаптывая снег, мы бесшумно поднялись по широкой лестнице. Гек навалился на дверь, та подалась. Под ногами захрустел битый кирпич и камень, ударил запах штукатурки. Я увидел рассеченный столбами и сведенный куполом храм. Чем дольше я вглядывался в своды, тем отчетливее мне казалось, что храм вращается. Иконостас, едва различимый в сумерках, разбитые окна; снег, наметенный на пол; силуэты святых, парящие на столбах; реставрационные леса и даже пар изо рта — вращались, словно отделяя храм от города, откуда мы пришли.

В шапках снега, надгробия торчали вкривь и вкось, а стволы кладбищенских деревьев, наоборот, стояли ровно.

Гек уверенно протаптывал тропинку между могил. Вскоре мы вышли на свежий след, а между крестов замелькала красная кепка и цветастый платок. Это были друзья Гека.

— Господа, знакомьтесь!

Мы протиснулись к заметенной снегом могиле.

— Это близкий друг нашей Ани... И мой добрый товарищ.

Здороваясь, юноша в кепке как следует тряхнул меня за руку. Девушка с красивым худым лицом улыбнулась (это она носила платок). Третий, без шапки, представился:

— Яков.

Пока мы выясняли, где виделись (на поэтическом вечере), Гек нашел у крыльца часовни веник. Вскоре из-под снега появился угол каменного фундамента и могильная плита.

Я наклонился, чтобы расчистить буквы.

«Петр Яковлевич Чаадаев» — значилось на плите.

— Ждем? — Гек обвел глазами.

— Ждем, ждем, — откликнулась девушка. — Нехорошо без них.

Под дубленкой она прятала гвоздики и теперь раскладывала их на могиле.

— Жарко... — она не застегивалась. — Весна, да? Пахнет.

Она повернулась к Геку, словно демонстрируя, как красиво серая кофта обтягивает грудь.

— Идут.

Это сказал Яков.

Среди крестов замелькали фигурки людей, два или три человека.

— Сюда, здесь! — Гек сделал несколько шагов.

Его фигура заслоняла тех, кто шел, но я уже знал, кого увижу. Через минуту мы стояли напротив как дуэлянты, я и Аня. Аня хмурилась, растерянно оглядывая всех. Тщательно отряхивала снег с перчаток. А я бренчал в кармане мелочью.

Наконец она улыбнулась, как будто только узнала меня. Шагнула, оступилась. Я подхватил ее, обнял.

— Быстро нашли? — буркнул Гек.

— Да, — Аня провела подбородком по моему воротнику. — В метро встретились.

— От Левы! — В воздухе засверкала бутылка. — Дома, стол готовит.

Шампанское протягивала крупная дама, тоже знакомая по вечеру.

Глеб Шульпяков

— Ну, где? — искала глазами. — Показывай.

— Да вот.

— Боже, — она отступила, сняла малахай. — И вот она вся в этом, вся — наша Россия...

Слова резали слух, но в этой нескладной женщине — в том, как она сутулится в своей шубе, как смотрит на плиту невидящими глазами — все говорило, что человек говорит именно то, что думает.

— Ну, — она уже командовала. — Молодые люди?

Гек хлопнул пробкой от бутылки.

— Деревянная, — показал пробку.

Девушка достала из холщовой сумки стаканы.

Ледяное шампанское лилось густой струей и почти не пенилось.

— За русскую Европу, — дама подняла стакан. — Какие вы молодцы все-таки.

Она приобняла Якова, помахала Геку.

Улыбнулась нашей паре.

Отпивая шампанское, я обнимал Аню. Сколько мы не виделись, сутки? А как будто прошла жизнь. В новой жизни, которая началась утром без нашего ведома, другой человек перенял черты моей Ани. Но это была прежняя Аня, только еще ближе, роднее. Как если бы, забыв о том, что мы вместе, судьба снова свела нас.

Обнимая Аню, я любил и эту крупную даму в малахае, и незнакомых молодых людей, собравшихся на заброшенном монастырском кладбище, и само кладбище. Я чувствовал, что между мной и Аней натягиваются новые нити. Они были прочными, потому что ничего не скрепляли. Никакими узами, кро-

156

ме переживания этого снежного утра с галочьим криком, не связывали. Но именно они держали прочнее всего того, чем занимались наши тела и что мы говорили друг другу.

Гек перешептывался с девушкой в платке, даже поглаживал рукав ее дубленки. Яков о чем-то рассуждал с дамой. Остальные разбрелись.

— Смотри-ка, — кричал молодой человек в красной кепке, — Василий Львович!

Смахивал снег, расчищая надпись.

— Это общество Русской Европы, — Аня кивнула на могилу. — Западные ценности и русская душа, новый тип человека. Индивидуализм и всемирная отзывчивость. Ты прости, я плохо в этом понимаю. Лучше спроси Гека, он все придумал. Я только знаю, что они в этот день собираются на его могиле. Что-то вроде клятвы на Воробьевых горах — шуточной, конечно. Но и нет, не шуточной. Не знаю! Все это, наверное, глупо, но люди милые. Тебе с ними должно быть интересно. Издатели, поэты. Потом пойдем в гости к философу. Он только что из Германии, это его шампанское. Ты хочешь?

Я хотел.

Философ жил на Донской улице. Он выглядел ровно так, как можно представить философа в наше время, то есть небольшого роста человеком с аккуратной бородкой и в тяжелых роговых очках. В дверях его узкоплечая и тонкокостная фигура казалась подростковой.

Пол в квартире покрывали струганые доски, бросавшие на белые стены золотистый свет. Книг почти не было, зато на стене висели африканские фигурки и деревянные русские ложки.

Гостиная переходила в кухню, где стоял круглый стол.

— А где Аля? — спросил кто-то.

— В больнице.

— Жена, — шепнула Аня. — Сезонное обострение.

Мы расселись. Приборы и посуда лежали на столе ровно и симметрично, и этот военный порядок из тарелок, ножей и вилок хотелось поскорее нарушить, пустить в сражение. А философ, как полководец, смотрел на стол с мрачным восторгом.

Он сидел во главе, но немного сбоку, оставив еще одно место, словно кто-то придет или только что вышел. Когда, протянув узкую ладонь, он опустил абажур, лица гостей стушевались. Я снова посмотрел на философа. Теперь меня поразили его глаза, настолько выпуклые, что хотелось обернуться, словно он смотрит тебе за спину.

— Интерес огромный, — он говорил негромко и монотонно. — В Германии настоящий бум, это правда. Но без того, что сейчас происходит в нашей политике, это искусство не существует.

— То есть?

— Спрос есть у того, к чему можно прикрепить серп и молот. Причем буквально — прибить, пририсовать, приклеить. Да — интересно, нет — нет.

— Разве к искусству можно что-то приклеить?

Это сказал Гек, а Яков поворачивал голову от одного говорящего к другому, как птица.

— Получила вчера, — говорила дама философу.

Поворачивалась к нам:

— Письмо от Дмитрия. Разрешил нам «Дон Кихота».

— Она издательша, — снова шептала Аня. — Издает Набокова.

— Обложка — ничего лишнего, — продолжала та. — Фотография. Мы ему, кажется, нравимся.

Философ кивал, делал паузу.

— Ситуация любопытная, — продолжал. — Сегодня тысячи, но завтра сотни тысяч. Только в нашем заштатном университете уже три турка.

Речь шла об иммигрантах.

— Немцы, конечно, в ужасе. Но, как всякое смешение, это любопытно.

Он рассмеялся и тут же закашлялся:

— Мусульмане в Европе, мечта османских султанов. Откроете?

Гек взял штопор и бутылку.

— Ведь что такое ислам в нашем понимании? — философ кивнул ему. — Это кадры с бесноватыми арабами по телевизору. Но когда живешь бок о бок, когда быт и семейные отношения, тогда другое. У меня рядом с домом мечеть. Обычная застройка, сразу и не заметишь. Я познакомился с имамом, мы разговорились. Знаете, что меня поразило? О своей религии он говорил так, будто Пророк только вчера умер. Как будто все это вчера было.

Гости, ждавшие рассказов о Германии, слушали.

— Потом я немного почитал о Пророке, на немецком много издано. И мне вдруг пришло в голову: это же поэт. Возьмите предания о первых годах. Все эти экстатические видения, голоса. Ритмическая речь. Юношеское изгойство, неумение жить и работать в общине. Желание быть одному. Женитьба на вдове-богачке и снова затворничество. Голодание, галлюцинации. И все ради голоса свыше. Вдохновения, по-нашему. Оно было сильнее земных радостей. Но тогда все сходится. Это же описание творческого акта, если не брать в расчет мусульманскую догматику. Возвышенная, ритмически организованная речь в те времена воспринималась как чудо. Как проявление божественной силы в земной оболочке. Что соответствует и пророкам, и поэтам. То есть людям с сильно развитой интуицией и воображением. Посмотрите под этим углом на Коран. По сути это набор толкований — сколько жен, как делить имущество, что делать с пленными, как погребать, какую пищу вкушать и т.д. Разбор конкретных ситуаций, с которыми мусульмане сталкивались в первые годы ислама. А поскольку он был Пророк, ему следовало объяснять конкретные вещи через образы. Но ведь и у поэта за каждым образом, трижды темным или прекрасным, всегда есть что-то четкое, вещь или мысль. Просто с течением времени эта вещь забывается. А образы остаются. И можно наполнять их новым смыслом, как наполняет стихотворение каждый новый читатель. Коран, как стихи, можно читать по-своему и по-новому. И дальше возможностей для толкования будет только больше, это же время. Единственно постоянная величина в Коране есть ритмическая возвышенность тона. Красота речи. Накал. Во всем остальном Коран невиданно лоялен для постороннего восприятия. Почти как стихотворный сборник.

Говоря все это ровным и мягким, даже немного равнодушным тоном, он так же ровно и мягко смотрел на всех и ни на кого в отдельности.

— Как ваше общество? — тем же тоном спросил Гека. — Исповедуете?

— Да.

— То есть считаете, наш путь — это русская Европа?

— Конечно.

— Естественное право?

— Разумеется.

— Как же вы хотите сделать этих людей европейцами?

— Откроем границы, пусть едут. Учатся.

— А если не захотят?

— Как это? — Гек не понимал.

— Денег не будет или охоты. Да что угодно. Картошку надо копать или на блины к теще ехать.

— Тогда надо сделать, чтобы поехали. Заставить.

— Как Петр Первый, например?

— Хотя бы.

— Не есть ли это повторение истории?

Гости за столом сочувственно смотрели на Гека.

— Ну, знаете, зачем казуистика? — Гек не смутился. — Я же об идее говорю, не о картошке. Когда набьют брюхо, понадобится смысл. Через пять-шесть лет — зачем жить, понимаете? Кто мы? Откуда? Куда идем? Без ответов на эти вопросы нет человека. А тут русский европеизм. Взять идею как всеобщую, как государственное направление. Есть же рынок национальных идей, американских или арабских, израильских. Одних советских сколько было. Идея русского европеизма могла бы стать бомбой на этом рынке. Посильнее, чем балеты Дягилева или Ельцин на танке. Это ведь наша культурная основа — заимствовать. Никто лучше нас этого не умеет делать. Возьмите то, что осталось от старой культуры, — архитектуру и живопись, музыку, литературу: все это пересажено с европейского. Но как расцвело у нас!

— Но зачем, — грустно перебила девушка. — Это же вторично, где развитие...

Посмотрела на Якова.

Тот помотал головой, откашлялся.

— Не понимаю, — сухо сказал он. — Как можно рассуждать об истории, не учитывая религии. Наша основа — это православие. Вся русская история разворачивалась внутри православия. Оно и есть суть нашей истории. Без религии, то есть без нравственного аспекта, ничего невозможно. Вся жизнь в религии, и она в жизни. Так было и должно быть.

Все замолкли, а Яков говорил, помогая себе ладонью, прямой и напряженной:

— Семнадцатый год был не против капитализма, а против петровских реформ. За старую историю. За возрождение религиозного сознания. Просроченный бунт, революция как контрреволюция. Потому что нельзя было разделять русскую жизнь на светскую и религиозную. Нельзя было подчинять

Церковь. И те, кто пришли в семнадцатом, просто вернули старый уклад. Снова сделали жизнь страны литургической. Все эти съезды — это же Соборы. «Крестные ходы» на парадах. Я уж молчу про нетленные мощи на Красной площади. Сталин — бог-отец. Но теперь-то, когда советская власть кончилась, почему не вернуть власть обратно? Возвратить ее Церкви? Зачем эта подмена?

Яков замолчал, поджал губы.

— Революция как контрреволюция, — медленно повторил философ.

— Левочка, это что за вино? — спросила издательша.

— Это чилийское, Оленька.

Аня прошептала:

— Яков учится на физика. Физика и религия, нет?

Философ задумчиво скатывал и раскатывал салфетку.

— Вот вы собираетесь на могиле Чаадаева, — сказал он. — А Чаадаев видел смысл истории в том, чтобы каждый народ выразил свою суть. Он считал, что у русского народа эта суть, или, по его словам, «поэзия», заключается в обожествлении и повиновении власти, какой бы и откуда она ни была. И тут мы прямые наследники Византии.

Обвел взглядом:

— «Общество русской Византии» — как вам? Шансов больше, по-моему.

— Лучше «Новое евразийство».

Это подсказал Яков.

— Смеетесь... — обижался Гек.

— Да! То есть нет, конечно. То есть о том, что вы говорите, много писали в начале века, — философ обернулся к окну. — Вам не к Чаадаеву, к Бердяеву надо.

Гек пожал плечами:

— Просто хорошее время. Не сто лет назад, а сейчас. Идея же должна вызреть?

Гек говорил почти умоляюще.

— А вы знаете, я с вами согласен, — философ с усилием поднял глаза. — И с вами тоже.

Он посмотрел на Якова.

— Даже полностью разделяю. У меня только одно сомнение... — Втянул волосатые щеки. — Что нет материала. Куда пересаживать — что евразийство, что европеизм. Или православие. Солончак, пустыня. И дальше эта пустыня будет только расти. Убивать вокруг себя все живое. А сколько десятилетий потребуется, чтобы оживить эту почву?

— «Свободы сеятель пустынный...» — Издательша подняла рюмку. — Давайте!

— Да, — философ впервые за вечер улыбнулся. — Вы, Ольга Михайловна, как всегда в точку. За нашу вечную преждевременность.

— Ничего, ничего, — та подцепила вилкой с тарелки. — Вот издадим Набокова, издадим Бродского, потом Гека, других молодых — и будет вам русская Европа.

— А Баркова?

— Кого?

Все смеялись.

— Пушкин говорил, что свобода — это когда издадут Баркова.

— Да издали уже, — проворчал Яков.

Философ, улыбаясь, потянулся к полкам.

Томик пошел по рукам.

Возвращались, растянувшись цепочкой, мимо монастыря. Подморозило, и обледеневшие ветки тихо позвякивали.

Издательша поймала машину, Яков остался ждать трамвая. Мы подошли к метро.

— Поеду, — сказала девушка.

— Держи.

Гек протянул жетон.

С жетоном в руке она вдруг принялась рассказывать о выставке. Что будет презентация журнала, который она оформила.

— Забыла, — достала из сумки журнальные книжки. — И вам, вот.

Она боялась наскучить и говорила скороговоркой:

— Это первый номер, а я художник. Такой новый тип журнала, литература и картинки. Наша, переводная, архивы...

Из дверей метро обдувал теплый воздух. Аня листала журнал, то и дело поглядывая на огоньки Шуховской башни. Гек угрюмо смотрел то на нее, то в сторону.

— Я провожу, — перебил ее.

Девушка на полуслове замолкла. Он взял ее под локоть и, не прощаясь, увел к метро.

— Домой? — спросил я и раскрыл журнал.

Номер открывали новые стихи Гека.

Глеб Шульпяков

17. ЧЕРНЫЙ ДЕНЬ

Дневник неизвестного

На каникулах в Дубровичах я посвятил в свою тайну Поршнякова. В университете о моей любви знал только Ростислав Залесский.

— Очень рад за тебя. — сказал он, когда я открылся. Если бы это сказал другой, я бы удивился. Почему «рад»? Но мысли у Ростислава шли особыми путями, и я просто крепко сжал его руку.

А с ней мы встретились только в октябре.

Быстрый взгляд, несколько слов на бегу:

— Вы? А я только приехала! — она говорила быстро, возбужденно. — Из Восточной Ферганы, откуда. Нет, вы не представляете! Смешной вы человек... Экспедиция! Ночное небо Азии! Прах веков!

Он мечтательно запрокинула голову.

— Вот только малярия.

Она снова улыбалась, поправляя волосы, перехваченные белой лентой.

— Болела, выздоровела. Ну, прощайте!

Она уходила, а я ошеломленно смотрел вслед. Люблю ли я ее? Нет, это не то слово. Оно не годится. Это не любовь, а больше. Это религия. Если бы она приказала взойти на костер, я взошел бы с восторгом. С великой радостью. Как всходили на костер сподвижники Аввакума. Ведь даже в дерзких мечтах я смел только коснуться поцелуем ее одежды. Но поцеловать в губы? Нет, нет. Мысль останавливалась перед подобным святотатством.

Яркие минуты встреч — и тяжелые раздумья. Как все-таки нелепо я веду себя. Как глуп перед ней. Не умею сказать ничего путного той, которая так ласкова. И тоска, дикая тоска. Только бы увидеть, услышать. Сейчас, сию минуту. А когда вижу, теряюсь. Не могу подойти и сказать прямо. Иду домой, гляжу в учебник. Ем, сплю, живу как во сне. Терзаюсь. Зачем ты ей, если у нее своя жизнь, свои думы, свои мечты? Ты, пришедший со стороны? Сумрачный, незваный, непрошеный? Чья тень лежит на ее пути — зачем?

Я блуждал по улицам Ленинграда. По темным переулкам и по мостам, содрогающимся от хода поздних трамваев. В скитаниях мне часто вспоминался тот удивительный вечер, когда после стихов и пения я провожал ее. Мы шли рука об руку, и мир открывался, хотя ничего особенного передо мной не было. Говорили о книгах и путешествиях. О городе, который свел нас. О моей любовной лирике, которую она отказывалась принимать на свой счет, потому что считала себя недостойной подобного вдохновения.

Мы говорили обо всем и ни о чем. И вот это — идти рядом и говорить ни о чем — стало теперь высшим счастьем. С того вечера я несу это счастье как самое дорогое в жизни. Обращаюсь к нему в самые тоскливые, черные минуты. Беру у памяти бережно, по крупице — чтобы хватило надолго. Как скряга из Дубровичей, я собираю и храню минуты, когда счастье переполняло меня. Эти минуты — лучшее, что есть сейчас в жизни. Да и в будущем тоже, поскольку мне все чаще кажется, что ничего более счастливого со мной уже не случится.

Правда, с недавних пор меня угнетает мысль, что наши разговоры ей в тягость. Мне кажется, наши короткие встречи уже не веселят ее, как раньше. Правда, она не давала мне оснований так думать. Но по логике вещей это неизбежно. Просто она не хотела обижать того, кто посвятил ей стихи. И втайне обрадовалась бы, провались он сквозь землю. Но если для нее это усилие — быть приветливой и нежной, какое право я имею на него? Право возмущать мир ее души? Что, если ее душа занята другим человеком?

Между тем жизнь шла своим чередом. В этой жизни я старался выглядеть прежним. Но товарищи по комнате все равно замечали, что со мной что-то неладно. На все расспросы я отшучивался или молчал. Они даже не догадывались, как меняет мир любовь. И что теперь я смотрю на них другими глазами. Вижу такими, какие они на самом деле.

Вот Игорь Громов, его путь понятен. Отличник из отличников, крепок физически. Великолепно владеет собой. На экзаменах преподаватели от него в восторге. Еще бы, ведь, выводя в матрикуле пятерки, они не идут на компромисс с совестью. И в литературе, и в поэзии, и в науке Игорь как дома. Образован, умен, находчив. По любому поводу имеет свое мнение. Но почему наши добрые отношения не перешли в дружбу? Наверное, меня отталкивает именно эта его уверенность. Теперь-то я понимаю, насколько она иллюзорна.

А вот Ваня Олигер. Нам легко и хорошо вместе, в разговоре мы даже подтруниваем друг над дру-

гом. С иронией жить легче. Он говорит, как фехту-
ет: легко, точно, быстро. Не то что я, растяпа. Но
почему к нему я тоже не чувствую душевной близо-
сти? Потому что в нем нет «трещинки».

Миша Авербах, «трещинки» в нем я тоже не замечал. Жизнерадостный, но не шумный — он, как
и я, любит стихи. Но друг ли он? Нет.

Настоящая «трещинка» была у Толи Козлова.
Он имел талант к живописи и занимался ею. Но бывает талант и *талант*. Исключительный талант помогает человеку найти себя. А как быть «не исклю-
чительно талантливым» людям? Их жизнь обычно
складывается неудачно. Строй души таких людей
влечет их в сторону искусства. Только там они чув-
ствуют себя на месте. Но обстоятельства жизни и
та самая «неисключительность таланта» мешают
окунуться в избранную стихию полностью. Создать
в ней что-то по-настоящему стоящее, свое. Как хорошо мне знакомо это чувство! Поэтов много, но
настоящих единицы. В удел остальным достается
драма неудавшейся жизни. Толя Козлов переживал
эту драму так же глубоко, как и я. Мы, как два не-
излечимо больных, знали о себе все. Знали — и ничего не могли исправить.

После олимпиады я был причислен к лику поэтов. Так слава чудака, которая у меня имелась, получила законное обоснование. Известное дело: «Поэт, что с него взять».

Мне все чаще стали приносить стихи собратья
по перу. Думаю, их привлекал либерализм моих
оценок. В самом деле, зачем обижать людей? Посе-

лять в их души зависть? Ведь люди попишут-попишут и сами бросят.

Обычно я имел дело с неумелым творчеством. Кто-то безуспешно пытался подражать Пушкину, другие повторяли Есенина или Маяковского. Третьи писали, как бог на душу положит. И те, и другие, и третьи чрезвычайно высоко расценивали свое творчество. И болезненно реагировали на критические замечания.

Случались эпизоды комичные, расскажу один такой. В числе моих знакомых была студентка пятого курса, умная и энергичная еврейка Вера Рольник. Она пообещала свести меня с неким Ривиным, молодым поэтом с филфака. Так вскоре и случилось. Однажды вечером в дверь нашей комнаты № 100 постучали. Вошел незнакомый молодой человек в широком, очень потертом зеленом пальто. Он снял шапку с наушниками и бросил на койку. По плечам рассыпались длинные черные волосы. Вместе с тонкими чертами лица они придавали его облику романтический оттенок.

— Твой адрес мне дала Вера.

Усевшись на мою койку, он заскрипел сеткой.

Я поздоровался.

— Ты пишешь стихи, — сказал он. — Но я пишу лучше. Давай читать...

Так узнал я Алика Ривина. Он стал посещать меня довольно часто. Когда он приходил, из пальто у него вечно торчали измятые тетради со стихами, а во внутреннем кармане лежала бутылка водки. На мизинце он носил черный перстень. Читал стихи, подвывая и раскачиваясь на койке, отчего сетка еще громче скрипела, а стихи звучали зловеще.

Когда я просил почитать рукопись, он всегда отказывал. Но на слух его стихи были совершенно необычными. В них были невозможные, несуразные сравнения. Вывернутая логика. Рваный ритм. Помню, одна строчка произвела на меня особенное впечатление: «По щекам ее / Ходят рыбы длинных слез...» И еще другая, где было «козье небо».

— Козье небо? — мое сомнение его возмущало. — Неужели ты не понимаешь, что это такое?

Я не понимал.

— Когда по небу мелкие облака, сплошь и рыжие...

Он общипывал воздух пальцами.

— Если образ надо объяснять, он неудачен.

Но от моих слов он отмахивался.

Вскоре Алика исключили. Это меня нисколько не удивило, поскольку как человек он не уступал в себе поэту и совершенно не помещался в рамках. Однако в Университете остались люди с подлинным дарованием. Об одном из них я должен сказать особенно. В университетском коридоре мне часто встречалась веселая, живая девушка с черными вьющимися волосами. Мы познакомились на олимпиаде, девушку звали Наталья Латышева, или Тася. Как и Алик, она училась на филологическом.

Вскоре после знакомства Тася дала мне тетрадь стихов. Первыми словами при чтении были: «Господи, как хорошо она пишет!» Конечно, в ее стихах еще оставались слабые места. Но это были стихи поэта милостью Божией. В них я чувствовал душу, привыкшую носить маску беззаботности.

Стихи Таси были певучими и звучали той подлинной искренностью, тем незамутненным переживанием, которые жадно и бесславно ищешь в книгах современных поэтов. А еще в ее стихах читалась тайная печаль, и это была печаль человека, который переживает трагическую любовь.

Стихи Таси высоко ценил литературовед Гуковский. Даже прочил большую будущность — правда, если она избавится от «упадочничества». Но ничего не вышло. В один из осенних дней университет потрясла новость: Тася покончила жизнь самоубийством. Она отравилась, мучилась двое суток. И вот умерла.

С этой смертью какая-то часть меня умерла тоже. А стихи Таси, наоборот, заполнили меня и стали жить как будто самостоятельно. Удивительное, горькое и светлое чувство.

Вскоре настал и мой черный день, 7 декабря. Как забудешь? Изнывая от тоски, я пришел на лекцию, которую слушал ее курс. Пришел, чтобы только увидеть ее. Читал профессор Бауэр — умно и четко, почти без акцента. Но лекции я не услышал. Она была здесь, и она была не одна. То, как заботливо этот молодой человек смотрел на нее и как преданно она отвечала, не оставляло сомнений, что это любовная пара. Мне ли не чувствовать?

Не помню, как оделся и вышел на улицу. Темно, дождь, ветер. Или нет его? Ни дождя, ни ветра я не чувствую. Во мне только одно желание — уйти. Но как? Из университета? Из Ленинграда? Или как Тася — из жизни?

«Жизнь! — хотелось кричать во тьму Невы. — Скажи напоследок, в чем я виноват перед тобою? Научи оправдать тебя — чтобы я мог расстаться с тобой...»

18. ИССКУСТВО РАССЕЛЕНИЯ

Рейс задерживают из-за кофров — не хватает каких-то бумажек. Сева звонит на канал, подключает контору, чтобы решить проблему.

Наконец старенький «Ту-154» взлетает.

— Вы что? — Сева улыбается. — Боитесь?

Я сижу, вцепившись в подлокотник.

— Давайте в города. Где были, хорошо?

Он называет курортный город, пункт нашего назначения. Я облизываю пересохшие губы:

— Архангельск.

Снимали там когда-то.

— Калуга.

— Издеваетесь?

Через час под крылом открывается невероятная по красоте картина. Кругом, сколько хватает взгляда, лежат линзы воды. Они покрывают полуостров густой сетью протоков и бухт, лагун и затонов, озер и заливов.

— Вот, — Сева показывает вниз. — Сравните.

Открывает атлас:

— Эта кривая кишка — Боспор, видите?

Я пытаюсь разобраться в карте.

— На той стороне Керчь, а это...

Самолет плавно уходит на разворот, и Сева, чтобы не потерять вида, перегибается через кресло.

— Молодой человек.

Голос у девушки спокойный, доброжелательный. Извинившись, Сева возвращается на место. Тут же поворачивается обратно:

— Просто хотел успокоить нашего ведущего.

— Боится летать? — она смеется. — Правда?

— Прекратите, — толкаю Севу.

— Это коса Чушка, а там Меотийское болото, — говорит она.

— Так греки называли Азовское море, — поясняет Сева.

— Римляне, — поправляет она. — Греки называли его Меотийским *озером*.

Сева опешил и замолкает. Мы знакомимся. Девушку зовут Ася. Веснушки под глазами, детская улыбка — Ася открыта и обаятельна и вместе с тем по-взрослому серьезна. Такое ощущение, что мы давно знакомы.

Когда багаж наконец получен, в зале прилетов пусто. Сева беспомощно озирается — но нет, Ася исчезла. Мне тоже досадно, что больше мы не увидимся.

На море теплая осень; третья за два месяца съемок осень. Можно снять бейсболку; расстегнуть куртку; сидеть на кофре, подставив лицо солнцу.

— Сюда! — машет Сева.

По аллее шагает плечистый парень. На лбу у него подпрыгивает чубчик. Руки в карманах, кепка. Шаровары пузырятся от ветра.

— Ваня, — говорит он. — Будем знакомы.

Это наш водитель, арендованный вместе с фургоном.

— Угостишь, Ванюша? — спрашивает дядя Миша.

Ванюша, скрипя кожанкой, лезет в карман.

— Не против? — достает местные сигареты.

От аэропорта тянется прямая дорога через ровное как стол поле. Обсаженная тополями, она похожа на коридор. От ветра тополя нежно шелестят, а опавшие листья вьются по асфальту.

Мой номер угловой. Я закутываюсь в одеяло и сажусь в гостинице на балконе в шезлонг. Круги от стаканов, остатки лета. Ветер по-осеннему холодный, но, когда тихо, припекает.

Свет мигает, я приоткрываю глаз.

Это на соседний балкон вышел Витя.

Он разглядывает меня, а потом бесшумно уходит.

В городе пусто, сезон закончился. Людей в парке почти нет. На досках висят старые афиши, и я по привычке читаю имена актеров. Но, как всегда, эти имена ничего не говорят мне.

Аквариум и карусели закрыты, но кафе работают. Хозяева забегаловки, разрисованной синими штурвалами, обещают «сказочный вид на море с террасы». Но терраса закрыта на зиму.

Девушка приглашает в помещение.

— Шпионите?

Это Сева, он один в пустом зале и сидит у окна. Сева ждет барабульку. По части еды на него можно положиться, и я заказываю то же. Официантка, приняв заказ, уходит за стойку и оттуда выжидательно смотрит. Но нам пока ничего не надо. Она пожимает плечами и включает музыку. Это Жан-Мишель Жарр, «Магнитные поля».

— Пластинки нашей юности, — улыбаюсь я.

С улицы долетает глухое постукивание. Сева мрачно смотрит в окно, где, подложив под колени сиденье от стула, работает пожилой усач в синем комбинезоне. В одной руке у него деревянный молоток, а в другой каменная плитка.

— Как называется? — Сева показывает вилкой на молоток. — Эта штука, не помните? Смешное слово.

— Не помню.

Когда обед закончен, девушка приносит счет. Чек лежит в деревянной коробочке. Я пересчитываю деньги, а Сева покусывает зубочистку.

— Василий Иваныч, — вдруг говорит он. — Наш учитель труда.

Продолжая пересчитывать купюры, я поднимаю глаза.

— Психованный человек был, совершенно.

— Работа опасная... — соглашаюсь я.

— Ключом могло заехать, — Сева словно очнулся. — Или руку оторвать, если рукав затянет.

Протягиваю девушке коробку.

— Этот Василий Иваныч был фронтовик, — начинает Сева. — Воевал под Москвой, был контужен. Имел награды. Нам, мальчишкам, он часто рас-

МУЗЕЙ ИМЕНИ ДАНТЕ

сказывал, как тяжело приходилось. Ну тогда, в сорок первом. Когда одна винтовка на десятерых. И что они были такие же мальчишки, немного только старше...

Сева гладит скатерть ладонями.

— Сейчас-то мы знаем, что там творилось. А тогда смеялись. Думали, он чокнулся. Как это «одна винтовка на десятерых»? Если Красная Армия всех сильней? Нам же в кино другое показывали. И он видел, что мы потешаемся. Что для нас это анекдот, а не трагедия.

Сева складывает из зубочисток домик.

— Особенно его с этой винтовкой доводил Шиздик, Артурчик Шизденко. Вертлявый такой, белобрысый. Однажды Иваныч не выдержал и схватил молоток — вот такой точно. Бросился за Шиздиком по цеху. Мне тогда показалось, если догонит — убьет. Размозжит насмерть, такая свирепая рожа.

Мы смотрим на старика с молотком.

— Надо было что-то сделать, остановить их. А вместо этого я улюлюкал. Со всеми кричал. Потом Иванычу поплохело. Сел, хрипит. По карманам руками водит. И слезы, мутные такие. По серой коже. А мы стоим и разглядываем его, как раненое животное. Как дикари. Ну, мы и были дикари.

Сева замолкает.

— И что?

— Да ничего, — пожимает плечами. — Вызвали доктора, отпоили валокордином. Через неделю все было по-старому. По цеху, правда, больше не бегал, багровел только. А потом токарные станки вообще убрали. Заменили на что-то — не помню. Я вообще ничего этого не вспомнил бы, если б...

Он кивает на окошко.

— Так зачем? — Сева придвигается. — Этот молоток мне зачем? К чему все это помнить? Шиздик, Иваныч? Как они бегают? Бред какой-то.

Если честно, я не знаю, что ответить ему. У каждого свой учитель труда, свой токарный станок. Свой молоток. Из них и состоит человеческая память, наверное.

— Во сколько завтра?

— Выезд в восемь.

Сева сморкается, мы встаем.

Старик тоже заканчивает, складывает инструмент в коробку.

— Киянка, — говорит Сева.

Старик в дверях оборачивается.

...На море штиль, и Сева, кряхтя, опускает в воду руки. Мокрыми ладонями проводит по лицу и подставляет лицо под ветер. Я делаю то же самое. Теперь мы похожи на двух мусульман, готовых к молитве.

На пути обратно Сева, увязая в песке, ускоряет шаг. Он кому-то улыбается. Это с лестницы машет Ася.

У Аси белая куртка и голубые джинсы. Она в кедах и улыбается, обнажив мелкие и блестящие, как бусины, зубы. Веснушек почему-то не видно, пропали. Зато на лбу, когда вскидывает бесцветные брови, морщинки.

На лице у Севы плавает глупая улыбка. Я тоже рад нашей встрече. Где-то в душе мне очень хотелось снова увидеть эту девушку.

Взявшись под руки, наша троица идет по аллее, как в старых советских фильмах. По дороге Ася рассказывает, куда едет завтра. Оказывается, ее родная станица рядом с раскопом, где мы снимаем.

— Давайте с нами, — предлагаю. — У нас машина.

— Вещей много, — неопределенно отвечает она.

Несколько минут идем молча.

Она говорит:

— А вы заходите. После съемок — на чай, ладно?

Сева кивает.

— Спросите Горюновых. Моя бабка учительница, все знают.

— Ася! — галантно осведомляется тот. — Вы так и не ответили, чем занимаетесь? Или просто каникулы?

Мы останавливаемся у экскурсионной будки.

— Я историк архитектуры, — спокойно говорит Ася. — Тема «Расселение на полуострове».

Сева отступает, всплескивает руками:

— Историк? Архитектуры?

— Система расселения в древности. По какому принципу.

Ася не понимает, что так взбудоражило Севу.

— Чтобы копать, надо принцип, — объясняет она.

Поворачивается ко мне:

— Если у геометрической фигуры некоторые вершины утрачены, то, зная, что это был, например, шестиугольник со сторонами определенной длины, можно вычислить расположение недостающих вершин. Так и тут.

Сева переминается, поглядывает на меня.

Ему не терпится поговорить с Асей.

— Ладно, до вечера, — говорю. — Ася, до завтра!

Городской рынок завален корольком. Пирамиды из фруктов — желтые, оранжевые, малиновые. Я покупаю пакет королька и зачем-то серые носки из собачьей шерсти.

В гостинице, не разбирая покупки, валюсь на кровать. Мне снятся те же горы королька, только на самолетных креслах. Ася в форме стюардессы. Проснувшись, вижу в окне сумерки и что вокруг незнакомая комната. Отсвет фонаря на потолке. Секунда панического ужаса («где я?»), и все становится на свои места.

— Ваши в бильярдной, — услужливо сообщает буфетчица (все уже знают, что из Москвы приехала группа).

В бильярдной дым и стук шаров. Все здесь, и даже трезвенник Сева стоит с огромной, с детское ведерко, кружкой.

Я тоже беру пиво. Играют дядя Миша и оператор. Михал Геннадьич с наслаждением кладет один шар за другим. Оператор только мрачно топчется. Наконец его очередь.

— «Свoячка» давай, — дядя Миша подсказывает.

Но оператор назло лупит другим шаром.

Партия сыграна.

Я незаметно подхожу к Севе:

— Есть успехи?

В бильярдной душно, и лицо Севы покрыто каплями пота. Протягиваю салфетку.

— Что-то случилось?

Не говоря ни слова, он выходит. Когда я выхожу следом, в коридоре пусто, только на балконе чернеет мешковатый силуэт.

Я встаю рядом. Сырой воздух пахнет тиной и соснами. Голоса, это официанты курят у выхода. Обрывки мелодий из пустого парка.

— Все бессмысленно, — неожиданно громко говорит Сева. — Господи.

Фонарики от ветра качаются.

По правде говоря, мне не очень понятно.

Что произошло?

— Она же видит сквозь землю, — шепчет Сева. — Кошка, встроенный локатор. Как будто древние греки — ее соседи или родственники.

Он говорит об Асе.

— Она же здесь выросла... — примирительно говорю я. Но Сева, расплескивая пиво, кричит:

— В том-то и дело!

Мне становится понятно, что его задело. Ведь это его университетская тема, античные поселения. Диссертация, которую он бросил.

— Сколько лет, боже мой, — в голосе у него слезы. — В библиотеке, на курсах. Выучил язык. А потом все это оказывается ненужным. Все это надо, оказывается, бросить. Снимать, чтобы прокормить семью, исторические анекдоты.

Сева поднимает глаза.

— Я эту поездку год пробивал, — тон у него умоляющий. — Думал, снимем хоть одну настоящую вещь. Чтобы не стыдно приличным людям. А тут она. И все мои планы к черту. Потому что, если по-хорошему, надо выбросить мой «научный» сценарий и снимать только эту девушку. Что она придумала. Что нашла.

Сева снимает очки и сжимает переносицу.

— Ведь это пытка для историка, наша передача. Упрощать, сводить к формулам. Стрелка, патриарх Никон. О чем говорили ночью.

— Ася же не виновата, — отвечаю я. — К тому же миллионы людей про стрелку и патриарха вообще не слышали. Где Белое море, не знают. Ну а библиотека...

Сева кладет на плечо руку.

— После Аси сидеть в библиотеке глупо.

Он хочет идти и тычется в стеклянную дверь, ищет ручку.

— Скажите, это тяжело, когда бросаешь? — спрашиваю вдогонку. — Что много лет искал? Тему?

Это жестокий вопрос, особенно в такую минуту, — я знаю. Но вдруг?

Он отвечает:

— Сначала конец жизни, но потом сразу легче.

Сева вдруг успокаивается, устало улыбается:

— Не самое тяжелое, в общем.

— А что тогда самое?

Мне хочется дожать его.

В отблесках фонаря мерцают наши пустые кружки.

В его голосе звучит ирония:

— Когда понимаешь, что можно прожить и без этого. Без того, что считал главным в жизни.

Он смотрит в темноту:

— К тому же взамен ты кое-что получаешь.

Он наконец выходит. Я вспоминаю, что не спросил о другом — что нашла Ася. Что так взволновало Севу. Но поздно, лифт закрылся.

С одной стороны, его жалко, но что поделаешь?

А с другой — не терпится поскорее увидеть девушку.

С ранним выездом ничего не выходит — Ванюша все утро вытаскивал машину тестя, которая «села у Субботина ерика». Вот, только приехал.

Сева, глядя себе на ботинки и краснея, делает ему выговор. Водитель, довольный, соглашается.

— Севолод! — говорит он. — Больше ни у коем случае.

Около полудня мы наконец выбираемся. Дорога медленно огибает балки и холмы, плоские впадины в белых, как лед, соляных разводах, и черные полосы виноградников. Огромная дуга, по которой едет машина, почти не ощущается, как если бы машина спускалась по террасам на дно кратера, чьи размеры настолько велики, что глаз просто не замечает их. И рядом, и внизу вдалеке — кругом курганы. Они пологие, с плоскими, словно срезанными, вершинами. А между курганами вода, линзы голубой воды. Продолговатые или изогнутые, круглые как блюдце, они лежат в камышовых плавнях, по которым видно, как пробегает ветер.

Где-то на той стороне на высоте взгляда проплывет автомобиль или трактор. Размером с наперсток или насекомое, машину все равно можно разглядеть до мельчайших подробностей, настолько чист и прозрачен воздух. Уменьшенная перспективой, эта игрушечная машина помогает пространству затянуть того, кто смотрит, в свою воронку. Ведь других ориентиров — высоких деревьев или зданий, вышек — в этом месте нет.

Картина в окне завораживающая, все наши притихли. Даже техник не фотографирует, как обычно, а сидит молча. Как будто мы спускаемся не на полуостров к морю, а в гигантский котлован ада.

Большая вода открывается за поворотом вокруг холма, который мы огибали. Эта светло-голубая, цвета фресок, вода — проток. А сам пролив синеет совсем внизу, у горизонта.

Постепенно вода сжимает клещи, теперь машина идет по узкой полосе между двумя протоками. А дальше видно пролив и над ним рыжие горы, утыканные вышками. Это самое узкое место, граница между Европой и Азией. На европейской стороне пейзаж четкий, в горах видна каждая складка. А здесь земля вогнутая и пустая, пахнущая травами и гнилью.

Холмы, где стоял город, травяные и выдаются вальками в море, как волнорезы — через равные промежутки. Один из холмов основательно разрыт, весь склон в ямах. Остальные, заросшие бурьяном, тоже изъедены копателями. Среди шурфов и рвов видны куски мостовой и стены, сложенной из камней. Камни почти сливаются по цвету с глиной, да и похожи на бесформенные глиняные куски. А между стенами колодцы. Они ведут на следующий уровень города, но даже там не его начало, не пристань или крепостные стены — поскольку то, что было в начале, давно съедено морем и лежит на дне.

Кое-где на подмытых уступах отчетливо видны разноцветные полосы. Эти пласты из черепков и камней, глины тянутся один поверх другого вдоль берегового уступа и похожи на слоеный пирог. Так время измельчило и спрессовало то, что когда-то было греческим городом или турецкой крепостью.

Я спрашиваю себя: можно ли хотя бы на секунду представить ту жизнь? Понять ее, почувствовать? Примерить на себя? Нет, невозможно. Глядя на изъеденные ветром и солью осколки и черепки, в которых еще угадывается работа человеческих рук и которые рано или поздно станут песком или илом, не испытываешь ни сожаления, ни страха, ни скуки. Удивление перед временем — вот что остается. Временем, которое наконец избавилось от человека. Освободилось от него.

Долины, где стояли храмы, описанные Страбоном, и сами храмы, холмы с маяками, акрополи и агоры, пристани — затоплены реками или размыты морем, занесены илом или покрыты плавнями. Исчезли, стали частью пейзажа, растворились во времени. А то, что время и море пощадило, превратилось в фундамент для новых цивилизаций, на месте которых возникали другие новые, и следующие новые, и новые за новыми, тоже давно ставшие мифическими и не оставившие по себе ничего, кроме полоски в береговом уступе. Глядя на которую, человек испытывает бессилие, ведь совладать с таким количеством времени он неспособен. Это бессилие радует, поскольку это радость — знать, что существует нечто большее, чем разум, память и воображение. И угнетает, ведь ничто так не погружает в тщету разум, как вид того, что время оставляет от человека.

19. *VITA NOVA*

Дневник неизвестного, окончание

В героях Гамсуна меня всегда возмущало, что, полюбив, они поступают как можно несообразнее своему чувству. Нелепо, наперекор. Чтобы вывернуть его наизнанку, а себя выпотрошить. Надругаться над любовью. И вот вышло, что сам я недалеко ушел от этих героев.

Зачем потребовалось мне писать это дурацкое письмо? Зачем попросил фотографию? Зачем лишний раз признался в никому не нужной любви?

Оно было предельно патетическим, это письмо. Хотя до последнего слова правдой. Но кому нужна моя правда? Помню, как глухо конверт ударился о дно ящика. Как лязгнула крышка. Как с ужасом я понял, что Рубикон перейден и время, когда мы просто беззаботно общались, кончилось. Что отныне я буду вспоминать его как блаженное. Ведь уже сейчас, ожидая ответа, я брожу по городу, как приговоренный.

Мы встретились через неделю. Она шла по коридору с тем студентом, долговязым парнем. Я, чтобы не мешать им, отвернулся. Но было поздно, она шла ко мне.

— Мне вас нужно, — тихо поздоровалась. — Сюда. Можно?

Мы сели, а ее спутник деликатно отошел в сторону.

Вид у нее был очень серьезный.

Она открыла портфель и что-то сосредоточенно искала среди тетрадей. Наверное, мое письмо — чтобы швырнуть в лицо и отругать.

— Вот... — она протянула руку.

На ладони лежала маленькая фотография.

Я не взял — выхватил карточку. А она только пристально посмотрела: как врач на тяжелобольного.

— Вы странный... — прошептала. — Зачем вы идеализируете? Я обыкновенный, земной человек. А никакая не Беатриче. Ничего небесного во мне нет.

Я молчал.

— Поймите, так нельзя, — она брала меня за руку. — Это тяжело для вас... для всех...

Она посмотрела на студента.

— Ну вот, сказала... — вздохнула и улыбнулась. — А теперь идите. В другое время обещаю рассказать все, что вы спрашивали. Обещаю!

Она снова протянула мне руку.

Я... Да что я?

С тех пор я не видел ее полгода. Потом пришла весна, и время полетело к экзаменам. К новой жизни.

А летом мы случайно встретились.

— Столько несчастий на мою голову! — Она говорила скороговоркой, словно мы вчера расстались. — И то, и другое, и мама в больнице. А тут еще зачеты. Мужа гоню, чтобы не мешал заниматься, — обижается...

Это она сказала, когда мы шли по мосту Строителей. Она еще что-то рассказывала, а у меня в голове металась только одна мысль: «Мужа? Или я ослышался? Но почему она так легко говорит мне об этом? Или думает, что я знаю?»

По дороге обратно я убеждал себя, что должен радоваться за нее. Должен. Но человек думает о себе всегда больше. Вот и я думал о себе: как буду жить дальше.

Еще через месяц я узнал от Миры, что она вышла за того самого студента. Высокого молодого человека. Что он начинающий художник и поляк. Талантлив, хотя много от богемы. Впрочем, это чье-то предположение. В любом случае, неординарен — раз она его выбрала. Но принесет ли он счастье? Этого я не знал и не хотел знать.

Мне предстояло нести мое бремя. Научиться заново жить, говорить, работать — после всего, что случилось. Думать о чем-то, кроме нее и смерти. Надеть и носить маску, и не сорвать ее в ту же минуту. Жить в маске столько, сколько потребуется, чтобы боль прошла.

Я бродил вдоль Невы, завидуя тому, как безмятежно играют на воде блики. Как мне хотелось стать этими бликами! Я мог часами глядеть на мелкие волны, как ласково они льнут к ступеням. Какими спасительными они выглядели!

Один шаг, и боль исчезнет.

Всепоглощающее небытие.

...Я был готов сделать этот шаг — и не сделал. От гибели меня спасла обычная рукопись. Да, да — в букинисте попался рукописный подстрочник. Семнадцатая песнь дантовского «Ада». И я утонул, но не в Неве, а в поэме.

Среди пустыни мира, один в опустевшем, словно вымершем для меня Ленинграде, оглохший и ослепший от тоски и горя, я услышал то, чего меньше всего ожидал: голос близкого человека. Он отчетливо слышался, этот голос. Будил, завораживал. Давал силу жить дальше — той упрямой, слепой верой в предназначение любви, даже если эта любовь непрошенная, без ответа. Существует нечто большее, чем сама любовь, говорили стихи. И это большее есть вера в любовь. Как неожиданно для меня это было сказано! Как парадоксально и точно. И как спасительно. Этот человек указал мне сквозь века на смысл того, что произошло. Мне хотелось отблагодарить его за эту нечаянную, незаслуженную радость. Но чем? И вот, чтобы ответить тому, кто из глубины Времени окликнул и спас меня, чтобы глубже погрузиться в спасительные воды его поэмы — чтобы познать веру в любовь, я начал переводить ее.

Да, это был вопрос жизни и смерти, поэтому работа шла днем и ночью. Чем дальше она продвигалась, тем увереннее я себя чувствовал. Как мучительна и сладостна оказалась эта борьба с чужим словом, с тройной рифмой. Каким восторгом наполняла она сердце, когда нужное слово находилось. Когда оно звучало. В те замечательные, невиданные дни я вдруг понял, что на смену тоске и страданиям приходит музыка. Что только она способна вылечить. Освободить. Эта музыка точно вознесла на невиданную гору, откуда открылась жизнь. Ты ведешь меня, шептал я. Ты не знаешь и не узнаешь долго, а может быть никогда, но даже не зная обо мне, ты будешь вести меня, моя любовь, моя Беатриче!

В те же спасительные дни я написал большое письмо моему учителю из Дубровичей Сергею Поршнякову. Мне не терпелось рассказать ему, разделить события жизни с тем, кто искренне переживал за нее. Письмо получилось большое и хорошее. В нем я как будто заочно отвечал на вопросы, которые мой учитель мог задать мне.

«Дорогой Сергей Николаевич! Вы спрашиваете о моем крушении, слухи о котором дошли до вас. Да, крушение есть. Да, почти четыре года прошли под знаком той, которая осталась для меня «далекой, как Полярная звезда».

Мне кажется, что вы по прямоте характера уже настроены против нее. Поэтому, упреждая вас, попробую ответить. Этот ваш настрой напоминает досаду, которую испытываешь при чтении романа, где героиня отвергает положительного героя. Но в романе мы виним автора, а в жизни никто не виноват. Та, о которой речь, не звала меня. Я пришел к ней непрошенный. Из другого мира, из другого поколения. С чего бы она бросила ради меня свой мир? Свои мечты и надежды? Только потому, что это я? Но кто я такой? Поэт? Ну и что?

Знаю, мои слова звучат неубедительно, ибо говорю их я. «И был слеп, как поэт». Хорошо, пускай слеп. Но ведь другие не слепы? У нас, где «каждый человек на виду»? «Я рад, что ты полюбил ее!» Это сказал Ростислав Залесский, единственный товарищ, кому я открылся. «Рад не за твою судьбу, а как-то по-другому. Рад, что ты полюбил именно ее».

Да и нельзя жить слепым четыре года, хотя бы и «поэту». Нет, слепым и глухим надо быть, чтобы не полюбить ее. Наша первая встреча была не из обычных, и я это сразу почувствовал. Конечно, были и другие, беглые. Но они только добавляли уверенности в том, что я не ошибся. И вот — не заметил, как она заполнила мою жизнь полностью.

Вы скажете, что я склонен приписывать этой девушке радужные свойства обитателей Дантова рая. А себе брать свойства «всех зверей». Что это моя застенчивость заставляет идеализировать. Да и поэтам свойственны фетишизм, донкихотство и проч. Что ж, я и сам много думал об этом. Но тут сложно. Идеализировать — значит приписывать любимому человеку отсутствующие, хотя и желательные свойства. Но ведь я ничего не приписывал. То, что легло в основу моего отношения, было бесспорно. Ум, культура, живость характера, любовь к книгам, широта интересов — эти свойства суть незыблемые камни моего отношения. Да и внешний облик соответствует моему представлению о красоте. Нет, Сергей Николаевич, я не хочу уподобляться ни славному рыцарю Ла-Манчи, ни Амадину Галльскому. Потому что любят «всего человека», а не арифметическую сумму желательных свойств. Кто ж подходит к любви с весами и мерой? А если кто и подходит, так я не из их числа.

Хорошо, скажете вы, пусть так. Я соглашусь с тем, что вы не преувеличиваете ее положительных свойств. Но вы умалчиваете об отрицательных. А ведь такое умолчание тоже есть идеализация.

Да разве в этом дело, Сергей Николаевич? Когда мы говорим о любви, мы говорим о берегах, где сжигаются корабли. Где эти берега у человека? У иных такого берега не сыщешь. Такой может любить, а может разлюбить. Я же говорю вам о том, кто сжигает корабли. Кто любит независимо, откроются для него или нет отрицательные черты любимого. Он заранее признает их. Он заранее готов простить. Он признает их, но жить с человеком будет не по качествам, а по изумительно точной старинной поговорке: «Не по хорошу мил, а по милу хорош».

Ну а потом пришел этот проклятый 1936 год. Год, когда я понял, что она любит другого. Вы что-то говорили о «приговорах»? Что ж, в тот год обвинительный приговор я подписал себе сам.

Вы яснее поймете мое тогдашнее состояние, если представите, чего стоило мне признать одну простую вещь: что у меня нет нравственного права бороться за нее. Что каким-то высшим законом любви, который я ощутил в себе тогда, мне запрещено вторгаться в ее мир. Не только разрушать, но даже вносить сумятицу. Достаточно того, что я уже сделал своими стихами и письмом.

Это очень тяжело, вы знаете. Ведь в борьбе всегда есть надежда на победу. Но когда ты запрещаешь себе борьбу? Знаете ли вы, что это — лишить себя даже тени надежды? Признать, что ты ничего не должен оставить себе. И вместе с тем знать, что это выше твоих сил.

А потом был «горький хмель» стихов и одинокие скитания по безлюдным переулкам Ленинграда — в те часы, когда «трамваи гремят по темным содрогающимся мостам». Я знаю, вам не нравится это стихотворение. Но меня оно заставляет вспомнить многое. В нем есть взгляд на себя чужими глазами. Попытка отступить от собственного «я» в сторону. Знаете, для чего я сделал эту попытку? Так легче выжить, когда с тобой случилось то, что случилось. Когда ты видишь себя стоящим у воды со стороны — слышишь чужим ухом собственные мысли о смерти — мир и ты больше не кажутся тебе такими уж безысходными. Ты понимаешь, что вселенная не сошлась на тебе, а живет своей жизнью. И делаешь шаг назад.

Таким он и остался в моей памяти, этот год. Черная страница с ярко-золотой нитью. К тому же не забывайте, что никто ничего не знал о моих чувствах. О том, что я пережил. Разве что Ростислав, — да еще в стихах можно было не носить маску. А так...

И все же выход нашелся. Я нашел его там, где за шестьсот с лишним лет до меня отыскал великий поэт Данте. Он состоял в том, чтобы поверить в любовь настолько, чтобы она отразилась в слове. И таким образом навсегда связать с собой. Это простая, даже банальная вещь. Но сколько нужно пережить, чтобы понять ее по-настоящему.

Так началась моя «vita nova». Так я пришел к Данте. Так любовь-отчаянье уступила место другой любви. Она была безнадежной, эта любовь, но светлой. Для которой уже не страшны ни ревность, ни злая игра судьбы. «Я, Матерь Божия, ныне с молитвою...» — помните это лермонтовское стихотворение? Только теперь я готов сказать, что равного этому стихотворению — по тому чувству, которое выражено в нем, — может быть, и нет во всей русской поэзии.

Вот и вся повесть моей любви. Она, хоть и небогатая внешними событиями, была трудна и сильно изломала меня. Вы спросите: «Робинзон?» Что ж, человек — очень либеральный судья по отношению к себе. При случае он не остановится даже перед тем, чтобы привести пример Данте, до конца жизни верного Беатриче — и все же не оставшегося одиноким. Но я пока о другой не думаю. Что выбрать — вечную верность или новый мир? Передо мной такая дилемма не стоит. Мне довольно того, что есть».

20. ЛОВЕЦ

В один из дней начала лета, когда оборот на книжном развале становился баснословным, Гек исчез.

Полдня Казах молча ждал, названивал из автомата. Даже сбегал в Лебяжий.

— Нет и не было, — вернулся мрачный. — Скотина.

Ему было из-за чего нервничать — на выходных они выкупали библиотеку. Без помощи Гека это было невозможно сделать, и Казах целыми днями ходил за лотком как зверь в клетке.

В те дни Аня с театром уехала в Питер. Оставшись один в квартире, через неделю я затосковал, словно мы навсегда расстались. Как раньше, когда она уезжала надолго, мне хотелось увидеть ее как можно скорее.

Приехать в Питер, пожить вместе в гостинице, погулять. Что может быть проще? Вернуться в спальном вагоне. Правда, на все это требовались деньги. Тут-то исчезновение Гека и сыграло мне на пользу.

Вечером на складе я сказал Казаху, что хочу нормально заработать. Тот, словно ожидая моих слов, сразу ответил:

— На неделю.

Мы выпили.

— А появится раньше, выгоню.

Так меня взяли в долю.

— Семен Львович? — Казах уже накручивал телефон. — Извините, можно?

Показывал глазами, что сейчас все решится.

— Это по поводу книг, Саша, — он представился. — Как насчет завтра?

В десять утра наш фургон подкатил к сталинскому дому на улице Дмитрия Ульянова. Казах, сверяясь с бумажкой, отыскал дверь. Мы вошли на черную лестницу, поднялись. Я нажал кнопку.

В глубине квартиры тихо отозвался звонок. Через секунду лязгнули замки и раздался шорох (нас рассматривали в глазок). Наконец вторая, железная дверь приоткрылась.

— Вы? А кто это?

Он подозрительно посмотрел на меня.

— Напарник, — спокойно ответил Казах.

Высокий и сутулый, лысоватый (хотя и не старый), хозяин квартиры носил вязаный кардиган и спортивные брюки. Он пятился по коридору, отчего его шлепанцы то и дело спадали. Разговаривая, он трогал себя за нос. Видно было, что нас он побаивается. И ему за этот страх неловко.

— Сёма! — донеслось из комнаты. — Предложи гостям чаю.

— Сначала с книгами, — попросил Казах. — Можно?

— Конечно, конечно, — Сёма закрыл одну, а затем вторую комнату. — Мама, потом!

Деревянные и застекленные полки стояли одна на другой до потолка. Лицо Казаха стало бледным и плоским — признак того, что в руки плывут хорошие книги.

— Можно табурет и тряпку?

Отодвинув стекло, он принялся вынимать вазочки и фотографии. Вскоре на полу образовались три книжные стопки, а еще одна лежала в кресле.

— Семен Львович, — Казах позвал клиента, — смотрите.

Он спустился на пол и отложил тряпку:

— Эти по тридцать, эти по семьдесят, а эти по сотне.

— А эти?

— А эти по десятке, — он поскоблил пальцем. — Видите?

Обрез покрывали коричневые пятна от тараканов.

— Надо чаще заглядывать.

Семен Львович озадаченно поскреб гречишную сыпь.

— Бесполезно, — покачал головой Казах.

Тот удрученно причмокнул и вышел.

— Мама! — донеслось из другой комнаты. — Сколько раз я просил, чтобы Валя протирала *все* книги. Теперь посмотрите, что вы наделали — эти люди не дают за них больше червонца. За папины книги не больше червонца, мама.

В стопке «по десять» лежали книги по востоковедению и индийской философии. Это была большая редкость, такие книги, — и я видел, что Казаху искренне жаль, что они в таком состоянии.

Услышав общую сумму, Семен Львович по-бабьи всплеснул руками:

— Но ведь это хорошие книги!

Казах убрал калькулятор:

— В «Букинисте» вам дадут в два раза меньше.

Он не врал, букинистические брали неохотно и за копейки, а расплачивались после реализации.

— Это хорошие книги, очень, — Казах показывал на «тараканью» стопку. — Но вот вы купили бы такую?

Семен Львович открыл рот, но ответить не успел.

Из коридора в комнату, шаркая и стуча палками, втиснулась мама.

— Как вы можете так рассуждать! — набросилась старуха. — Что вы понимаете в книгах?

— Мама, прошу вас, — Семен Львович протянул руку. — Люди не виноваты, люди просто торгуют.

Но она, пополам согнутая, продолжала кричать в пол:

— Твой отец собрал эти книги, — хрипела она, — а что сделал ты? Кроме того, что хочешь продать его квартиру, его книги и увезти его вдову — что? Бедный Лева, это счастье, что он не дожил до нашего позора.

Мы вышли на кухню. Не зная, куда девать горящее лицо, я отвернулся. А Казах равнодушно смотрел на улицу.

Маленькая, но уютная, заставленная мелочами кухня жила отдельной жизнью. И лампа, собранная из цветных стекол, и широкий подоконник с телевизором, и прихватки с ложками, любовно развешенные над плиткой, и старательно обшитая деревом крышка мусоропровода — нас окружал быт, который накапливается годами. И мне было жалко, что скоро он исчезнет. Не станет в Москве ни этой кухни, ни библиотеки. Ни интеллигентных москвичей-евреев, которых время выдавливает из привычной жизни.

Получив деньги, первую нормальную зарплату, я собрался за билетами. Но никакого Питера увидеть мне было не суждено, потому что объявился Гек и жизнь снова сделала поворот.

Он стоял среди покупателей и перебирал корешки.

— Сколько эта?

Я вытащил книгу по японскому буддизму:

— Ты?

Гек снял рюкзак и поставил на книги.

— Уберите, — Казах сделал вид, что не узнал. — Молодой человек!

Из рюкзака появилась пачка. Гек молча сорвал бечевку и вынул книжку. Глядя в глаза, протянул ее Казаху.

Вторая книга из пачки предназначалась мне.

На обложке стояло его имя.

Я ошалело вертел тоненькую книжицу, а он уже перебрался на нашу сторону прилавка.

— Это океан, — показал на обложку. — А это облако. Похоже на профиль, нет?

Он глянул на Казаха, но тот вертел книгу, словно это котенок.

— Голова — видишь?

Тон его был заискивающий — видно, чувствовал, что подвел Казаха; тем же тоном он рассказал, как предложил фотографию гавайского заката издателю (Ольге Михайловне); той картинка понравилась; а предисловие написал Коробко, который не зря, значит, приходил на вечер.

Облако действительно напоминало профиль. Выставив нос, человек лежал затылком на горизонте, а черная полоска моря была вроде траурной ленты. Не человек, а покойник, которого везут на кладбище, да еще со свитой, кучерявыми облаками, похожими на мышей или кроликов. Следил за катафалком живой человек, чья голова-горошина незаметно высовывалась из воды. Судя по доске, обычный серфер.

Книга называлась «Ловец». Это событие, своя книга, заставило забыть о выходке Гека. Где он пропадал? Почему не предупредил? Все вопросы отпали — теперь перед нами стоял автор книги, вышедшей в солидном издательстве с предисловием самого Коробко.

Ушлый Казах тут же выставил книгу на прилавок. Он предлагал ее как «сборник стихов лучшего поэта пост-евтушенковской эпохи».

— С автографом автора!

Для убедительности, что мы не обманываем, Казах показывал покупателям фотографию Гека — с сигареткой и ален-делоновским прищуром, — ее разместили на задней сторонке книги. И вот Гек, неумело загибая строчки, уже подписывал сборник первому покупателю.

Слух о книге разлетелся по проспекту. Коля из Королева отказался брать книгу даром и расплатился, приговаривая, что это «на поддержку поэзии» и «святое дело». Остальные не брали книгу даром тоже.

«Ловца» решили «обмыть» в тот же вечер. Это открытое кафе в Мерзляковском держали армяне, Казах почему-то хорошо знал их, и они разрешали сидеть после закрытия.

— А что это за фраза? — вспомнил я. — Про пост-евтушенковскую эпоху?

Гек поморщился. Оказывается, однажды на лоток зашел Евтушенко (спрашивал свои книги). Но их не держали, не продавался. Правда, Казах на всякий случай соврал, что «только вчера ушел экземплярчик». Удовлетворившись, поэт прицепился к альбому «Москва» («в подарок моему другу, американскому профессору»). Чтобы продать дорогую «Москву», Казах решил развлечь поэта и представил Гека. Евтушенко попросил того почитать. В надежде на процент Гек начал. В ответ подхватил со своими стихами уже сам Евтушенко.

Собралась толпа, люди даже хлопали.

Тут-то и мелькнула эта фраза.

— А «Москву» не купил, — подытожил Казах.

Мы выпили за книгу. Гек разлил снова и объявил, что через неделю презентация. Они решили сделать ее не в библиотеке или салоне, а в обычной рюмочной.

— Тут, на Герцена.

Он уже договорился с Игорем, владельцем.

— Сначала почитают мои друзья, чтобы Ольга послушала, — так он теперь называл издательшу. — Потом я, дальше пьянка. Братание литературного отребья с алкогольным бомондом.

Входную рюмку Гек обещал бесплатно. Лозунгом сделали фразу «Место поэта — в рюмочной». Вечер назначили на четверг.

Поскольку мой срок на лотке еще не кончился, Гека отправили «готовиться к выступлению». Почему-то эта новость (что я работаю вместо него) не слишком его задела. Даже не удивила. После возвращения он вообще держался со мной заискивающе — как люди провинившиеся или незаслуженно обласканные.

Но тогда я не придал этому значения.

В четверг около рюмочной собралась толпа, но это в театре напротив давала премьеру знаменитая антреприза «Коллекция Пинтера». Туда-то и набивалась публика.

Из-за премьеры движение то и дело перекрывали. Из черных, похожих на саркофаги лимузинов проворно вылезали низкорослые и подбритые господа в одинаково широкоплечих пиджаках. Выпрастывались их долговязые, в вечерних платьях с низкими разрезами, дамы. Среди ярких галстуков плавала кепка мэра. Слепили и щелкали камеры, выхватывая физиономии, знакомые по новостным выпускам. Одиноко розовели лосины известного модельера.

Вечер Гека задерживался. Он задерживался не потому, что напротив играли спектакль, а из-за кильки на закуску, которая вдруг кончилась, и надо было бежать в гастроном за добавкой. Потом ждали издательшу, ее все не было. Куда-то исчез Казах, а кто-то подвыпивший свалил стол с книгами, и начало снова отодвинулось.

Некоторых из поэтической публики я уже знал. Якова, например, и девушку-художницу. Философа, который пришел с красивой бледной дамой, и та курила у стены. Ближе к началу появился молодой монах в оранжевой буддийской тоге, тоже из этой компании. Он залез на подоконник и всем одинаково поклонился. Из его холщовой сумки высовывался кожаный бубен. Монах улыбался.

Два-три завсегдатая-пьяницы, оттесненные к стене, изредка что-то выкрикивали. Остальные, сидевшие в первом ряду, держали в руках рукописи как школьники. Это были поэты.

Наконец пришла издательша, шумно задвигала стульями. Она здоровалась направо и налево и что-то заказывала через головы.

Проверяла, все ли книги выложены.

— Где именинник? — искала Гека.

Гек сидел в подсобке и смотрел по телевизору репортаж о закрытии «МММ».

На столе перед ним стояла бутылка.

— Чего тебе?

От его грубости я растерялся, но тут в комнату ввалились Казах и Игорь, зубастый владелец заведения. Мы стоя выпили.

Гек шагнул к выходу.

— Возьми! — показал на недопитый флакон «Слынчева бряга».

Его тон снова меня покоробил. Однако обижаться было некогда, вечер начинался.

Обрывки вечера до сих пор перед глазами, но память никак не может сложить их вместе. Вот издательша, ее желтый шарф с кистями. Как она перебирала кисти, открывая вечер («большому кораблю большое плавание»). Ее обиженный тон: ждать благодарности от автора в ее деле бессмысленно. Вот девушка, читавшая что-то о птицах и дуплах, — до сих пор помню ее вскинутое крупное, обрамленное черными прядями лицо. Какой потерянной и беззащитной она выглядела. Кто читал потом? Я помню Якова. Он читал яростно и даже притоптывал, отчего безбровое лицо покраснело. Был коренастый юноша в длинноватом пиджаке, он читал с какими-то русскими присловьями. Четвертый, отбивая такт длиннопалой кистью, читал только сначала, а потом вдруг перешел на пение.

Закрывал вечер Гек. В его манере прибавилась уверенность — все-таки поэт с книгой. Но я услышал подвывание, не нужное его четким рифмам. Надо бы сказать ему об этом, подумал я. Однако развязка вечера и всей нашей истории заставила меня забыть об этом.

Пока Гек читал, кто-то из завсегдатаев все громче высказывал недовольство. То ли ему не хватило водки, то ли, наоборот, он выпил лишнего — но его пьяные выкрики все чаще долетали из-за дальнего столика.

Вскоре к нему присоединились другие. В ответ на гомон и выкрики Казах жевал побелевшими губами и делал жесты. Но те не унимались.

Наконец один полез через ряды к стойке.

— Кончай бодягу! Водки!

За ним загремели стульями еще двое-трое.

Гек остановился, его перекошенное от ярости лицо заливала краска. Секунду он стоял, опустив книгу, а потом бросился через ряды стульев.

Врезать он никому не успел, потому что зацепился за стол и рухнул. Образовалась драка и свалка. Помню щелкающий звук, с каким с перевернутых столов сыпались рюмки. Как трещат стулья. Как держу кого-то за шиворот и падаю. Уже с пола вижу, как у стены, ровно улыбаясь, курит жена философа. Еще спустя секунду в кадре литературная дама с приклеенной улыбкой. Как, придерживая парик, она приседает. Вот буддист, он встал на подоконнике и стучит в бубен. А издательша, уперев руки в бока, сладострастно приговаривает:

— Вот это поэты. Вот это вечер. Вот это я понимаю.

...Когда в рюмочную ворвались вооруженные люди, большую часть гостей хозяева успели вывести. Автоматчики уложили на пол оставшихся. Теперь в рюмочной слышалось только сопение и хруст стекол. Поскольку автоматчики были не из милиции (а из охраны тех, кто приехал в театр), дело замяли. Правда, во время драки исчезли все книги, выставленные на продажу. Но свои экземпляры Гек успел раздарить до начала.

Через час мы сидели во дворе заброшенной школы. Феликс (так звали буддиста), тихо посмеиваясь, вытащил из сумы бутылку портвейна. Казах отыскал в кустах припрятанные стаканы. А у меня оставался «Слынчев Бряг».

Молча выпили. Казах закурил, осматривая костяшки пальцев, Гек тоже, а монах постукивал в бубен. Мы с ним чокнулись. По-летнему теплый и тихий вечер медленно погружался в сумерки. Во двор долетали фортепьянные гаммы, пахло сиренью. Где-то щелкал соловей.

— Хорошо отделались, — резюмировал Казах.

Гек вяло откликнулся:

— Запомнят.

Он выглядел подавленным.

— Позвонить есть?

Казах что-то задумал. Все так же посмеиваясь, Феликс извлек жетон.

— Ты прямо фокусник.

Гек хотел подцепить его.

— У нас молитвы на разных квартирах, — я впервые услышал его вкрадчивый голос. — Созваниваемся.

Вернувшись, Казах потащил нас на бульвар.

— Только не допивайте!

У входа в бассейн поджидал невысокий молодой человек. Его кучерявая и оттого большая голова повернулась. Они с Казахом обнялись, как старые друзья.

— Идите за мной, идите! — Кучерявый махнул нам.

За стеклом через дорогу от бассейна светилась будка бензоколонки, дальше чернели колонны Пушкинского музея.

В вестибюле бассейна пахло хлоркой. Кучерявый (который был тут сторожем) пощелкал на щите тумблерами. Вспыхнул свет, и перед нами, как в кино, зажглась голубая линза. А город, наоборот, спрятался во тьме.

Раздевались на бортике.

— Можно голыми, можно.

Казах по-свойски отправился на вышку. Гек, спустившись по лесенке, сделал несколько взмахов, отчего голубая линза тут же раздробилась на мелкие волны. А монах, чье тело покрывали густые волосы, лег на спину и, блаженно раскинув руки, уставился в черное небо.

Вода была холодной, и я быстро замерз. Мокрый и дрожащий, стараясь не закапать одежду, перебирал вещи, искал майку. Неожиданно под рукой

206

что-то звякнуло, это были джинсы Гека. Я поднял их, переложил — и снова поднял.

В джинсах был ремень, тот самый.

С вышки раздался крик — это Казах прыгнул в воду. У меня в голове что-то щелкнуло, и уравнение, столько времени не имевшее ответа, решилось. Тогда все — и молчащий телефон, и пропажа Гека именно в те дни, когда она уехала в Ленинград, и даже редакция, в которую мы не случайно, значит, тогда попали, и квартира — все встало на свои места. Оставался только один вопрос, зачем я? Если все это время у нее был Гек — зачем? Я шел по бульвару и говорил вслух, и не замечал этого — как не замечал того, что у меня мокрая голова и расстегнута рубашка.

Ни Гека, ни Ани с тех пор я не видел.

21. ЧТО ОНИ ИСКАЛИ

— Ася! — Я толкнул дверь и вошел в дом. — Есть кто?

В сенях пахло бензином; наверное, где-то стоял мотоцикл или бензопила.

— Ау.

Но в комнате, куда я заглянул, никого не было.

Я вернулся во двор и пошел к калитке. Странное это было чувство, словно в пустом доме кто-то меня видел. Но кто?

Перед калиткой разлеглась огромная рыжая овчарка. Она выползла из будки, сколько позволяла цепь, и теперь глухо, не поднимая набрякших век, ворчала.

— На раскопе она, — раздался голос. — Это вы у нас снимаете?

Над забором мелькнули руки — это вешала белье соседка.

— Мы, — ответил я.

— Так подождите, она сейчас.

Я пожал плечами и вернулся к дому. Залез на бочку, стоявшую у забора. Асин дом стоял на пригорке. Утопая в зелени, вокруг лежали четырехскатные крыши домов, крытые жестью и крашенные ярким суриком. Тут и там на крышах торчали спутниковые тарелки. А с моря, сверкавшего за тополями, дул ветер.

Ветер дул с ровной силой. От этого ровного, равнодушного напряжения тревога улетучилась и на душе стало легко. Пахло печным дымом и свежим хлебом. С моря несло гнилью. Запахи были забытыми и родными, только заново открытыми.

Через полчаса я решил набрать Асю. Сколько можно? Ответный звонок раздался из-за калитки, и в следующую секунду она распахнулась.

Ася сняла кепку, оттащила прыгавшую собаку.

— Так это ты?

От солнца Асины глаза сузились и стали раскосыми. Я убрал телефон и спрыгнул с бочки.

— Тебе звоню.

Первое, что я увидел в Асиной комнате, была Аня. Афиша с артистами висела между трюмо и комодом, и Аня позировала на ней вместе с труппой. Они были в париках и костюмах из придворной жизни. Но даже в таком виде, разряженную и накрашенную, я сразу узнал Аню. А за моей спиной улыбалась Ася.

— Знакомая?

Я хотел ответить, но слова застряли в горле.

— Да так, — закашлялся.

— Это мама, — Ася насмешливо разглядывала меня. — Театралка, собирает афиши.

Ту часть, где значилось название, аккуратно отрезали, иначе афиша не помещалась в простенке.

Но имена остались.

— Что за театр-то?

Я встал против света, чтобы она ничего не заметила.

— Это к маме, — Ася пожала худыми плечами. — Чай будешь? Только умоюсь.

Когда она вышла, я хотел броситься к афише, но вместо этого медленно прошелся по комнате. Уставился на фотографию человека в усах и гимнастерке. Дотронулся до иконы в деревянном киоте. И только потом, как бы нехотя, подошел к афише. Сердце у меня колотилось, выпрыгивало.

«А. Пудовкина, В. Нярис, засл. артист РСФСР И. С. Федотов, Т. Карпекина, Е. Холмогор, А. Норринг, сестры М. и В. Гукаловы».

Я перечитал снова и снова. Что за ерунда!

Аниного имени среди артистов не значилось.

Душ находился во дворе под виноградом. Его отгородили клеенкой, но из окна Асю все равно было хорошо видно. Да она особенно и не пряталась. Стоя под слабыми, вьющимися струями, Ася осторожно водила желтой губкой по коже. Ее длинное и узкое, со впалым животом и острыми ключицами, тело покрывали блики, которые пробивались сквозь листья. Они дрожали на узких подростковых бедрах и длинных ногах. Покрывали маленькую грудь золотистыми пятнами. Выражение лица у Аси было сосредоточенным, а верхняя губа прикушена. Она как будто священнодействовала.

Через пять минут Ася вернулась с тарелкой сырников:

— Есть сметана, будешь?

Ресницы от воды слиплись, взгляд потемнел. Волосы мокрые.

Я вынул из сумки «Звезду Тамани».

— Давай.

Она поставила тарелку.

— Так кто она?

— Знакомая актриса, — я делал вид, что занят пробкой. — В прошлой жизни жила с моим другом.

— Известная?

Ася слизнула с пальца сметану.

— Нет.

Кивнул на афишу.

— Если театр местный, можно проведать.

Отпив, не дожидаясь меня, вино, Ася покачала головой:

— Они откуда-то из-за Урала приезжают. Можно спросить у мамы, но она только завтра будет. Телефон там не ловит.

— Лучше расскажи про раскопки.

Ася приложила к губам салфетку.

— Что раскопки...

На салфетке краснело винное пятнышко.

— Максимум фрагмент капители или надгробие. Без нормального финансирования шансов открыть полностью ноль. Обычная история.

Она говорила, а я лихорадочно соображал, что делать. Ждать маму? Перезвонить из Москвы? Но зачем? Если можно забить в Интернет фамилии и все выяснить. И не нужна никакая Ася.

«Или ты ищешь повод остаться?»

«Сегодня последний день съемок, решай».

— ...береговой уступ номер такой-то, в коробку, — Ася продолжала. — Такой-то — в коробку.

— Сева сказал, что у тебя своя история.

Я взял на колени кошку и посмотрел Асе в глаза.

— Что еще он говорил?

Она сжала стакан с вином.

— Все.

— С какой стати я должна рассказывать?

Она злилась, потому что чувствовала — теперь, когда я нашел афишу, мои мысли были далеко.

— Я не ученый и не журналист. Не помешаю.

— А кто ты? — Ее глаза снова сузились.

— Слушатель.

«Точнее не скажешь».

Высыхая, ее светлые волосы рассыпались по плечам. Она подняла руки, чтобы поправить их.

— Хорошо, но сначала ты.

Ася показала глазами на афишу.

Я вспомнил Севу и его слова про встроенный локатор. Сбросил кошку (та недовольно мяукнула).

— Хорошо, — согласился. — Только моя не очень интересная.

Прошел час или два, начинало темнеть — а я все рассказывал. Начал издалека, с Острова, как там очутились и что снимали. Что Остров по полгода отрезан от цивилизации. Рассказал про дневник (куда без него). То, что услышал от Степанова, — как в середине 50-х на Острове поселилась пара бичей, он и она. Как зимовали. Как один из них заболел и умер. А второй похоронил его и исчез.

— Когда пришел первый катер, никого уже не было. Да и могилу не сразу обнаружили. Только дневник остался, записки неизвестного поэта о студенческой молодости. Довоенный Ленинград, 30-е годы. Безответная любовь. Скорее всего, одним из бичей был именно он, этот поэт.

— А как он попал на Остров?

— В дневнике об этом ничего. Там вообще мало интересного. Любовная драма, переживания. Обрывки.

— Хороший? — Ася включила настольную лампу, и усач с портрета исчез в сумерках. — В смысле — стихи хорошие?

— В дневнике стихов нет.

— Актриса без театра, поэт без стихов...

Она дернула плечом.

— Зато какой финал.

— Да, просто Баунти. Эскейп по-русски. Только тебе-то это зачем?

«Действительно, зачем?»

Я переходил к другой, нашей с Аней, истории. Рассказывая ее, я ловил себя на том, что обе они, эти истории, каким-то непостижимым образом сходятся. Что между ними есть общее. Это общее было не только в том, что в разное время оба мы сделали один и тот же шаг, отказались от женщины, без которой не мыслили жизни. И не только в том, что каждый из нас сумел по-своему сохранить верность этой женщине. А может быть, этой историей мне просто хотелось оправдать себя и свою слабость.

— Я не хотел ничего выяснять, — мой рассказ подходит к концу. — Как давно они меня обманывали? С ним — или был кто-то еще? Просто исчез, не стал мешать. Не знаю, правильно ли я сделал.

— Правильно, неправильно, — говорит Ася. — Пока нет развязки, нет приговора.

Так она говорит потому, что законченное прошлое — это ее работа, археология.

— Вот твой поэт, — она продолжает. — Судьба каким-то образом закинула его на Остров. А что стало с ней? После того, как он отказался от нее?

Ася словно отчитывает меня.

Я показываю глазами на афишу:

— Моя развязка вот.

— А ее?

Мы снова возвращаемся к Острову. Как поэт и переводчик Данте, выпускник университета, попал на Белое море? От кого скрывался? И что за женщина была с ним? Она? Другая? Кто похоронен в могиле?

Ася неумолима:

— Они попали на Остров не от хорошей жизни.

Она размышляет:

— Что, если к этому привело его бездействие? Отказ от нее — в той, прошлой жизни?

Наверное, она права, ведь это мне жизнь на Острове с любимой представляется экзотическим раем. Но кто знает, что они чувствовали — зимой, отрезанные от людей?

— Действие, — говорит Ася, — приближает развязку. Он не должен был отступаться. И ты не должен. Она же женщина.

«Ты выбираешь действие, — отвечаю про себя я. — А что выбрать мне? Течение?»

Говорю:

— Она актриса.

— Разве актрисы не женщины?

— Женщина и так актриса, — я улыбаюсь. — Получается, в одной актрисе поселяется другая. Что делать?

— Идти к доктору.

Мы смеемся.

— Человек не действует, — Ася продолжает, — потому что опасается последствий. Испортить или помешать. Но что, если без него будет хуже?

— Тогда это заколдованный круг, — отвечаю. — С другой стороны, бездействуя, мы провоцируем действие извне. То есть действуем, но таким образом.

Ася отмахивается:

— Ерунда! Потому что в итоге мы имеем двух бичей, которых действие или бездействие загнало умирать на Остров. И ты...

По лицу Аси невозможно понять, что она задумала.

— Звучит не очень весело.

— Тогда зачем тебе это надо?

Она показывает на афишу. Я не знаю, как объяснить ей. Как сказать, что значит для человека быть верным одному образу. Одной, даже наполовину выдуманной, любви. Ведь мы только сначала влюбляемся в образ, если этот образ совпадает с нашими фантазиями. Но как объяснить этой вчерашней школьнице, что в любви есть темная сторона? Которая не совпадает с образом? Что именно она превращает любовь в поиск? Избавиться от которого ты мечтал бы, но не хочешь? Потому что с бытовой точки зрения это глупость и трата времени, все, что я сейчас думаю, тем более в глазах юной девушки. Но именно эта верность и поиск, эта глупость — и есть точка опоры. Рычаг, без которого человеку ничего не сдвинуть. То, что соединяет осколки жизни в судьбу, дает смысл. И когда человек открывает в себе эту опору, этот смысл — жизнь без них не представляется больше возможной.

Крупные капли дождя прибивают пыль. В углу неба на паутине дрожит вечерний луч, а листья блестят, как фольга.

— Что ты будешь делать потом?

— Найду театр, встречусь.

— А почему ты не нашел раньше?

— Что-то останавливало.

— Что?

— Что между ними ничего не было.

Ася поднимает светлые брови:

— Как ты вообще мог в это поверить? Ремень, австриец, этот твой Гек...

— Жизнь неправдоподобна, поэтому и поверил.

Она хмыкает, на лбу снова лесенка из морщинок.

— Хотя прямых доказательств не было, конечно.

— Но ты хоть пытался узнать? — Она неумолима.

— Первое время — да. Следил, шпионил просто. Ну, пока она в Москве, пока работала в театре. Знал, что сошлась с известным драматургом. Что он написал для нее пьесу — «Амаретто». Как потом они поехали в Таиланд и пропали без вести. Цунами помнишь? Как нашлись, и все радовались. А они с драматургом после цунами расстались. Потом она вышла замуж за бизнесмена. Или бандита, черт его знает. Тоже ненадолго. А потом ушла из театра и пропала. Никаких сведений на ее фамилию в Интернете нет.

Пауза.

— Зачем ты ищешь ее теперь?

— Потому что совпало...

Киваю на афишу.

Ася качает головой:

— Потому что неправдоподобно... Нет, мужчины все-таки слишком много выдумывают!

Ее «мужчины» звучит не очень убедительно.

Звонит телефон. Это Сева, они закончили и возвращаются в город. Он спрашивает, где забрать меня. Я поднимаю глаза на Асю. Она показывает на соседнюю комнату, где можно переночевать. Я выхожу в сени.

— Просто перенесите мой вылет на сутки.

Сева молчит, он ошарашен моим решением.

— Вы уверены?

— Да.

Конец связи.

Я возвращаюсь.

— Ты спрашиваешь, зачем мне нужно, — отключаю телефон. — А зачем тебе то, что ты ищешь?

— А что я ищу?

— Теперь твоя очередь.

Ящик со скрипом выдвигается. Ася вынимает из комода стопку полотенец. В коробке, которая лежит под полотенцами, гремят пуговицы. Ася ставит ее на стол. Вынимает мотки люрекса, шпульки разноцветных ниток. Железные бигуди и оранжевый сантиметр.

— Вот.

Это треугольная пластина из металла, похожая на наконечник копья. Размером с ладонь. Она покрыта бурой патиной, сквозь которую просвечивает тусклый и оранжевый, как у сантиметра, цвет.

Ася кладет пластину на стол. Ее пальцы пробегают по ней привычным движением, оглаживая и проверяя каждую выпуклость и впадину, как будто Ася вслепую читает книгу. Потом распрямляется и отходит к окну.

Я встаю под лампу. Видно, что рельеф на пластине чистили, фигурки людей хорошо различимы. Это женщина, она стоит наверху, в самом острие. Ниже, где кончается ее балахон, фигура воина. Он держит под уздцы двух лошадей (морды). Еще ниже несколько жрецов в балахонах.

Ася подходит:

— От бабушки.

Смотрит на портрет человека в гимнастерке.

— В огороде, когда колодец рыли.

Пластина тонкая, но тяжелая.

— Наконечник жреческого головного убора. Золото.

Головной убор женщины в треугольнике увенчан точно таким же.

— Великая женская богиня, — Ася старается говорить спокойно. — Верховное божество скифов и киммерийцев.

Она показывает на воина с лошадьми:

— Античный герой, грек. Сочетается с ней браком. Это у них жертвоприношение, лошади. Богиня в браке считается главной. Что, говоря по-научному, «символизирует лояльность греков к местным культам».

Пауза.

Ася коротко вздыхает.

— У истории нет ни конца, ни начала. С чего ни начнешь, все будет продолжение. Еще одна сказка из тысячи и одной ночи.

Ася показывает в окно.

— Эти города на проливе, которые мы откапываем, они были чем-то вроде торговых представительств. Факториями греческих полисов. То есть не война, а торговля. Зерно в Грецию везли с Кубани через пролив, вот поэтому. Схема была простой. Греки, когда в регион заходили, сразу назначали архонта. Царька из местных. А тот уже правил от их имени. Обычная практика, отсюда и смешанная культура.

Ася убирает тарелки и ставит чашки.

К чаю у нее сухари в сахаре.

— Земледельцы Приазовья подчинялись скифам. Те забирали у них зерно и продавали грекам. Греки-то вверх по Дону особо не ходили, боялись. Сидели в городе, занимались мирными вещами. Искусство, религия, быт. Греки ведь прекрасные ремесленники, скульпторы. Цари да скифская знать, осевшая в факториях, много у них заказывали. Разумеется, заказывали они в своем «варварском» вкусе. Но греки охотно подстраивались. Ничего нового для них тут не было, тот же восточный стиль — возьми греческую архаику. Но классику тоже не отменишь. Так и возник этот стиль. По сути вроде скифский, «дикий». А по исполнению греческий. Им удалось смешать то, что раньше не смешивалось. Движение и статику, экспрессию и созерцание. Линию, цвет. Даже на уровне материалов — эмаль, металл, камни. Такого совмещения древняя культура в этих местах не знала.

На верхней губе у Аси выступили капельки пота, она волнуется. О событиях тысячелетней давности говорит, как о вчерашних.

— Тебе интересно?

Я молча киваю.

— Ну вот, а главным культом в этой земле был культ Великой женской богини.

Она показывает на золотой наконечник.

— Это культ плодородия, земного начала. Как и во всех мифах, он сочетался с небесным, мужским. Вопрос был только один — кто главный. В древнем Иране, например, главным считалось мужское. А у скифов женское. Это просто объяснить: скифы ведь завоевывали племена, где сохранился матриархат. Меоты, синды — те, кто жил в Приазовье, — они же земледельцы. Культ земли, возрождения. Смешиваясь, скифы просто перенимали его у местных. Или не боролись с ним, не знаю. Когда на Боспоре появились греки, они тоже оказались под влиянием этого культа. Хотя для них-то тут точно не было ничего нового. Малоазийские девы-богини — все это у них уже было-было-было. И они просто соотнесли своих с местными. Совместили Астарту с Афродитой Апатуру. Или с Деметрой — культ Женской богини мог напоминать грекам мистерии.

Ася встает, я тоже. Подходит к окну. На улице сумерки, Асин силуэт сливается с деревьями.

Через минуту занавески задернуты.

Ася покусывает верхнюю губу:

— А здесь, ниже, изображен обряд посвящения.

Она подносит к свету наконечник.

— Вот эти две женские фигуры в платках — это свидетели таинства.

Она показывает на нижний ряд.

— Жрицы. А справа, видишь? Бородатый мужик. Он протягивает меч, вроде как сдает оружие. Он больше не всадник. Война для него кончилась.

Ася стучит ногтем по фигурке слева.

— А тут фигурка поинтереснее. Ни женская, ни мужская. Длинные волосы, улыбается. В руках чаша. Это энарей.

Впервые слышу это слово.

— С греческого — «не-мужчина».

— Евнух, что ли?

— Это же не гарем, — Ася усмехается.

Мы разглядываем наконечник.

— Так в Греции называли мужчин, страдающих «женской болезнью». Симптомы простые: любовь к переодеванию, отказ от мужских привычек. Неясно только одно — почему? Причины. Точного указания в греческих текстах нет. Возможно, болезнь поражала тех, кто много времени проводил в седле. То есть речь об обычной половой дисфункции. Скифы, те буквально жили верхом. Вопрос только в том, как они к этой болезни относились. Скифы, например, считали ее божественной. В отличие от греков, кстати. Такой человек для скифов был как бы избранным. Считалось, это Великая женская богиня забрала силу, и, значит, он должен посвятить себя служению ей. Вот он и сдавал оружие. Посвящался в жрецы Храма.

— Никогда не слышал о Храме, — говорю я.

Теперь понятно, почему после разговора с Асей Сева так распереживался.

— Ничего странного, — Ася убирает золотую пластину. — У нас города под землей лежат, а тут Храм. Этих... — Ася брезгливо кривит губы, — ничего, кроме курганов, не интересует.

Коробка исчезает в комоде.

— Для Храма они искали место, где встречаются силы земли и неба. Считалось, что там рождается энергия. Но где именно находился этот Храм? Где они встречались?

Ася подходит к свету, потом снова отступает. Ее веснушчатое лицо вылеплено подвижными тенями. Оно то заостряется, то почти неразличимо.

— Так вот что ты ищешь! — осеняет меня.

Несколько секунд она смотрит, как будто первый раз меня видит. Просто буравит взглядом. А потом, трогая спинки стульев, медленно обходит стол.

В сенях Ася взяла меня за руку. Ее пальцы были сухими и холодными.

— Осторожно, — Асина ладонь сжалась. — Лестница.

Мне представился спуск в подземелье. Катакомбы подземного святилища и огни факелов. Фигуры в балахонах. Но узкие и часто посаженные ступеньки вели наверх.

— Это отец приделал.

Ася постучала ногой по ступенькам.

Она стояла так близко, что я слышал запах мыла, которым она мылась.

— Двойные, когда я была маленькой. Иди за мной.

Над головой скрипнули петли, в лицо ударил свежий воздух. В вырезанном из черноты проеме вспыхнули звезды.

Небольшая площадка выступала со ската крыши вроде недостроенного мезонина или балкона. Освещенная несколькими фонарями, внизу утопала спящая станица. Только в одном дворе еще не ложились — оттуда долетали голоса и звон посуды.

— Ковальчуки, у них брат вернулся.

Ася взялась за перила.

— Второй день гуляют.

Тускло освещенный двор Ковальчуков напоминал медузу в ночной воде. Точно подслушав наш разговор, откуда-то затявкала собака. А море стихло, как будто его выключили.

— Мой дед в станице рыл колодцы. Эти каменные плиты ему часто попадались. Шириной в два метра, целая гряда. На глубине четыре метра. Камень привозной, мрамора здесь отродясь не добывали. На фундамент непохоже, да и материал не для фундамента.

В небе висело несколько красных огоньков — украинские радиовышки на другой стороне пролива.

Чуть ближе и ниже то вспыхивал, то гас светляк покрупнее — это за тополями в сторону Черного моря двигался корабль.

— Сначала со стариками, кто и что помнил. И, главное, где — где натыкались-то. Чтобы составить карту. Потом проверила, сделала пробы. На огородах и там.

Она показала на тускло освещенную площадь с будкой.

— Обычная работа археолога, только проще, потому что все и так знаешь. И тебя знают, вроде как «пусть ребенок потешится». А у «ребенка» сложилась за лето довольно интересная картинка. Выяснилось, что тут не одна «грядка», как они называли эту каменную подошву. А несколько, притом лучами. А центр, где они сходятся, общий.

— Как ты узнала?

— Имея две точки, легко провести линию, имея две линии, легко вычислить угол. Тогда все остальные точки сами выстраиваются, как пазл.

Ася, не снимая руки с ограждения, повернулась ко мне.

— У Геродота написано, что алтарь Великой женской богини находился к востоку от храма Аполлона. Других свидетельств нет. Но где был этот храм? Колонисты всегда ставили такие храмы на видных местах, чтобы показать свое присутствие. Официальная археология никакого храма Аполлона у нас не видит. По их версии он стоял не здесь, где река впадала в море, а на другом берегу. Там, за балкой, где теперь Соленое озеро.

Ася показала рукой во тьму.

— В детстве я водилась с мальчишками, бегала за старшим братом. А они все время сидели на море. Нырять я не умела, но сказки о круглом камне часто слышала. Дескать, на дне лежит. В институте я об этом камне вспомнила, когда потихоньку вникала в тему. А год назад спустилась под воду — у брата в городе теперь дайвинг. Про подводную археологию я кое-что знала, ходила на семинар к Окорокову. Брат мой тоже подрабатывал у археологов. В общем, разбили на квадраты, спустили гидроэжектор. Заложили раскопы. И в ста метрах нашли, что искали. Куски колонн, даже ступени.

О том, что греческие города веками уходили под воду, я знал. Но почему именно этот храм?

— Это колонны от храма Аполлона. По типу, по периметру. Археология в этом смысле единодушна. Но если эти колонны лежат у нас, то алтарь Великой богини...

— Постой, а река? — перебил я. — Она же в другой стороне.

— Кубань во времена Геродота впадала не в Азовское море, а в Черное. Просто поменяла русло — рельеф тут подвижный.

— То есть храм Великой женской богини...

— Под нами.

Мы сидим на заднем дворе. То, что и этот двор, и вся станица находятся на месте алтаря и Храма, не укладывается в голове. Но Ася говорит об этом просто и естественно. Она разжигает огонь. Костерок горит прямо на бетоне, Ася бросает в огонь пучки травы. Пламя потрескивает, ночной воздух наполняется сладким ароматом.

— То есть сейчас... — мне нелегко подыскивать слова.

Ася, как жрица, протягивает в ладонях чашку:

— Мы в Храме.

Искры взлетают в небо и гаснут. Настойка янтарного цвета и пахнет полынью. А внутри пляшет и преломляется огонь.

— Что происходило в Храме? — спрашиваю я. — В чем культ?

Огонь бросает отсветы на шишкастый ствол дерева. Видно резиновый шланг на дорожке. Корыто на стене сарая.

Ася пожимает плечами.

Не хочет говорить или не знает.

— Удивительно то, что народы приходили и уходили, а Храм оставался. То есть каждый приходил сюда со своим и приносил в Храм свое. Это место было как... — Ася подыскивает слово, — увеличительное стекло для того, что у людей самое главное...

Ася запинается. Мне хочется ей верить, но, кажется, она и сама до конца не знает, что открыла.

— Что ты с этим будешь делать? — спрашиваю. — Диссертация? Сенсация в археологии?

Ася подпирает лицо кулачками, отчего оно полисьи заостряется. Она молчит. В руках у нее склянка. Она бросает в костер щепотку порошка, и огонь на секунду становится темно-красным.

— Купила в Анапе, — говорит она. — Индийский.

Я отпиваю из склянки.

— Когда мы с мамой остались одни, я часто сбегала в степь. На курганы, где Соленое озеро. Летом практически жила там. Жгла костер, тайники всякие устраивала. Ну подросток. В тетрадку дневник записывала. Даже свои имена курганам придумала. Выбирала красивое слово, непонятное — и называла. Разговаривала с ними. Оставляла еду, как на могилах. Хотя это ж и так могилы. Друзей-то у меня не было.

Ася садится по-турецки:

— Не люди, а курганы... Мама ругала, даже запирала дома. Но я же как кошка. Вечером допрашивала, что у меня там. С кем встречаюсь. Смешная. Если бы захотела, не смогла объяснить. А я не хотела.

Она закрывает лицо руками:

— Ты один, но мир твой. Никого ближе нет и не будет. И восторг, и тоска до слез. Где одно, а где другое? Плачешь, а почему, не знаешь. Потом, когда повзрослела, благодарность. Надо отдать долг, ведь это они спасли меня от одиночества. Тогда я решила поступать, окончила. Пошла на раскоп. Но опоздала, археология как наука у нас кончилась. Они даже описание составить не умели. Губили целыми пластами ради одной монеты. Случайные люди, фантастическая алчность. Ничего общего с тем, что я переживала в детстве. Но для прикрытия нормально, ведь я уже наткнулась на историю о Храме. Стала сопоставлять, вспомнила про «наконечник». Засела в библиотеках. Составила свою карту. В общем, потихоньку все сходилось. Когда нашла Храм, даже не удивилась. Как будто само собой. Если эта земля для тебя и так Храм? Если не здесь, то где?

От запаха костра голова у меня кружится.

— Как ты? — долетает Асин голос.

— Почти счастлив, — слышу свой.

— Не кричи, — она смеется. — Почему?

— Счастлив?

— Почему почти?

Ночь со звездами и запах травы; сухая гулкая земля и небо, то припадающее к земле, то отъезжающее в глубину сцены; шум моря за невидимыми тополями и то, как блестят Асины глаза, когда она говорит или молча смотрит через плечо, обхватив колени, — складываются тем единственным образом, когда ответы не нужны.

— Не знаю!

«Действительно, если не здесь — то где?»

— Хочешь, спи здесь, — Ася встает.

В полумраке белеют ее худые, как у подростка, ноги. Засыпая, я чувствую, как легко Асины руки поднимают мне голову, чтобы подложить подушку. Как чистая наволочка холодит щеку.

«Если не здесь, то где».

Где?

Утром от костра остался только темный след, а угли кто-то подмел и вынес.

В корыте с водой плавал пальчатый лист платана. На скамейке желтое махровое полотенце с утками и зубная щетка. Сверкал на солнце рукомойник.

— Ася! — позвал.

Но в ответ только прыгнула кошка.

Пакет с кефиром и сырники стояли на столе. Все тем же сверлящим взглядом смотрел с портрета мужик в гимнастерке. Оглушительно тикали ходики.

Я поискал глазами афишу. Нет, она не приснилась мне, и Аня с артистами по-прежнему жадно улыбались из простенка. Какое все-таки совпадение, надо же! Но имя, имя...

Я поскреб ногтем афишку. Ржавая кнопка податливо отскочила, покатилась по полу. Часть афиши, которую подогнули (а не отрезали, как я думал), развернулась. «Нежельский театр драмы — 2011» — значилось на ней.

Часть II

1. ОБРАТНАЯ СТОРОНА ЛУНЫ

Разбирая летние вещи, я наткнулся в кладовке на рюкзак и ролики. Выложенные посреди комнаты, все в пыли и царапинах, они напоминали окаменелых насекомых. И не скажешь, что кто-то носился на них по городу.

Кроме роликов в рюкзаке обнаружились бутылка с водой, проездной на метро, пара шерстяных носков и майка. Набор гонщика-дилетанта.

На роликах я познакомился с будущей женой. В тот вечер мы с приятелем катались на Ленгорах и в какой-то момент просто подъехали к двум девицам — тоже на коньках. А потом та, что на красных «Roces», стала моей. Правда, ненадолго.

А ролики вот остались.

Я упаковал коньки в рюкзак, переоделся. Через полчаса поезд высадил меня на станции метро «Университет». Оставалось перейти проспект и надеть ролики.

Интересно, когда мы катались последний раз? Лет десять назад, наверное? Ленгоры, дальше вниз по проспекту к Дому на набережной, а там на причал. Наш маршрут. Да и вокруг мало что изменилось. Все так же шумела студенческая толпа и цвели яблони. Звенели цепями троллейбусы.

Обгоняя пешеходов, я объехал Гуманитарный корпус, футбольное поле и выскочил на аллею. Открылась Смотровая площадка, а внизу в сиреневых сумерках — Москва. Не город, но огромный пульт с кнопками лежал за рекой.

Вокруг шумела вечерняя жизнь. Бродили туристы, опасливо разглядывая лотки с матрешками. Целовались на парапете парочки. Подростки-таджики слушали музыку на телефонах, а рядом высаживались экскурсии с Трех вокзалов. С тяжелым фырканьем подкатывали байкеры.

Их мотоциклеты стояли вдоль церковной ограды.

Байкеры в банданах напоминали ряженых.

Где-то здесь, в центре Смотровой, проходила Ось. Так моя бывшая жена, архитектор по образованию, называла линию симметрии Университета. На эту незримую Ось нанизывались и Главное здание, и парковые аллеи, и фонтаны, и стадион за рекой. Жена в шутку говорила: если встать на линию, симметрию сразу почувствуешь. Что ее энергия передается. Не знаю, так ли, но здесь мы первый раз целовались.

Кстати, сделать это на роликах непросто.

Наше место оккупировала совсем юная девушка, вчерашняя школьница. Она сидела, уткнувшись в телефон — там, где я сделал отметину на память, — и детские коленки смешно торчали из-под клетчатой юбки.

Я улыбнулся, вздохнул и покатился дальше.

Проспект шел под уклон. Сквозь еще не заросший парк мелькали огни Лужников, а справа слепили машины. Ветер в лицо, глаза слезятся. Губы от восторга растягивает улыбка. Такое чувство, что едешь не по городу, а сквозь время.

У Нескучного дорога снова пошла под уклон, но я резко затормозил и развернулся. Огромный баннер, который бросился мне в глаза, висел прямо над проспектом. Черный фон, прозрачная призма. Белый луч, который распадается на все цвета радуги.

«Dark Side Of The Moon World Tour, — гласила надпись. — Единственный концерт легендарного музыканта в Москве».

В школе, чтобы купить этот диск у однокласcника, фарцовщика Паши, мне все лето пришлось мыть полы в поликлинике. А недавно мать сообщила, что этот Паша, Павел Андреевич, свел счеты с жизнью. Взял и повесился перед зеркалом в отцовском коттедже.

Профессорский сынок, золотая молодежь перестройки — в новой жизни он оказался самоубийцей. А музыкант, которым он торговал, все играет.

Эти призраки из прошлой жизни давно не трогали меня. Единственное, что поражало, — как безукоризненно все закольцевалось и обрело рифму. Словно пришло время платить по счетам. И каждый получил то, на что мог рассчитывать. Музыкант — новую Москву и Васильевский спуск, бывший фарцовщик — петлю, ну а я — старые ролики.

Причал у Дома на набережной пустовал. Прогулки на роликах мы с женой всегда заканчивали здесь, на досках. Переобувались, пили пиво или вино. Провожали кораблики. Поэтому я и приехал сюда, наверное.

Пластиковые бутсы глухо стукнулись на пол. Я с наслаждением вытянул ноги и собрался было открыть пиво, как вдруг услышал шум на лестнице. Это какая-то девушка, опираясь на стену, неловко спускалась на пристань.

В глаза бросились ее красные ролики, а сердце заныло.

— Ты? В Москве?

Это была моя жена.

Осторожно перебирая ногами, она подъехала.

— Между съемками, — только и ответил я.

Подхватил за локоть.

Такая же легкая, худенькая. С торчащими под свитерком ключицами.

— Ну понятно, — взяла пиво.

Она всегда говорила «ну понятно».

Я отвернулся, чтобы не выдать себя. Шутка ли, не видеть друг друга годами, а потом приехать в один день и час, и куда: на наше любимое место.

По реке плыл речной трамвай, на палубе под музыку кружилась пара. Девушка прижимала цветы к спине кавалера и улыбалась через плечо.

— Теплое, — она вернула банку.

Тон капризный, а рука дрожит.

Волнуется.

— Катаешься?

— Да, вдруг выбралась, — она вздохнула. — Ты?

— Регулярно, — зачем-то соврал. — По нашему маршруту.

Не говорить же, что такое совпадение.

— Они с бабушкой уехали.

Имелась в виду дочка, которую она отправила на дачу.

Через десять минут мы стояли в Брюсовском переулке.

— У меня белое вино в холодильнике, — предложила она.

— Давай.

А в «Простых вещах» заказали хачапури.

В этой квартире мы прожили около года, а больше меня не приглашали — с дочкой встречались у подъезда. Пока она принимала заказ и готовила стол, я заглянул в комнату. И плетеная мебель, и напольные лампы, и индийские тряпки, которые я привозил когда-то, — все в комнате расположилось так, как мы планировали, когда жили вместе. Как я придумал.

Оставшись одна, она просто осуществила мои планы.

Вино выдохлось, а хачапури были холодными.

Говорить по-прежнему не о чем.

— Мы пропустили твой последний выпуск.

Она всегда пропускала «последний выпуск».

— О чем там?

— Тамань, Фанагория.

Рассказывать не хотелось.

— Ну понятно.

Она вытерла капли вина.

— Тебе не идет этот шарфик.

«Какой шарфик?» — подумал я.

На кухне все сверкало после ремонта. Смешно вспоминать, что когда-то я хотел жить именно в такой чистоте. А теперь готов отдать все, чтобы вернуться в каморку с выбитыми паркетинами. В то время, когда «Обратная сторона Луны» звучала для другой женщины.

— Завтра на Васильевском концерт, — сказал я. — Приехал...

Назвал музыканта.

— Помнишь про полы в поликлинике?

Раздражаясь все больше — на то, что снова рассказываю про пластинку и что она делает вид, что слушает, — я говорил, что Паша повесился; и как это странно, что все сошлось именно сегодня, когда первый раз за столько лет мне пришло в голову надеть ролики, и что...

— Так ты соврал?

Она услышала только последнюю фразу.

— Что катаешься, соврал? — губы дрожали. — Зачем?

Лицо стало мокрым, обмякло. Мне сразу вспомнились наши ссоры, как будто этих лет не было. Она беззвучно плакала, а я искал обувь. От жалости к этой одинокой женщине, которая вышла из дома и пришла на наше место, от того, что мы пришли одновременно, хотелось обнять и успокоить ее. Поцеловать. Но кто не знает, чем это кончается.

— Куда теперь на съемки?

Она стояла в дверях.

Сухой горящий взгляд, морщины у рта.

Я закинул рюкзак и открыл дверь.

— В Нежельск.

...Сквозь деревья светилась терраса кафе, доносился смех и голоса людей, безмятежно пьющих вино. А мне хотелось подальше от дома, где за пустым столом сидит чужой и родной человек. Мать моей дочери. Хрупкая женщина-девушка, которую мне хотелось полюбить когда-то.

Летний сезон мы действительно начинали за Уралом. План состоял в том, чтобы «случайно» приехать в Нежельск — город, где Аня играла в драмтеатре. Чего мне стоило пробить эту командировку! Найти, что снимать в глухом сибирском углу; убедить сначала Севу, а потом начальство, что усадьба угольного магната — это крупный памятник архитектуры; написать письмо губернатору края, чтобы администрация организовала прием группы; найти общий язык с музейщиками и так далее, и так далее.

Из Интернета мне было известно, что Аня взяла псевдоним — под фотографиями со спектаклей стояла странная фамилия «Норринг» (вот почему я не мог отыскать ее раньше). А может быть, это была фамилия мужа, не знаю. Кстати, то, что она могла выйти замуж, нисколько не задевало меня. Главное, что это была не фамилия Гека. Не *его* она выбрала.

Я узнал, что Аня числится в примах и выходит на сцену почти каждый день. Но, судя по фотографиям, все это были не слишком интересные постановки: или классика с грубо намалеванными декорациями, или молодежные комедии неизвестных авторов. Чаще других шла «Констанция, или Жена гения», где Аня играла жену Моцарта. Именно эта афиша висела в доме у Аси.

Коньки вынесли к Боровицкой площади. По асфальту, залитому отсветами рекламы, я спустился вниз мимо выселенного дома в Лебяжьем, где находилась комната Пастернака, давшая приют Геку, а на одну ночь и мне. Теперь этот дом стоял в зеленой сетке. Глядя на эту сетку и выбитые окна, я не мог поверить в существование той ночи. Что она случилась со мной. Дом, ставший призраком, словно отрицал ее. Но она была, жила в памяти. И от этой нелепости, несовместимости вещей и событий хотелось бежать, бежать.

За рекой проплыли трубы котельной и колокольня. Слева показался Васильевский спуск, где уже монтировали сцену для завтрашнего концерта. А за ограждением, которое потянулось дальше, чернел похожий на угольный отвал остов гостиницы «Россия».

Вот уже месяц как гостиницу ломали — дыра в знакомом с детства пейзаже разрасталась. Однако в руинах «России» мне мерещилась какая-то надежда или шанс. Но на что? И какой? Я толкнул калитку и вкатился на стройку.

На следующий день я пришел сюда к началу концерта. В назначенное время из будки высунулся охранник. Молодой парень в форменной кепке, он узнал вчерашнего гостя и вразвалку вышел. Мы поздоровались, я сунул ему деньги. Озираясь, он пересчитал купюры. Сегодня он был царем стройки.

— Сюда, — показал на скамейку. — Жди.

Уже отревели сирены — это на концерт проехали высокопоставленные гости. Загудели и глухо ударили знаменитые аккорды, от которых внутри все тоже загудело, запело. А вокруг по-прежнему валялись ведра и оранжевые жилеты.

Наконец «кепка» высунулась:

— Мужик! Эй!

Мы поднялись к центральному входу. Переступая через мусор, под которым блестели звезды с именами артистов, вошли внутрь. В «России» пахло гарью, сырой штукатуркой и каким-то очистителем. Через выбитые окна открывался вид на бетонный лом и зеленую лужайку с безмятежными березками. Дальше лежала Красная площадь, покрытая серыми личинками людей в форме. А сцены с музыкантом видно не было.

Через минуту дверь в стене открылась. Мы вошли в лифт. Ярко освещенная кабина бесшумно тронулась, а лица застыли в зеркале. То, что «России» больше нет, а лифт работает и везет меня слушать музыку моей юности, еще недавно немыслимую на Красной площади, да и вообще немыслимую у нас; что рядом со мной стоит сверстник в нелепой кепке, для которого эта музыка ничего не значит, а только повод сшибить денег; что оба мы поднимаемся в лифте полуразрушенной гостиницы, бывшей когда-то самой престижной в стране и самой большой в Европе, а теперь обреченной на бесславное уничтожение — делало происходящее каким-то выдуманным, нереальным. Но вместе с тем то, что окружало, кричало о себе, было выпуклым и ярким, как в самой обычной жизни.

Неплохое сочетание для «Обратной стороны Луны».

Приподнимая лианы проводов, мы прошли в конец коридора. Гостиничный номер с низким подоконником и окном во всю стену стоял распахнутым.

— Полулюкс! — видно, парень был собой доволен. — Только не высовывайся. — Ткнул пальцем в Кремль. — Эти не промажут.

Через сорок пять минут я очнулся — рядом с креслом и столиком, на котором все так же стояла нетронутая банка-пепельница. Теперь только всполохи фейерверков освещали темные стены. Но вскоре и они погасли. Народ расходился.

У лифта переминалось несколько человек («кепка» крутил бизнес). Темно, лиц почти не видно, только улыбки. Кивают друг другу, отпивают по кругу из бутылки. Глаза блестят.

Двери лязгнули, из лифта упал свет.

— Давай, быстрее, — «кепка» нервничал.

Мы вошли в большую кабину, и я сразу узнал его. За эти годы Яков почти не изменился. Тот же прозрачный ежик. Бесцветные, отсутствующие брови. Губы ниточкой, которыми он пожевывал. Только очки в золотистой оправе новые. А так одно лицо.

— Привет, — невозмутимо сказал он.

Я ответил.

— Место встречи изменить нельзя?

Кто-то пошутил:

— Возвращаемся на место преступления.

Все рассмеялись.

Выбравшись на набережную, мы закурили. Наверное, он ничего не знал обо мне. А я, кроме того, что когда-то он писал стихи, ничего не знал тоже.

Мимо валила праздничная толпа, машины беспрестанно гудели. Из открытых окон неслась музыка, только что сыгранная на спуске. А вокруг нас образовался кокон. Ни звуки, ни толчки не проникали внутрь.

Где-то в небе чернела башня гостиницы. Но те окна, где они? Мне захотелось запомнить, а лучше записать — и номер этажа, и как выглядела комната. «Кепку», и как сверкает в огнях рекламы ночная река. Даже то, что мне скажет Яков, куривший рядом.

Через пять минут мы загружали бутылки с вином, хлеб, сыр. Когда подошел трамвай, сели в пустом хвосте. Громыхая и вихляя, машина пошла на мост. Открылся вид на припудренный, похожий на марципан Кремль. А Васильевский спуск, еще недавно ослепительный и шумный, пустовал в темноте.

Я заметил, что Яков, о чем бы он ни говорил — о концерте или вине, новой Москве и домах за окном, — говорил как человек, умеющий спокойно и просто выражать свои мысли. Только ладонь, которой он помогал себе говорить, была напряжена. Глядя на эту ладонь, я вспомнил вечер «Общества русской Европы». Точно такой же сведенной она была и тогда.

2. ЧЕЛОВЕК, КОТОРЫЙ ИСКАЛ ИСТИНУ

Мы проехали вокзал и Садовое; Даниловский монастырь. Дальше мимо «Алмаза» и в переулки.

Из разговора я понял, что Яков неплохо знает нашу программу.

— Про Остров хороший выпуск. Узнают?

Об этом почему-то все спрашивали.

Я пожимал плечами:

— Однажды в метро спросили, не лежал ли я в Боткинской.

Не разжимая губ, он смеялся.

— Но вообще я в Москве наездами. Не знаю, что с кем стало.

Яков ответил, что обо всем расскажет.

Когда мы открыли вторую бутылку, из кабины выглянула вагоновожатая. Но Яков успокаивающе приложил руку к сердцу. Поехали дальше.

Трамвай резко взял влево, вино расплескалось. Яков достал по-домашнему отутюженный платок. Я посмотрел в окно. Одинокие светильники выхватывали кирпичные углы гаражей и фабрик. Надписи на воротах «Машины не ставить».

— Третий Рощинский, — объявили остановку.

Двери открылись и тут же схлопнулись.

Пассажиров, кроме нас, не было.

Снова потянулись бетонные заборы. Захлестали по окнам ветки, словно трамвай куда-то протискивался. Проплыли неспящие окна какой-то проходной или диспетчерской. Глаз успел выхватить усатое лицо в телевизоре и барабан рулетки. Черный телефон под лампой. А потом Яков предложил выйти.

Это была остановка «Даниловское кладбище».

Мы вошли под ворота. Надгробия, обступившие нас, стояли как костяшки домино. Почти на всех были изображены коротко стриженные молодые люди. Они держали руки в карманах и смотрели исподлобья.

Вечный огонь гудел и метался между гранитными плитами. Около обелиска рос каштан. Он стоял еще голым, а на самой длинной ветке, которая тянулась над огнем, уже покачивались тяжелые белые свечи.

— Ты знал? — Яков кивнул на ветку.

Я вспомнил рассказ Гека.

«Так вот куда он привел меня».

— Да.

Пламя одинаково ярко освещало стену церкви, цветы на ветке и фигуры с надгробий. Обещавший рассказать то, что знает, Яков отпил из стаканчика — и начал.

— Я всегда считал наше поколение особенным. Не потому что мы лучше или хуже. А потому что эпоха перемен пришлась на наше время. Мы сделались особенными невольно. Никто нас об этом не спрашивал.

Голос звучал тихо и убедительно. Видно, эти слова он проговаривал с собой так часто, что они превратились в монолог. И я был вынужден слушать его, чтобы узнать хоть что-то.

— По образованию я физик, а в точных науках на один вопрос возможен только один ответ. То есть физика предполагает абсолютную истину. То, с чем все согласны. Например, что один метр равен одной сорокамиллионной части меридиана, проходящего через Париж. Да?

Огонь метался, издавая матерчатые хлопки.

— Мы были подростками, когда стало ясно, что Советский Союз обречен. Возраст достаточный, чтобы поздравить себя с этим. Теперь все будет по-другому, решил я. Не может не быть — после того, каких дров они тут наломали. Но как? Этого я не знал. Единственное, что мне было известно, — что вокруг все не так, как надо.

Подростки ко лжи чувствительны, это известно. Не к вранью, а именно ко лжи. К тому, что извращает суть человека. Эта чувствительность обострилась у меня в старших классах. Когда в школе начиналась советская идеология. Ложь этой идеологии я хорошо чувствовал и не принимал ее. Не принимать было уже нетрудно, поскольку времена стояли перестроечные, все печаталось. Но вот что поразительно: эпоха уходила, а ложь оставалась. На моих глазах менялись только символы. Слова. А ложь, стоявшая за ними, нет. Более того — там, где на один вопрос при советской власти был пусть ложный, но один ответ, теперь имелось и два, и три, и четыре. Как будто та большая ложь, право на которую имели только избранные, распределилась на всех, кто был готов принять ее. Как будто смысл свободы, которую мы обрели тогда, заключался в том, что лгать отныне может не только преподаватель истории или работник горкома. А каждый.

В институте, куда я пошел учиться на физика, мне говорили, что наука — это Храм, где живет Истина. И что познать эту Истину может только ум свободный. Неплохая платформа для молодого человека в эпоху перемен, правда? Однако скоро мне стало не хватать этой платформы. Слишком короткой она оказалась. Читая книги по русской истории, которых издавалось все больше, я понимал, что меня интересует не столько физика этого мира, сколько его философия. Смысл. В физике критерием истины является эксперимент. Хорошо! Но что есть критерий истинности мироздания? Человеческих отношений? В чем их мера?

Время, которое окружало меня, требовало такого ответа. Философского и нравственного. А физика этими категориями не оперировала. Она была прекрасным убежищем, да. Но не отвечала на главные вопросы. Хотя как физик я был уверен: абсолютная истина возможна не только в науке. Она существует и во внешнем мире. И во внутренней жизни человека есть тот самый метр, равный одной сорокамиллионной части меридиана. Просто он скрыт. Спрятан под ложью и лицемерием времени. И чтобы найти его, надо преодолевать это лицемерие. Эту ложь.

Как формируется мировоззрение? Что делает молодого человека убежденным в одном — и презирающим другое? Случай? Закономерность? Могут ли обычные вещи сыграть роль в таком важном деле? Не сомневаюсь, да. Могут. Во всяком случае, в моей жизни именно так и случилось. И вот хороший пример этому.

На первом курсе нас отправили на картошку. Жили мы в пустом пионерском лагере, работали в поле. Под дождем голыми руками подбирали за нерадивыми колхозниками картошку. Помогали стране в трудное время. Собирали мелкую грязную картошку в копилку светлого будущего. Я это говорю серьезно.

В свободное время народ бухал или играли в карты. А мне нравилось бродить по полям. Места там были красивые, Бородино. И вот как-то раз ноги занесли меня на ферму. Обычный колхоз, тот самый, куда мы сдавали мешки с картошкой.

Я зашел внутрь и увидел вот что: как нашу и собранную комбайном картошку ссыпают из мешков на ленту. Эта лента состояла из ячеек. Они были маленькие, с теннисный шарик. И вся мелкая картошка — ту, которую мы собирали — проваливалась в поддоны. А потом из поддона эту картошку забирали на трактор.

Когда я спросил, куда везут мелочь, мне сказали: в компост. Но по бумагам-то она проходила как сданная государству! Махинация была налицо, и ночью я рассказал своим, что видел. Ждал возмущения или сочувствия, плана действий. Но мои сокурсники вяло отмахивались. Зачем, если осталась неделя?

По правде говоря, я не ожидал такой реакции. Не предполагал, что молодого человека могут не беспокоить подобные вещи. Ведь это была ложь, причем в неприкрытом виде. И нас в этой лжи заставляли участвовать. Но это противоречило моим понятиям о свободе. Я-то был уверен, что истина в том, чтобы противостоять лжи. Что для этого нам и дана свобода. А меня никто не слушал.

Хорошо, ты плохой лидер, сказал я себе. Ты никого не можешь убедить. Но ведь можно бороться в одиночку. Забастовка!

На следующий день я остался в бараке. Начальник курса, выслушав меня, пожал плечами и без лишних слов отправил в город. Как я теперь понимаю, этот несчастный человек просто не знал, что делать. Как вести себя в подобной ситуации. Ведь по совести выходило, что прав я. Но оставить безнаказанным мой поступок он тоже не мог. Не было у него такой свободы. Что оставалось? Свалить проблему на вышестоящий орган.

В деканате меня долго распекала инспекторша. Она говорила об ответственности и обязанностях. Что «теперь, когда вся страна, как один, на новых рельсах, каждый студент...». Главная обязанность человека — это жить по совести, перебил я. А совесть запрещает мне собирать картошку, которую использует для галочки колхозное ворье.

Несколько секунд она молчала, причем прямо с открытым ртом. Этот красный рот я почему-то хорошо помню. А потом началось: да как ты смеешь! да кто ты такой! да комсомольский билет на стол!

Поскольку в комсомоле я никогда не состоял, дело замяли. Но в душе у меня поселилось великое сомнение. Что происходит? Куда движется? Повторяю, я был идеалист, мечтатель. Книжный мальчик, начитавшийся философов о русском ренессансе. И вот этот мальчик вдруг своими глазами видит, *как* устраивается новая жизнь. Та самая, о которой он столько мечтал. Что она ничем не отличается от прошлой. Та же картошка, только вывески поменялись. Но самое страшное даже не это. А то, что никому нет дела. Потому что каждый использует свободу, которая ему досталась, чтобы обустроить себе местечко. Вписаться в систему, которая и меня пытается сделать своей частью. Где же тогда точка опоры?

В чем истина, если одной свободы недостаточно? Ведь не может быть, чтобы ложь составляла суть человека. Чтобы в человеке от природы не было заложено отвращение к ней. Откуда она вообще берется?

О, это любопытный вопрос. Особенно если покопошиться в своем детстве, в грязном детском бельишке. И я нашел, вспомнил. Это было в третьем классе и называлось «Урок самовоспитания». Вот откуда. Боже мой, как просто, как иезуитски точно. Учительница выбирает ученика и сажает на свое место. Она уходит, теперь вместо нее ребенок. Он — учитель, он должен записывать, как ведут себя остальные. А как они ведут себя? Да ходят на головах, как еще. И ты записываешь: Иванов то-то, Сидорова то-то. Пишешь донос на собственных друзей. Приучаешься к тому, что это в принципе возможно. Что в подлости нет ничего особенного. Что она может пригодиться в жизни. Что она часть жизни.

Заметь, развращался не только тот, кто сидел за учительским столом. Но и те, за кем он записывал. Ведь, испугавшись возмездия, дети просят: вычеркни меня, я дам тебе мою жвачку. Мою рогатку. Мою ручку. Мой завтрак. Мои деньги.

Из жалости ты вычеркиваешь, но это ощущение самозванства и всесилия! Я хорошо его помню. Как чувство превосходства поднимает тебя на воздух. Как при этом ты ощущаешь себя воришкой. И от этого унижаешь и растаптываешь еще больше. Да, унижаешь и растаптываешь.

Яков покачал головой.

— После института мои сокурсники занимались чем угодно, только не физикой. Все это были сомнительные дела. Делишки. Так что постепенно я перестал с ними общаться. Раз внешняя жизнь строится по системе, надо замкнуться на том, чему тебя научили. Никто же не отменял истинности законов физики? Хотя бы в Храме науки — можно работать на совесть? А жизнь пусть сама мало-помалу изменится. Однако лаборатория, куда меня распределили, была устроена иначе.

Наука в те годы рухнула как-то особенно быстро, одной из первых. Ученые стали челноками или разъехались. Или кое-как нищенствовали в лабораториях. Вот в такую умирающую лабораторию попал и я.

Озабоченный плачевным состоянием дел, наш научный руководитель искал выход. Из всех областей тогда держался только космос. Особенно бурно в те годы обсуждался вопрос космического мусора. Мол, обломков на орбите так много, что есть угроза орбитальным станциям. Они хоть и крошечные, но скорость-то у них огромная. Поскольку в космосе летают все, а не только наши, программа по удалению мусора стала международной. Наш руководитель подсуетился и написал от лаборатории заявку: что мы беремся соорудить датчик, способный решить проблему космического мусора на конкретных высотах и траекториях.

И вот мы получили деньги. Теперь нужно было собрать информацию о траекториях движения мусора, написать программу, чтобы станция двигалась с учетом этих траекторий, то есть сама уклонялась от столкновения, и сдать ее заказчику. Этим я и занимался. Целый год я сводил информацию в одну программу — для датчика, который должен обеспечить безопасность полета. Каково же было мое изумление, когда в конце года мне сказали, что никакого датчика не будет. Как не будет и спутника, куда его установят. Вообще ничего не будет. Что космический мусор — предлог, чтобы получить деньги. Которые давно ушли на материал для диссертации начальника. Совсем на другую тему.

Выходило, что целый год я занимался впустую. Что меня специально засадили за бессмысленную, никому не нужную работу — как болванчика. Как не-человека. А прибавка к зарплате, которой я так гордился — это объедки с чужого стола, куда меня даже не пригласили. Вы скажете, так устроен мир. К тому же руководитель не совсем украл эти деньги. Не построил на них виллу, как делают сегодня. Не купил яхту. Не был обычным мошенником, как нынешние. Наоборот, он оставил деньги в науке, просто перераспределил их. В свою пользу. Но для меня с этого момента мир науки перестал быть священным. Потому что оказалось, что наука живет точно так же, как все: по системе. В науке нет свободы. Той свободы, без которой в ней невозможно отыскать истину. А раз так, следовало бежать оттуда.

Почему я не уехал? Почему не устроился в какой-нибудь американский университет — как это делали тысячи молодых людей моего образования? Не остался там навсегда? Это хороший вопрос, потому что ответ известен: я ощущал себя русским.

Кто ты? Какому народу принадлежишь? Какой истории? Отмахиваясь от этих вопросов, человек ограничивает себя. Отказывается от богатства. А я не хотел отказываться. Чтобы понять настоящее, я решил изучить прошлое. Чем глубже я погружался в книги по истории, тем лучше, увереннее себя чувствовал. Мне ничего не стоило представить себя в городской толпе на фотографии начала века. Давно сгинувший, уничтоженный мир оказался ближе, чем сегодняшний. Парадокс, но страна, в которой я жил сегодня, больше не была моей. А та, на картинках, — была. В этой я жил — эмигрант среди гомункулусов. А с той чувствовал кровную связь. И то, что это страна — одна и та же, разрывало мне сердце. Что делать? Уехать я не мог, это было как бросить больную мать или отца. Ощущение страны, проснувшись, стало частью меня, подобно слуху или зрению. Тому, от чего невозможно отделаться. Вырвать.

В те годы много издавали настоящей литературы. Исторической, мемуарной. Чем глубже я погружался в подлинные свидетельства истории, тем явственнее видел, насколько разные люди населяют нашу страну. Еще недавно я считал себя русским, а теперь спрашивал: кто мы? Какой крови коренной житель этой страны? И мой род? В чем, если не в крови и предках, истина истории?

Ответ лежал на поверхности: религия. В основе прошлой жизни, связь с которой я хотел нащупать, лежала христианская этика. Она-то и объединяла людей в нацию. Не успех или талант, не сила или хитрость, красота или этнос. А нравственный критерий. Который предписывал поступать в миру согласно религиозной этике, то есть по совести. Удивительно, что общество вообще могло положить его в основу своей жизни. Признать верховным, причем официально, ведь Государь и Церковь были вместе. Но это было именно так. Именно с точки зрения этики складывались или развенчивались репутации. И проворовавшийся банкир пускал себе пулю не потому, что боялся каторги, а потому, что не мог смотреть в глаза людям.

Это было настоящим прозрением. Мне, когда-то учившему прошлое по «Истории СССР», открылось, что страна и ее человек в принципе могут жить иначе. Что прошлая и нынешняя ложь не есть что-то неизбежное. Потому что при наличии доброй воли можно утвердить в обществе другую точку опоры. Только вот где ее взять, эту волю?

Повторяю, я был мечтатель и читатель. Причем читатель запойный, жадный. Тративший половину зарплаты на книги. Мы ведь и с Геком-то сошлись на книгах. На книжном развале. Правда, к его идее русского европеизма я относился скептически. Говорил ему, что Европа мертва и нам нечего взять у нее. Зачем, если в основе европейской жизни лежит эгоизм? Всем своим устройством Европа утверждает, что стяжательная натура человека непреодолима, а воля к себе абсолютна. И демократия есть единственный способ урегулировать столкновение этих воль. Но для человека такой страны, как наша, подобная философия неприемлема. Унизительна. Как можно приравнивать меня к эдакой скотине? Когда вся русская история, история лучших ее людей свидетельствует, что преодолеть стяжательство и ложь можно. Что нужно и можно быть больше своей натуры. Что свобода дана человеку для того, чтобы ставить планку в виде духовного, а не материального идеала. Соотносить повседневную жизнь с этой планкой. Поступать с оглядкой на нее. Что может быть благороднее? Что человечнее? Надо искать истину там, где история подобный шанс давала, твердил я. И не забывай, мы же считали себя поэтами, солью земли. Неслучайно же возникло это общество — «Русской Европы». Постой, да ты же был там?

Яков повернулся ко мне.

— Конечно.

Еще бы мне не помнить тот день.

— И ничего не знаешь?

Два вечных огня метались у него в стеклах.

— Нет, откуда.

«Сейчас он расскажет про Гека и Аню».

Но я ошибся.

— Помнишь его?

Он назвал философа.

— Они уехали в Германию, а через несколько лет Аля погибла. Ее нашли в берлинском канале. Официальная версия: самоубийство на почве депрессии.

Он отвернулся, а у меня по спине пробежал озноб: сколько страшных вещей уместилось в нескольких словах. Сколько времени промелькнуло. Я вспомнил Алину улыбку и как матово блестели черные волосы. Как это нелепо и дико, что блеск и улыбка в памяти живы, а самой Али нет на свете.

— А стихи? Ты же писал, — спросил я.

— Кто тогда не писал?

— Я.

Это была правда.

— Ну, поздравь себя.

Он провел по прозрачному ежику.

— А я бросил. Не специально, просто не писалось. Не заставлять же. Мне вообще кажется, поэт во мне произошел от чтения. Так бывает, когда обрушивается столько великих. Все же запрещено было. А тут сплошные переиздания. Через это прошли все, кто начинал в наше время. Вот Гек...

— Что?

Я снова попытался подвести его к разговору.

— Этот поэт вырос, как сорняк, на обочине. Ниоткуда, непостижимо. А потом оброс культурой, мастерством. Тоже через чтение.

В его голосе звучало раздражение, но не на Гека, а на себя: что когда-то он ревновал к нему.

— Кстати, это тоже Гек придумал — тут собираться. Когда монастырь передали Церкви и закрыли. Правда, хватило нас ненадолго. Все как-то быстро потом разошлись, разлетелись.

Он вернулся к монологу, и я снова поразился, как безапелляционно звучат его слова. Наверное, из Якова мог бы выйти хороший проповедник.

— Как человек приходит к вере? Как входит в религию? — говорил он, словно отмеряя слова ладонью. — Подобные истории обычно растянуты во времени. Но момент обращения всегда помнишь отчетливо. Только тогда и понимаешь, что вся твоя жизнь была приготовлением к этому чуду.

Яков поправил очки на носу.

— У нас в доме было Евангелие. Оно досталось нам от тетки отца, Зины. Зеленый томик стоял среди «взрослых» книг в шкафу. Родители никогда не брали его в руки, это я помню точно. Потому что помню книжный шкаф с детства, протирал от пыли. Это была моя обязанность по дому. Как отодвигал стекла, снимал отцовские дипломы. Доставал книги. Листал Брема с картинками. Повзрослев, медицинскую энциклопедию. Ну и Евангелие, конечно. Хотя что я мог прочитать там? Помню, как в детстве меня поражало это унылое перечисление, кто кого родил. Как искренне было жалко людей, в жизни которых больше ничего не случилось.

Между тем судьба вела меня своей дорогой. После случая в лаборатории науку я бросил и зарабатывал репетиторством. Потом и эта работа закончилась. Друзья к тому времени от меня отвернулись, ведь я не соответствовал их представлениям о современном молодом человеке. Девушка, с которой встречался, бросила тоже. Кому в кооперативное время нужен парень без денег? Чокнутый, ищущий какую-то истину? Меня спасало только то, что мы жили вместе с родителями. Не нужно думать об обедах и ужинах. О счетах за квартиру. Хотя общались мы все меньше. Это раньше отец еще упрекал, что пора быть как все, найти работу. Жениться. А теперь они махнули рукой. Только мать иногда тихонько плакала.

Постепенно мир для меня превратился в пустыню. Недостойным ничего, кроме презрения, скопищем призраков. Люди казались мне отвратительными, поскольку тратили свободу впустую, на ерунду.

Не умели и не хотели думать дальше своего носа — тогда, когда такая возможность представилась. Чтобы не взвыть от отчаяния, я стал пить. С дворовыми соседями и с мужиками у гаражей. У ларька с забулдыгами. Дома, запершись в комнате. Алкоголь давал короткие часы покоя. Примирял. Но плата за искусственный покой была чудовищной, ведь на следующий день жизнь казалась еще более отвратительной, а сам я — ничтожеством. Хотелось топтать себя с новой силой. Ты банкрот, говорил внутренний голос. Мир доказывает тебе, что ты ничего не можешь. Ни изменить мир, ни изменить себя твоя свобода не способна. Лучше тебе погибнуть. И я погибал.

Я погибал, с ужасом понимая, что даже не знаю за что. Какой в моей гибели смысл. В чем смысл жизни, чтобы тянуть ее дальше, спрашивал я себя? В свободе? Но моя свобода оказалась никому не нужной. Тогда в самой жизни? Но она заканчивается смертью. В смерти? Тоже нет.

Под уклон катишься быстро — теперь я знал это на собственной шкуре. Порог, когда человек теряет чувство самосохранения, проходишь тоже скоро. Ты уверен, что порядок вещей может жить сам по себе, без твоего участия. Шло же все своим чередом до этого? А значит, можно махнуть рукой. Не запирать дверь, не тушить окурок. Не отдавать долги, не принимать душ. Это самая коварная иллюзия — иллюзия инерции. Когда человек забывает, что все шло само собой только потому, что он занимался этим.

Жалость к родителям не позволяла мне опуститься полностью. Приводить в дом собутыльников-бомжей. Требовать размена квартиры. Вымогать деньги. Продавать вещи. Ну и домашние обязанности. Ты не поверишь, но именно эти нехитрые, выученные с детства вещи держали меня на плаву. И я машинально, как робот, выполнял их.

Что такое спасение, знает лишь тот, кто погибал. Кто помнит эту страшную дыру, куда летит твой рассудок, когда понимает, что по человеческому рассуждению спасения быть не может. Так случилось и со мной. Однажды, протирая пыль, я снова взял в руки Библию тетки Зины. На этот раз томик разломился ближе к концу. Я машинально пробежал колонки текста, затем другую страницу. И фраза поплыла, на бумагу закапали слезы. Потому что *про меня* там было написано. В чужой, странной книге — для меня сказано. Ведь это я был труп и смердел. Меня опутывали смертельные пелены.

Дрожащими руками я пролистал еще несколько страниц. «И познаете истину, и истина сделает вас свободными» — прочитал я. И снова это было обо мне. О моей жизни. Ведь я дорожил свободой только для того, чтобы найти истину. Но что есть истина? Ответ на этот вопрос тоже лежал рядом. И это были слова Иисуса, который сказал мне: «Я есмь путь и истина и жизнь...»

Эти слова совершили во мне мгновенный переворот. Трудно объяснить этот переворот словами. Помню только ощущение силы, которая в одно мгновение вернула смысл жизни, воскресила меня. А еще ощущение того, что подобная сила не может быть земной, обычной.

Я принял решение креститься. Оно возникло тоже чудесно, само по себе. Как будто это не моя, а чья-то еще воля. В те дни до крещения я вообще как никогда отчетливо чувствовал эту волю. Того, Кто стоял за этими строчками. Кто говорил Иосифу «встань, возьми постель свою и ходи». Эта фраза мне запала особенно. Стоило закрыть глаза — и я видел эти ясли и лучину, слышал запахи сена, камня и мокрого снега. С какой безропотной радостью Иосиф собирает скарб. Сажает семейство на ослика. В те дни я и сам чувствовал себя подобно Иосифу. Тем, кто собирает себя, свою жизнь и ее пожитки. Кто бросает затхлую пещеру. И выходит на свет Божий, на свободу.

Дальше события понеслись с невероятной скоростью. Крестился я в церкви Ризоположения, которую выбрал специально, поскольку при советской власти ее не закрывали, а значит, связь с прошлым сохранилась. Конечно, мне было известно, что в истории Церкви в советское время были подлые, позорные страницы. Но душа требовала Бога. Ты идешь к Богу, а не в Церковь, успокаивал я себя. А значит, неважно, что было в прошлом. Обычное заблуждение новичка.

После Крещения я моментально успокоился. Отныне под ногами была платформа. Мысли о самоубийстве больше не посещали меня. Теперь, что бы ни произошло, я знал: прожить эту жизнь надо до конца, ведь ее смысл выходит за земные рамки. И это знание давала мне религия.

Из неофитов получаются истовые верующие. Вот и я с наслаждением погрузился в круговорот православной жизни. Вряд ли можно было отыскать человека, кто бы тщательнее меня соблюдал посты и молитвы. Я был первым на утренней службе. Я уходил последним с вечерней. Не было ни одного маломальски значимого события в православном календаре, которое я не отмечал бы с усердием. Если хочешь найти истину, соблюдай предписания, говорил я себе. Наполняй жизнь формой. Не зря же эту форму выработал коллективный дух народа, к которому ты себя причисляешь.

Ровно через месяц после крещения мне подвернулась хорошая работа. Случайно, как снег на голову. Так я стал программистом на телефонной станции. Работа оказалась примитивная (с моим-то образованием). Но не тяжелая. Она отнимала ровно столько, чтобы человек мог полнокровно жить в Церкви. Да и платили неплохо. Я согласился на эту работу, потому что считал, что любая работа хороша, если работаешь не на хозяина, а для Бога. Новообращенному, по-другому думать мне не приходило в голову. А о родителях и говорить нечего, они как будто помолодели.

Так прошел год. А потом меня вызвал к себе начальник. Улыбаясь, он сказал, что меня ждет повышение и работа в новом офисе. И что цена повышения простая: надо подписать «один отчетец».

«Никакого риска, формальность», — сказал он. Речь и вправду шла о каких-то исчезнувших картриджах. Никто никогда бы не заинтересовался подобным, никакая инспекция. Да и что взять с программиста? Они просто хотели встроить меня в систему. Туда, где виновны все и никто в отдельности. Мир снова ловил меня, но мог ли я уступить? Особенно теперь, когда за моей спиной Церковь?

Мой отказ ошеломил начальника настолько, что он молча показал на дверь. Некоторое время все шло как раньше, ведь они ценили меня как сотрудника. Где еще найдешь человека, который делал бы нелюбимую работу на совесть? Подменял в праздники? Но через месяц вызов в кабинет повторился.

«Почему нельзя просто оставить меня в покое? — спросил я. — Ведь до этого времени все шло неплохо. Зачем меня трогать, если я ничего не прошу?» Тогда он вскочил. Красный и оскаленный, он орал на меня. «Ты что лепишь! — орал он. — Разыгрываешь идиота! Это же лестница! Твоего места ждут люди!»

Так я снова потерял работу. Честно говоря, ушел я с облегчением. Теперь можно было посвятить себя Церкви полностью, да и искушений будет поменьше. Правда, оставшись без зарплаты, я перестал вносить пожертвование в церковную кассу. Батюшка, заметив это, был неприятно удивлен. Я объяснил ему, что случилось. Ждал сочувствия. Но батюшка посмотрел на меня точно так же, как начальник телефонной станции. В его взгляде читались презрение и ненависть.

Прошло еще полгода. Я по-прежнему соблюдал все церковные предписания. Мне больше не нужно было спрашивать себя, что есть истина, поскольку я находился внутри церковной жизни, которую считал истинной, — а значит, дело сделано. Так мне, во всяком случае, казалось. Покоя, который вошел в мою душу, хватило, чтобы убедить себя в этом. Правда, со временем меня все чаще посещали сомнения. С одной стороны, я знал и хорошо чувствовал религиозную форму. С другой, чем внимательнее я слушал то, что говорят архиереи, чем чаще сталкивался с тем, как они ведут себя, тем тревожнее становилось распознавать суть церковной жизни. Мое сомнение было ужасным, потому что обесценивало форму. Эта форма все больше напоминала театр, где священники и прихожане — все играют свои роли, притом фальшиво. Через силу. Не веря в то, что изображают. Но разве с такими вещами, как вера, можно играть? Там, где решаются вопросы жизни и смерти, истины и спасения? А они играли; и, значит, не дорожили истиной. Но если они не дорожат истиной, зачем они здесь? Ведь не дорожить истиной — значит не дорожить Христом, который и есть истина. Почему же тогда они называют себя православными?

Последней каплей стала служба на Покров, когда на проповеди батюшка поминал чудеса, связанные с этим праздником. Все это были известные события римской, византийской и русской истории, много раз описанные в исторической и церковной литературе. Как вдруг я услышал буквально следующее. Одна из недавних милостей Богородицы, связанных с этим днем, случилась осенью 1941 года, когда враг стоял у ворот Москвы и товарищ Сталин разрешил облететь Москву на самолете с иконой Тихвинской Божией Матери. По утверждению батюшки, именно после этого события Богородица смилостивилась и спасла Москву от неприятеля.

Прихожане сочувственно крестились и вздыхали. Многие плакали. А я не верил собственным ушам. Как такое возможно допустить? Даже если это не анекдот, а было на самом деле — как? Чтобы Богоматерь встала на защиту города, отрекшегося от ее Сына? Города нечестивцев, где угнездился гонитель Церкви ее Сына? Главный враг? Как подобную мысль он смеет не только излагать пастве, но вообще допускать в сознание? Или коммунисты с молчаливого согласия народа не убивали священников и не разоряли церкви? Или они не враги Сына Божия, причем точно по Писанию, где сказано, что гонитель на христиан и есть Сатана? Как же Богоматерь могла помогать Сатане? Даже если он свил гнездо в бывшей православной столице? Ведь не архитектуру Она защищала? И раз церковный служитель так призывает отмечать этот день — кому сам-то он служит?

Все эти вопросы я задал батюшке. Он, давно уже избегавший общения, резко оборвал меня. Я настаивал. Тогда, повернув ко мне искаженное гневом лицо, он прошипел: «Все вопросы к патриарху!»

Я рассмеялся. Если этот человек несвободен говорить от сердца, как проповедовал Христос, значит, у него, священнослужителя, есть нечто большее, чем Христос. Христос говорил, что познавший истину будет свободен, а этот священник не был свободным. Значит, не обладал он и истиной.

Этот день стал последним, когда моя нога переступала порог храма. Каким же наивным я оказался, Господи! Думал, мир ловил меня и не поймал. А сам давно служил ему, да еще по своей воле. Это была та же система, что и в остальной жизни. Та же ложь. Но ее логово находилось не где-нибудь, а в обители истины. В том, что я считал Церковью. Как страшно мне тогда стало. Какой ужас охватил. Какой трепет. Это же Дьявол, его рук дело! Его запах, его поступь. Настолько потрясающей, всеохватной, чудовищно величественной открылась мне картина зла, которое он сотворил. Где же еще Сатане вить гнездо? Если Церковь есть сердце народа — где? Даже в том, что я выбрал храм, который не закрывался, слышалась его дьявольская насмешка. Ведь не закрывали только те, которые перешли на службу советской власти. Тех, кто носил рясы поверх чекистской формы. Как же я, прочитавший столько книг, мог не вспомнить об этом? Зачем поверил, что Церковь и Власть перестали спать вместе? О, как хитер Дьявол, как вкрадчива его поступь. Не на телефонной станции и не в научной лаборатории, не в колхоз с гнилой картошкой — а в Церкви, в самом сердце поставил он трон свой. Ибо кто владеет Церковью, владеет сердцами. А владеющий сердцами да правит миром. И он правил.

Что было потом? Не скажу, что мой религиозный пыл испарился. Просто без общины и ритуала такие вещи быстро стушевываются. Я по-прежнему искал точку опоры в Боге. Раз здешние священники служат Сатане, нужно искать чистую Церковь. Таковой я логически посчитал Зарубежную, которая избежала советизации. Но она была далеко, это во-первых. А во-вторых, собиралась объединяться с местными. И тут мне снова помог случай. В какой-то муниципальной газетке на почте я прочитал объявление, что в селе под Новгородом есть приход, и этот приход возглавляет русский священник из Америки.

Я написал письмо по адресу. В ответном священник пригласил меня пожить в деревню. Недолго думая, я поехал, не подозревая, что отныне моя жизнь распадется на два дома.

Однако так все и вышло. С той поры я только часть времени проводил в Москве. Кое-как зарабатывал уроками, помогал родителям. А потом уезжал на Валдай. Мы жили в заброшенной избе при храме. Деревенский образ жизни: дрова, печка, баня. Когда завели корову — стали косить траву на сено. Нас набралось около десятка — община. Мы восстановили сначала придел, а потом и весь храм.

Это были самые счастливые годы в моей жизни. Среди таких же, как я, одиноких людей — покой и умиротворение вернулись в мою душу. В свободное время я гулял. Все это были безжизненные или полумертвые деревни, безымянные погосты. Полуразрушенные церкви. И вот как-то осенью заросший проселок вывел меня к заброшенному карьеру. Старый, полувековой давности, этот карьер добывал щебенку. Затопить его не успели, и он зарос лесом. А песчаная макушка оставалась чистой.

Вид, открывшийся мне с макушки, ошеломил до слез. Сколько хватало взгляда, внизу лежали разноцветные валики холмов. Они лежали до горизонта и дальше, поскольку я стоял на самой вершине. А над холмами шли облака. Они плыли словно льдины, плоские и синеватые. Настолько низко, что хотелось пригнуть голову.

Наверное, кому-то покажется, что мой путь был напрасным, а половина жизни, истраченная на него, прожитой впустую. Ведь то, что мне с таким трудом открылось, известно каждому. Но одно дело — отвлеченное знание, а другое дело — опыт. Только ты сам можешь искать и отстаивать истину. В этом твоя свобода. Искать и отстаивать снова и снова, потому что ложь извилиста. Но, как говорил Лютер: «На том стою и не могу иначе. И да поможет мне Бог».

3. ПИСЬМА С БЕЛОГО МОРЯ

В «теме» значилась автоматическое «your mail» — видно, человек нечасто пользовался программой. А в конце стояла подпись «Сердечно ваш А. Степанов».

Это было письмо от «начальника» Острова, где мы снимали осенью. Обычно от таких писем ждешь упреков — что программа изобразила не то и не так. Но Степанов, наоборот, нахваливал.

Оказывается, сразу после эфира он сделал несколько копий выпуска и разослал диски по инстанциям. И случилось то, о чем нельзя было и подумать, — ему дали деньги. На эти деньги он собирался за лето «покрыть крышу и купол, и как раз вовремя, осенью-то шторма больно крепкие». Потом Степанов рассказал о Двинском заводе, что той осенью туда нагрянул премьер-министр. Заводские, зная слабость того к военным цацкам, решили прокатить чиновника на подводной лодке. А Остров лежал как раз в том квадрате.

«Вот как, значит, хорошо все вышло», — уклончиво резюмировал он.

Перечитывая письмо, я слышал за строчками его голос. «Окающую» и вкрадчивую, словно он ощупывает собеседника, речь. Вспомнил круглое крестьянское лицо, как он улыбался — одними глазами.

«Дочка сейчас выложит карточки, а вы приезжайте, — писал Степанов. — Избу-то мы старую выправили, а печь переложили. Дров — хоть зимуй. В самый раз с супругой отдохнете».

Файл медленно открывался. На фотографии среди валунов позировали несколько человек, наша команда. А я сидел на корточках с удочками.

Снимок сделали полгода назад, но время на Острове, казалось, отстояло на десятилетия. Мне вдруг действительно захотелось вернуться. Побыть человеком с удочками — там, на камне. На Острове. Тем, кто беззаботно улыбается в камеру.

В конце Степанов спрашивал почтовый адрес, чтобы переслать какие-то «письма». Когда «правили избу», говорил он, нашлась «целая стопка». Они имели отношение к «этим людям». К тому, «которого тетрадку вы взяли».

«Вы писатель, вам сгодится», — говорил он.

С чего он взял, что я писатель?

Через неделю на почте ждал тонкий конверт. Я расписался, получил. Медленно пошел домой, оттягивая момент, чтобы вскрыть его. Подставляя лицо под солнце, которое припекало по-летнему. Удивляясь тому, что это конверт с Белого моря, где сейчас шторма.

Я прочитал стопку тетрадных листов на одном дыхании. А когда закончил и закурил, звуки улицы вернулись в комнату. Заскрежетала стройка, заиграла музыка у дворников. Хлопнула дверь машины, и мужской голос забасил под окнами:

— Так, так — есть, Сергей Иваныч.

Я вышел в кухню и поставил кофе. Достал из стола «Дневник» поэта. Положил рядом с письмами. Честно говоря, Ася была последней, с кем мы обсуждали тетрадку. А теперь письма словно вернули «Дневник» к жизни. Неужели история той любви не закончилась? Нет, невозможно. И откуда, с Белого моря! Но тогда, если спустя столько лет они отыскали друг друга, то и наша с Аней история не закончена. Вот о чем я подумал. Неслучайно же письма нашлись? Нашли меня? Значит, все в этой истории связано. Но как? Мне только предстояло выяснить. А еще в глубине души я тихо злорадствовал. Раз судьба наказала ту, значит, и Аня каким-то образом должна пожалеть о том, что случилось. Отплатить за то, что обманывала.

Кофе остыл, и я вылил его в раковину. Коричневое пятно медленно исчезло. Снова представил девушку, первокурсницу — какой он увидел ее тогда, в библиотеке. Мне ничего не стоило сделать это. Вот только финал, развязка. Письма из лагеря. Но как совместить эти истории? Девушку из библиотеки с лентой в волосах, цитирующую Грина, а другую — в ватнике на лесоповале, в бараке ночью? Единственной точкой опоры, звеном оставался адресат писем. Поэт. С чего ты решил, что они встретились? Пока неизвестно. И я перечитывал письма снова и снова — в надежде отыскать ключ к загадке.

«Дорогой друг!

Наверно, Вы уже получили мой ответ на Ваше первое письмо. Не знаю, удалось ли мне выразить то, что хотелось, но с тех пор, как я получаю Ваши письма, мне легче жить, дышать. Это не слова, ведь столько ожило в сердце. Так много вспомнилось. Правда, во мне давно не найдешь той жизнерадостности, которую Вы помните по Ленинграду. Да это и не удивительно — с моей-то судьбой. Но для того, чтобы жить, необходимо знать, что ты кому-то нужен. Что боль, причиненная тебе, отзывается в другом сердце. И теперь я это знаю. Я нужна Вам, и мне достаточно. Есть ли у меня право на это? Вероятно, я очень эгоистична, но не сердитесь на меня, пожалуйста. Нельзя склеить то, что разбито, особенно если разбито своими руками. К тому же в какой мере я для Вас живой человек? Что Вы обо мне за эти годы знаете? А ведь я жила другой жизнью, в другой стране. Пока эта жизнь не прошла совершенно. А в лагере я шестой год.

Вы спрашиваете о детях? У меня нет детей. Иногда я очень горюю, но вообще-то это счастье, если подумать, что с ними из-за меня было бы. Пишите мне обо всем, родной мой человек! Если бы Вы знали, сколько я перечитываю Ваши письма. Пусть Вам не будет неловко, житейские затруднения, о которых Вы пишете, это настоящая жизнь. А в моей жизни ничего настоящего нет. Она призрачна, и я призрак. Вот только сердце болит, окаянное, по-настоящему. Хотя в том, что мне плохо, никто, кроме меня, не виноват. Ну и война, конечно.

Наверное, Вы не стали бы писать, если б знали, что я счастлива. Что моя жизнь сложилась благополучно. Но тем ценнее Ваша дружба теперь. В предыдущем письме я просила прислать Ваши стихи. Пожалуйста, пришлите! Я хранила их до самого отъезда из Ленинграда, а потом они пропали, ведь я бежала оттуда в 42-м году полумертвая. И с собой не взяла ничего, конечно.

До свидания, дорогой друг! Пишите так часто, как хотите и можете. Не дожидайтесь обязательно моих ответов, они могут задержаться. А так хорошо, когда есть письмо для меня, да еще Ваше.

P.S. Сегодня написала просьбу о пересмотре дела. Раньше у меня и в мыслях не было просить об этом. А вдруг отказ? Как страшно снова начинать жить».

«Дорогой мой друг!

Как мне благодарить Вас за внимание и заботу, не знаю. А хотелось бы, так хотелось. Даст Бог, буду и я когда-нибудь иметь эту возможность. Даже в те далекие годы Вы украсили мою жизнь. Стихи Ваши были для меня очень дороги, Вы знаете. Но и неловкость в отношениях между нами была тоже. Мне казалось, Вы меня сильно идеализируете. А еще было неловко, что я не могла ответить на Ваше большое, серьезное, светлое чувство.

Вы просите рассказать о моей жизни здесь. Что же, проза этой жизни такова. Сегодня мы кайлили на парниках перегной. А с завтрашнего дня будем плести корзины для картофеля. В помещении дымно, холодно, будут болеть руки — знаю заранее. Но никуда не денешься. Уже месяц у меня отвратительный кашель, говорю осипшим голосом. Не до песен. Он пройдет только с теплом, до которого в наших краях еще очень и очень долго.

Вот вы когда-нибудь держали в руках лом? Или кирку? А я умею с ними обращаться, хоть и не особенно горжусь этим. Лучше что-нибудь другое уметь. Скоро два часа ночи, подъем в шесть тридцать, развод в восемь. С работы приходим в половине седьмого вечера (это зимой). Вот сегодня вечер радостный, потому что Ваше письмо. Да, за фотографии-то я и не поблагодарила! Вот растяпа. Надо уже альбом для них мастерить. Пришлите еще, ладно?

Ваша А.»

«Дорогой мой!

Я очень устала сегодня, да и кашель разрывает. Но нехорошо начинать с жалоб. К тому же завтра отдых, воскресенье. На выходной у меня припасены первые номера «Знамени» и «Нового мира» и две «Литературные газеты». Не пойду завтракать, буду спать до утренней поверки. А потом читать, читать.

Знаете, все это время я думала, что годы проходят, а обо мне никто не вспоминает. Даже не верилось, что были друзья и близкие. А теперь, когда стали приходить Ваши письма, вижу, что неправа. Стало светлее и лучше. Если б начать жить снова! Мне уже тридцать восемь, а это обидно, когда в тридцать восемь живешь одними воспоминаниями. Правда, теперь появилась слабая надежда на возможность будущего. Но мне страшно спугнуть этот призрак.

Я уже писала Вам, что мне страшно начинать жить снова. Стыдно писать, но у меня появилось отвращение к труду. Мне все кажется, что всюду принуждение. Не знаю, что я смогла бы делать на свободе? Разве частные уроки немецкого или в библиотеке. Или корректором в редакции. А больше я ничего не могу придумать. Да и в Ленинграде мне, наверное, никогда не жить больше. Одно я хорошо знаю — оборотную сторону жизни. Иногда кажется, что часть лагерной грязи и мерзости как-то осела и на моей душе. Я стала недоверчивой, подозрительной, часто — резкой. Я стала другой, от прежней «артистки» ничего не осталось. Да и внешне Вы меня, наверное, не узнали бы. Вы ведь знаете, я очень близорука. Раньше я носила очки изредка, а теперь без них никуда. Еще седых волос прибавилось. Другая прическа. Но это, конечно, можно поправить. А вот сломанное-то — как выпрямить?

Расскажу Вам немного о своих «хождениях по мукам». После депортации в СССР с декабря 1949 года по март 1951-го скиталась я по тюрьмам и пересылкам. Прибыла на Дальний Восток, в Комсомольск. Первый лагерь — швейфабрика, очень тяжело было. Машинки с моторами, а я шить не умею. Не говоря уж про норму. Ну и сразу в карцер. Потом на кирпичном заводе дробила кирпичи молотком. Но там нас забраковали, слабые. Одно слава Богу, не пришлось мне работать на каменных карьерах, в шахтах и на рытье траншей. Это очень тяжелая работа. Хотя вот канавы я рыла. Приходилось и штукатурить, и белить, и крыть крыши дранкой. Работать ломом, вилами, лопатой. Умею надевать ярмо на бычка и запрягать лошадь. Даже на сенокосе работала. А с какими кошмарными людьми приходилось встречаться, особенно на пересылках? Воры, проститутки, растратчики (это лагерная аристократия). Ну и мы, несчастные. Правда, теперь не так, как раньше. Тоже не сахар, но немного легче. Тяжела только работа, скученность, отсутствие тишины. Лагерный режим (проволока, конвой, поверка). Но тут уж ничего не поделаешь. Очень дурно мы все тут выглядим. Особенно когда идем на работу. Валенки, ватные брюки, телогрейки и бушлаты. В платках. Безумно хочется скинуть это с себя, одеться в нормальное. Но так как все время в грязи, в земле, в навозе — другого не надо. Только в зоне моемся и переодеваемся в свое. А раньше это было запрещено, только казенное.

Расскажу еще о том, как мы живем сейчас. Это двухэтажный барак на восемь секций. Я сплю внизу, соседка у меня приличная. Наверху тоже две девочки. Под нарами у стены зимой снег, глина промерзает. Секция небольшая, 44 человека. Курят почти все махорку. По вечерам играют в «козла», которого я ненавижу. Стучат костями, ни писать, ни читать невозможно. Тогда я делаю так: с вечера ложусь, а встаю к полуночи. И до двух-трех сижу за книгами или пишу письма. Вот сейчас, например, уже четвертый час. Но завтра я освобождена по санчасти, болею. Буду спать долго.

Да, все хотела сказать Вам о закатах, какие они здесь удивительные. Уйдешь на сопку, влезешь на поваленную лиственницу и смотришь. Такие картины на небе! Особенно если погода хорошая, теплый день. И на душе сразу спокойно и хорошо. Но такие минуты редки.

Сегодня перечитывала Ваши письма, пересматривала фотографии. Спасибо Вам большое за все. Спокойной ночи. А.»

«Дорогой друг!

Как хорошо получать Ваши письма! Как я им всегда рада! Одно только плохо — уж очень Вы себя казните. Я вот думаю: если придет мне отказ? Право, мне кажется, я спокойнее это приму, нежели Вы. А насчет того, что я не для этого создана... Дорогой вы мой, никто для этого не создан. Ни один человек. Легче или тяжелее, все равно — никто *этого* не заслуживает в такой мере.

Сегодня я добралась до своего формуляра в спецчасти и узнала следующее: номер воинской части, военный трибунал которой меня судил: в/ч — 28990. Написано, что судили 16 марта 1950 года. Фотография на формуляре ужасная. Тот человек, который будет разбирать дело, решит по ней, что я закоренелая преступница.

Пишите, у кого Вы живете, кто о Вас заботится. Трудно, наверное, если никого нет. Где Ваши брат и сестра? Они моложе или старше? Ведь мне все хочется знать о Вас. Пришлите еще свою фотографию, эти я знаю до черточки. С нетерпением жду стихи! Те, что Вы прислали, я уже выучила. Очень нравятся.

Вот вы говорите, я хорошая. А не знаете, какой я могу быть злой, гадкой. И малодушной бывала, и неверной. Вообще — совсем не та, какой Вы меня представляете. Легкомыслия, конечно, поубавилось, но... Или Вы бы простили? Не знаю, за что Вы так ко мне относитесь? Вы чистый, хороший человек, а я давно не та, которую Вы помните. Или Вам это все равно?

Только сейчас поняла, что сегодня тринадцать лет, как я уехала из Ленинграда. Так все вспомнилось... Как приползла в институт, как узнала, что через пару часов последний эшелон со студентами. Как тащились с саночками на Финляндский вокзал. Кошмарное путешествие вспомнилось, целый месяц с больными и мертвыми. Вши, грязь, голод. Но все-таки это было возвращение к жизни. Я же не могла и думать, что осенью попаду в оккупацию. Ну, спокойной Вам ночи. Сейчас опущу письмо. А может быть, уже завтра получу от Вас. Какая я ненасытная! Спасибо Вам за все!

Ваша А.»

«Дорогой мой!

Спасибо Вам за чудные стихи! Должна Вам сказать, что очень-очень рада, что Вы наконец вернулись к любимому делу, к литературе. Но почему «Дневник», а не стихи? Обязательно возвращайтесь к стихам. Скажите еще, Вы музыкальны? Помню, Вы любили мое пение, но это другое. Я вот музыку люблю страстно, хотя и дилетант. Мой любимый романс — это «Сомненья» Глинки. Еще очень люблю Чайковского и Рахманинова. Страшно скучаю по хорошей симфонической музыке. По театру. Сходите за меня в филармонию, ладно? Послушайте Пятую Чайковского, мою любимую.

Вашу любовь к Ленинграду я разделяю всей душой. В эвакуации мне долго снились улицы, площади, парки. Почти каждую ночь. Я не вспоминаю его пасмурным, дождливым. Нет, я помню солнце, весну, черемуху. И конечно, Неву, Университет. Правда, с тех пор я полюбила еще один город. Он большой и прекрасный, со старинной архитектурой и чудесными традициями. С хорошими приветливыми людьми. С рекой, не хуже нашей Невы. Город музыки, песен — немного легкомысленных, но обаятельных. Но как трудно об этом писать теперь! Может быть, когда мы с вами увидимся, я Вам расскажу об этом городе. Пишите мне, милый мой, больше и чаще. Рассказывайте всякие подробности, «болтайте». Спрашивайте, о чем хотите, я отвечу открыто, ничего не тая. Забавно, что нам приходят одинаковые мысли, правда? Вы знаете, у меня тысяча недостатков. Но я точно знаю, что не завистлива и не жадна. Нет во мне лицемерия и фальши. Хотя я очень большая грешница. Господи, какая удивительная штука жизнь! Как переплетаются судьбы! Вы знаете, я теперь как растение, которое после долгой засухи жадно впитывает влагу. Это — Ваше отношение ко мне. Ваши письма. Ваша забота. До свидания и спокойной ночи, милый мой!

Ваша А.»

«Дорогой мой, милый друг!

Мне так стыдно, что я в предыдущем письме написала. Не поймите превратно. Да, собственнический инстинкт — один из моих недостатков. Но человек мне нужен весь, целиком. А еще деспотичность, ревнивое отношение к друзьям и близким. Да, если бы Вы знали меня ближе в *то* время — хватили бы горюшка.

Ужасно жду еще фотографий. О книгах не волнуйтесь, в конце концов, это моя прихоть. Просто хочется иметь одну-две любимых. А другим чтением я обеспечена, у меня под матрасом целая библиотека.

Я часто думаю, узнали бы мы друг друга сейчас? Смотришь в зеркало — смеяться и плакать хочется. Нос облез, физиономия «кирзовая». Далеко до той, которую Вы помните.

Скажите еще, зачем Вы сорок раз бросали письмо? Не бойтесь Вы меня. Ласковые, хорошие слова никогда не будут лишними. Я ведь так давно их не слышала. Так истосковалась по ним.

Сегодня, когда кололи дрова, я тяпнула себя топором по руке. Ничего страшного, рукавица спасла. Но рука опухла. Зато когда пришла в зону, меня ждала радость. Это пришла от Вас посылка продуктовая. Как все хорошо! Только масло испортилось и корейка позеленела. А все прошлые разы грудинка хорошо доходила. Вероятно, она была лучше прокопчена. А масло только топленое можно посылать. Спасибо Вам!

Кроме книг я читаю газеты. Узнала, что аннулированы договоры с Англией и Францией. И в Азии тоже неспокойно. Неужели не успею выйти, как новая война? Что Вы думаете? Я не только о себе переживаю, конечно. Просто как подумаешь, что пятнадцать лет впустую, так обидно и больно делается. А если опять война, то жить совсем не хочется. Мне же еще надо Вас встретить. Вздохнуть свободно, полной грудью. Да, я люблю жизнь. И до новых впечатлений была очень жадной, всегда. Часто это плохо кончалось, но я все равно хочу жить. Только боюсь сейчас жизни очень. Неуверенной в себе стала. Но Вы же поможете мне?

Очень жду Ваш «Дневник». «Дневник Глана». Помните, Мира так называла Вас? Только одно терзает мне сердце — почему Вы перестали писать стихи? Зачем — как Вы говорите — скомкали, смяли, затоптали талант? И еще хочу знать очень личную вещь. Вы не боитесь нашей встречи? Нет? А я боюсь. Очень хочу и боюсь. Глупо, правда? Хотите, скажу, какие из ваших стихов знаю наизусть? Вот какие: «Было пройдено много иль мало...», «Так это ты?», «Только свет, только свет голубой...», «В четырех стенах аудиторий...», «Не твоя, не моя вина...», «Верю в тайные приметы...», «В этом городе стройном твоем...», «Имя твое», «О несбыточном, о невозможном...». Не подумайте, что я выбирала. Просто запомнились именно эти.

Помните, как нас познакомила Мира Гольданская? Вы еще называли ее «мудрой дамой»? А письмо со стихами — такая маленькая тетрадочка — которое я раньше через нее получила? Сейчас все спят, только одна женщина готовится к Пасхе (делает тесто). Завтра последний страдный день. Потом воскресный отдых (правда, предстоит инвентаризация). Знаете, я теперь иногда прошу мне стирать. Плачу немного, а то угощаю. Стирка здесь дело хлопотное.

Спокойной ночи, до свиданья — хочется до скорого! Постарайтесь увидать меня во сне. Думайте обо мне, и тогда я увижу Вас.

Всегда Ваша — А.»

«Мой дорогой, мой милый!

Трудно мне найти подходящие слова в ответ на Ваши — взволнованные, смятенные. Чувствую, как мечется Ваша душа, как бьется сердце. Трудно писать о будущем, которое в таком тумане. Могу ли я не считаться с Вами? Как Вы можете так говорить! Ведь Вы не обуза для меня, а счастье. Не знаю, какими будут наши отношения после встречи. Но знаю, что потерять Вашу дружбу и Вашу любовь для меня непереносимо. Слишком большое место занимаете Вы теперь в моей жизни. Правда, Вам придется принять меня такую, какая есть. Не похожую на создание Вашей мечты, к сожалению...

Только одно обидно — что прошла молодость. А если ждать еще год или два? Как хотелось бы выйти сейчас. Знаете, что я все хотела спросить? Сейчас кинусь с головой в омут! Как Вы могли жениться на другой? Если любили меня — как? Не могу этого понять. Ведь не другом Вы должны были быть, мужем. Я могла бы понять, если Вы были женщиной, тут проще. Но *ее* я не понимаю. Как можно стать женой человека, если не уверена, что он принадлежит тебе полностью? Или она ни о чем не догадывалась? А может быть, просто любила так сильно, что... Ну вот — спросила. Стыдно, хоть Вы мне и разрешили. Если не захотите отвечать, пишите прямо.

«Дневник» ваш читаю с интересом. Между прочим, в Новгородской губернии, около Ваших Дубровичей, находится Белохново. Там был приход моего отца (я по отцу поповская дочка, знайте). Так что мы с Вами земляки.

Сегодня целый день кидала вилами навоз, руки очень устали. Накопилось всяких дел — чинка, стирка. А мне все кажется, что я неэкономно обращаюсь со временем. Не смейтесь, но я ведь копуша. Торопиться страсть как не люблю. Делаю все обстоятельно. Наверное, по натуре я просто ленивая. Или просто я так от всего устала, что всякая работа противна?

Ваша А.»

«Милый, какой Вы все-таки молодец! Как радуют меня Ваши письма! Так, значит, «дело» мое уже в Ленинграде? Хорошо, очень хорошо! Значит, из следующего письма узнаю, что сказал адвокат. Есть ли надежда. Милый мой друг, я только сейчас поняла, что вся жизнь Ваша — это песня верности. И мне до сих пор не верится, что эта песня для меня сложена. С детских лет меня баловали, и долгое время я думала, что меня все должны любить, мною восхищаться. А если не встречала такого отношения, удивлялась. Правда, зла я никому не делала, а к людям относилась доверчиво. Да и друзья меня тоже баловали. Я думала, что мне все позволено. Не злоупотребляла, конечно, — но эгоизм развился у меня сильно. А ведь многим людям я была совершенно безразлична, даже неприятна. И много мне пришлось обжечься, прежде чем понять, что я не центр Вселенной. Но и сейчас к любой резкости отношусь болезненно, не говоря уже о грубости. Все-таки я ужасно «женщина». Земная, а не идеальная. Со всеми ошибками, свойственными нашему полу.

Относительно мечты о муже-защитнике? Это все далеко не так, хотя у меня всегда была потребность в опоре. Хотелось чувствовать чью-то твердую, ведущую руку. Но счастья в этом отношении я не обрела. Любимой была, даже очень. Но решала все сама. Хотя сильным характером и волей не отличалась. А приходилось. И первый, и второй муж были слабее меня. Искали опоры во мне. А мне так хотелось подчиниться, довериться. Чтобы кто-то за меня думал. Этим, да еще тем, что я боюсь одиночества и очень привязчива, объясняется многое в моей жизни.

Завтра суббота, но я попросила у начальника производства отдых. Очень устала за эти дни: тяжело работала, мало спала. И дел хозяйственных накопилось. Но зато потом Ваше письмо и посылка с резиновыми сапогами. Милый! Спокойной ночи — или, вернее, доброе утро. Я чувствую, ты тоже устал. Бедный мой! Сколько сил я отняла у тебя. Молю только, чтобы Господь дал мне отплатить за все. Только бы встретиться!»

4. МУЗЕЙ ИМЕНИ ДАНТЕ

Несколько дней история с письмами не шла из головы. Что-то не сходилось в ней, не стыковалось. Слишком легко расставляла она все по местам.

«Если «Дневник» и письма, — размышлял я, — лежали в одном месте, значит, эти люди встретились. Письма же очутились на Острове? С другой стороны, это ведь *ее* письма. Нет ничего особенного, что он хранил их рядом с «Дневником». Вот если бы это были *его* письма. Нет, нет. Доказательств, что Данте встретил свою Беатриче, по-прежнему нет».

Однако другой голос убеждал в обратном.

«В письмах она пишет, что ей сейчас тридцать восемь. Познакомились они в год убийства Кирова, он же сам рассказывает. Это 1934-й. Сколько ей было? Ну, лет двадцать. Тридцать четыре плюс двадцать, итого 54-й год. Начало реабилитаций. Вот и Степанов говорил про начало пятидесятых, что пара на Острове появилась в это время. Значит, они. Вот только кто лежит в могиле? Она? Но тогда он бы не оставил «Дневник» и письма. Значит, он?»

До выезда на съемки в Нежельск оставалась неделя. Что, если и в самом деле съездить в эти Дубровичи? Раз все нити тянутся на Валдай? Вдруг что-нибудь да отыщется? В Москве-то мне делать все равно нечего...

Я открыл компьютер и забил данные в Интернет.

Расчетное время в пути до Дубровичей составляло шесть с половиной часов.

...За Волочком радиостанции одна за другой исчезли из эфира, но после поворота на Дубровичи одна волна прорезалась. В эфир хрипловатым голосом тараторила ведущая. Мелькали фразы «новая книга», «современная поэзия» и «кому нужны стихи в наше время».

Глеб Шульпяков

— С вами по-прежнему я, Жанна Тимьян, и сегодня в гостях у «Чемпионов»...

Она зашелестела бумагами.

— Добрый день, — раздался голос Гека.

Я машинально проверил зеркало, потом другое.

— И мы продолжаем эфир на поэтической, так сказать...

Волна «ушла», и мне пришлось сбавить скорость, чтобы подстроить приемник.

Голос у Гека совсем не изменился.

— ...важная для меня книга... — рассказывал он. — ...поэт он как пустой бамбук... — волна уходила. — ....резонанс и есть стихи... — он продолжал, — а если пустота уходит... — я крутил ручку, — ...именно пустота... — трансляция прерывалась, — ...его знает, отчего это происходит, но жить без этого невыносимо...

— ...год — и танго? — когда волна вернулась, они сменили тему.

— Это же Буэнос-Айрес.

Он делал паузу.

— Поэту нужен мир, а не танго. Если реальность мира — это танго, я буду танцевать.

Они принимались за рассуждения о «реальностях мира». Шли помехи. Потеряв терпение, я сбросил скорость и свернул на проселок. Дорога взлетела по косогору на холм. Теперь голос в приемнике звучал отчетливо и громко.

— ...и вот эта собака. Не скульптура тракториста или, там, колхозницы. Не матрос и не девушка-спортсменка. А собака. Почему? Раньше эту псину никто ведь не трогал. Пистолет или ружье партизанское, да — я сам хватал в детстве. А тут овчарка.

— А давайте спросим наших слушателей?

Ведущая задавала вопрос.

— Символом чего является собака? — подсказывал Гек. — Чего нам не хватает? Что не хватает человеку?

— ...и у нас уже есть ответы... минутку... Вот Ирина из Москвы пишет, что собака это... это... символ силы.

— Ну какая сила, — Гек раздражался. — Собака — это символ преданности. Верности.

Они на секунду замолкали, тренькала музыка.

— Друг предаст, женщина обманет, — объяснял Гек. — Нет правил, понимаете? Точки опоры. Ни совесть, ни закон — ничего не работает. Даже президент «кидает» миллионы избирателей и улыбается. А вы спрашиваете.

По правде говоря, ведущая ничего не спрашивала.

— И все-таки вернемся к поэзии, — она сворачивала с политики. — Ваша новая книга носит прямо-таки ностальгическое название. Почему «Стихи на машинке»?

Слышно было, как она шелестит страницами.

— У моего друга под Костромой изба в деревне, — Гек оживился. — Пару лет назад я гостил у него. В одной заброшенной избе мы наши машинку. Американскую печатную машинку с украинским шрифтом.

— В деревне — и машинка? — она изображала сомнение.

— Да, странно, — соглашался он. — Да еще с украинским шрифтом. Как она туда попала? Тут можно целый роман придумать. Но дело не в этом, а в том, что я привез машинку в Москву и стал печатать на ней стихи. Новые, для новой книги — на один лист восьмистишия. Как печатал когда-то. Начинали-то мы все на машинках.

Он невесело усмехался.

— А напечатанный лист фотографировал и вывешивал в сеть. Правда, мне тут же написали, что это извращенная форма конформизма: сначала печатать на старой машинке, а потом снимать на цифровую камеру. Но поэзия и есть конформизм, а поэт тот же конформист. Кто....

Эфир трещал, у меня звонил телефон.

Я сбрасывал звонок.

— ...так что никакой ностальгии, — Гек, закругляясь, тараторил. — В поэзии за каждым образом стоят конкретные вещи.

— И у нас есть еще один звонок...

Они разыграли пригласительный билет на вечер Гека и распрощались. Так я узнал, что через неделю он читает в известном московском клубе.

Судя по тому, что я услышал, Гек сильно изменился. Политика или разговоры о преданности, аргентинское танго, скульптуры — все это было совершенно новым. Несовместимым с тем Геком, которого я знал. Однако за этим новым все равно слышался почти родной человек. Уверенность в собственной правоте — вот что осталось прежним. Он был тем же, кто спорил на книжном развале о литературе. Цитировал Пастернака в комнате на Боровицкой. Или рассуждал о русской Европе на могиле Чаадаева. А еще я с удивлением заметил, что в глубине меня проснулась обида — к тому, что давно исчезло.

...Попетляв мимо автобазы и заброшенного элеватора, дорога проскочила бензоколонку, вывела на центральную улицу, обставленную пятиэтажками, и быстро, словно выдохшись, уткнулась в маленькую уютную площадь.

Сквозь лапы голубых елок виднелся дом с белыми колоннами. По центру, обнесенный беленым бордюром, стоял памятник Ленину. Ильич указывал кепкой на мост, словно приглашая за реку. А дальше росли в два ряда яблони.

Я бросил машину у памятника и вышел к мосту. Он был пешеходным. На цепочке, преграждавшей путь, висели гроздья замков и замочков — видно, брачующихся в Дубровичах хватало.

Мост в одну ажурную арку напоминал железный чулок. Пахло дымом, где-то прокричал петух, протрещал мотоцикл. Снова все стихло.

С моста виднелись рыжие водоросли, как быстро они двигаются у поверхности. Берег поднимался террасами. На левом жались купеческие домишки с каменными воротами, выкрашенные в желтую краску. А на правом раскинулся монастырь.

Серые купола висели над облупленными стенами, как самовары. С угла взлетала в небо колокольня. Трехъярусная, она венчалась изящной, хотя совершенно из другой оперы, ротондой и тонким шпилем.

На берегу пили пиво и смеялись девушки, а молодые люди курили и бросали в реку камни. Один разъезжал по откосам на мотороллере. У самой воды две бабы полоскали с мостков белье.

Нет, эти Дубровичи явно хотели мне понравиться.

Однако пора было искать пристанище на ночь.

Гостиница «Мста» пустовала. Номер, который я выбрал, имел прихожую, двойные двери и выходил на реку. Над рекой виднелся все тот же мост, который на фоне пылающего заката выглядел крылом аэроплана.

Я бросил вещи и залез под душ. Переоделся, достал пакет с «Дневником» и письмами. Музей, с которого следовало начинать поиски, скорее всего, уже закрылся, лучше было отложить визит на завтра.

Но потом я передумал и спустился вниз.

Стойка на вахте пустовала, а со стены смотрели портреты известных артистов. Судя по ошалевшим физиономиям, все они провели в Дубровичах незабываемое время.

Наконец из подсобки вышла девушка. Зевнула, потянулась. Спросила, что мне надо. Принялась объяснять:

— На площади, где памятник, знаете? Этому...

Она запнулась, вспоминая имя.

А через пять минут я нажимал кнопку звонка на доме с колоннами.

— Уйди, оставь меня! — крикнул кто-то из-за двери. — Ненавижу! Ведьма!

Дверь стукнулась о стену и опять захлопнулась.

Теперь из коридора доносились глухие удары.

— Что вам? — Дверь снова распахнулась.

В проеме стоял молодой человек. Его лицо было влажным и блестело. Он поддал ногой, и телефон (это его он растаптывал) усвистал под шкаф.

— Музей закрыт! — сказал с вызовом.

В ответ наверху тихо щелкнула дверь.

Мы подняли головы на лестницу.

— Митя? — сверху послышался настороженный женский голос.

— Все в порядке, Зинаида Борисовна, — отчеканил тот. — Поорем и помиримся.

Наверху не уходили.

— Что-то еще?

— А мы к вам из Москвы, — бодро начал я.

Митя посмотрел на мой пакет с «Дневником», неопределенно хмыкнул.

— Старший научный сотрудник Поршняков, — вытер и протянул руку. — Дмитрий Валентинович.

В Дубровическом музее хорошо знали нашу программу, а кое-какие выпуски даже записывали. То, что Митя не только старший научный, но и хранитель «Музея имени Данте», мне стало известно позже. А пока мы шли к нему в гости.

В кустах по берегам уже загустевали сумерки, тянуло сыростью и печным дымом; деловито трусила по тропинке собачонка; шли тетки в платках, судя по распаренным лицам — из бани; а в расселине между купами деревьев светлело глубокое небо.

Митя, забегая вперед, рассказывал:

— Это наш, Быков — начало XIX века.

Показывал на колокольню с ротондой.

— Работал с простейшими геометрическими формами.

Действительно, с этой стороны колокольня напоминала три поставленных друг на друга цилиндра.

— Тут неподалеку есть Горницы, — он запускал руку в шевелюру. — Деревня и церковь. Там вообще призма на усеченном параллелепипеде. Вы на машине?

Он говорил, словно мы уже договорились.

— На машине.

Дорожка вилась над рекой, а слева выступали из сумерек домики. Вода отражалась в окнах ртутным светом.

— Мост! — Митя хлопал по лбу и театрально закрывал ладонью рот. — Как я забыл? Первый одноарочный в России. Архитектор Белелюбский. Николай Аполлонович. Как раз для вашей передачи, вот-вот рухнет.

Он отступал на шаг, вынимал руки из карманов.

Мы стояли, а внизу бежала река.

— Вы вообще-то зачем приехали?

Узнав, что никакой передачи про Дубровичи снимать мы не собираемся, Митя страшно расстроился. Но когда я рассказал, *что* ищу в городе, он снова воодушевился.

— Знаем, знаем. А как же? Фигура колоритная. Учился в столице, вернулся поэтом, ходил в гетрах. Выпустил в Твери книжку любовной лирики.

Он тянул меня по булыжникам в подворотню.

— Не бойтесь, она на цепи.

Из темноты тут же обрушился лай, а Митя исчез. Навалились запахи чеснока и картошки. Где-то наверху заскрипела лестница.

— Тут перила кончаются, — сверху долетал его голос. — Внимание.

Точно, и без того хлипкие, перила обрывались в пустоту.

— Сейчас, — Митя шарил в темноте.

Судя по звуку, ключи хранились под ковриком.

Щелкал выключатель, еще раз.

— Ах, негодники, — он брал откуда-то новую и вкручивал. В глаза бил свет голой лампочки.

Прихожая размером с сундук переходила в чуть большую комнату, делая колено. Кухня отсутствовала, на подоконнике сидела кошка. В окнах мерцала Мста.

Митя зажег лампу, и река исчезла. Окна превратились в черные гробы-прямоугольники. Обступили стены, уставленные шкафами, чьи полки терялись в сумраке высоких потолков. Между шкафами, над столом и в коридоре висели картины.

А сама комната выглядела щелью.

Стол Митя накрыл на сундуке, меня посадил в продавленное кресло.

— Какая гостиница? Ужин!

Он переставил на холодильник старый проигрыватель. Бросил в кастрюльку сосиски. Принялся строгать салатик. По тому, как ловко он управляется с ужином и что кастрюлька всего одна и маленькая, сомнений не оставалось: Митя живет один.

Через час мы прикончили бутылку, но опьянения я не чувствовал: столько свалилось в этот вечер! Во-первых, Митя не только был хранитель собственного Музея, но и внук Поршнякова, о котором столько было разговоров в «Дневнике» поэта. Во-вторых, «Музей имени Данте» Митя назвал в честь книги стихотворений (поэт выпустил после войны сборник). А сам музей Митя придумал как собрание вообще всего, что связано с великим флорентийцем. Кажется, здесь у него имелась личная история.

Пока я пытался уложить в голове, что происходит — например, увязать «дневникового» Поршнякова с тем, который сидел напротив, моим сверстником и его внуком, этот самый сверстник и внук, то есть Митя, уже вываливал на диван старые книги, распухшие папки с тесемками и прозрачные файлы, набитые исписанными и отпечатанными листами. Он что-то быстро рассказывал, и мне приходилось делать усилие, чтобы уследить за ходом его мысли.

Многие книги из его музея мне встречались раньше — на книжном развале. Но большую часть я видел впервые. К моему удивлению, среди обычных изданий в коллекции имелись вещи совершенно уникальные. Например, «Москвитянин» за 1853 год с первым переводом «Ада». Первое издание «Ада» на итальянском в России — книжечка из типографии Московского университета. Вольфовское издание в переводе Дмитрия Минаева. Ксероксы черновиков перевода Брюсова и первое издание книги о Данте Мережковского. Эти редчайшие вещи смешно перемежались с копеечными буклетами с итальянских выставок и симпозиумов, посвященных Данте. Тут же лежали ксероксы рисунков Неизвестного и чьи-то оригиналы — неловкие картинки тушью.

Коллекция хранилась в шкафах комнаты и на прогнувшихся полках, приспособленных в туалете над унитазом. Но большая часть лежала в кладовке, из которой Митя выбрался, держа под мышкой папки, а в руках банку с огурцами.

Что касается живописи, картины на стене принадлежали той же руке, что и графика в папках. Это были иллюстрации к «Божественной комедии». Тела и лица на картинах сплетались и неслись среди комет. Рисунок был эмоциональным, но не слишком твердым.

— Ваши? — предположил я.

Митя помотал головой.

А еще мой новый знакомый собирал истории, лишь косвенно связанные с Данте.

— Вот, например, ваш...

Он снова вспоминал моего поэта.

— Дантовская история в чистом виде, любовь как мера вещей. Да еще переводчик «Божественной комедии». Знаете? Нет? Типично наш, провинциальный случай. Сейчас, погодите.

Конечно, я знал, ведь в «Дневнике» шла речь о переводе. Но открывать карты было рано. Пусть сначала он покажет.

Митя доставал из ящика пачку подписанных конвертов. Доставал, разворачивал.

— Это письмо он написал деду.

Он крутил в руках листки, покрытые знакомым почерком.

— Вот, сейчас. Слушайте.

Он принялся читать с середины:

— «Тогда литературовед Пумпянский спросил меня: «Вам знаком итальянский язык?» Я ответил, что — нет. «Не подумаешь, если бы не ошибки в заглавии». — «То есть?» — «Вот вы написали «Ля дивина комедиа», но по-итальянски слово «комедия» пишется через два «м». Вопреки этимологии и принятому у всех европейских народов начертанию». Дальше Пумпянский долго говорил об итальянских созвучиях, и что мне, несмотря на незнание языка, удалось передать взволнованный дух поэмы. «Недостатки, конечно, есть, — сказал он. — Но вы справились бы с ними, я уверен. Вы определенно могли бы перевести «Божественную комедию». Только вот в чем дело...»

Митя поднял глаза от бумаги:

— Ну, тут этот Пумпянский говорит, что Михаил Лозинский уже закончил перевод «Ада» и он вот-вот выйдет. И что шансов на параллельное издание у нашего поэта нет. А вот и финал: «Мне в тот момент показалось, что треснул удар грома. Да, Сергей Николаевич, такой шуточки со стороны судьбы даже я не предвидел. Вы знаете, работа над «Божественной комедией» озарила меня новым светом. Спасла, когда я, раздавленный судьбой, помышлял о смерти. А теперь все рухнуло. Напряжение духовных сил, которое должно было сопутствовать мне, оказалось ненужным. В тот момент я отчетливо почувствовал, что жизнь покатилась под гору. И ничего впереди, ничего! Одно безразличие к себе. Огонь против несправедливости судьбы еще тлел во мне. Ведь для Лозинского перевод Данте был очередной литературной работой, а для меня... Да что говорить, вы и сами прекрасно понимаете. А еще смешно и страшно, что этот человек даже не догадывался, как исковеркал мою жизнь. И никак нельзя было винить его за это. И почему только судьба зависит от того, кто с тобой никак не связан?»

На этих словах голос Мити даже задрожал, а я подумал, как это точно сказано про судьбу, которая зависит от тех, кто с тобой никак не связан. И что никто не виноват в этом...

Митя протянул тяжелый бордовый том с золотым профилем. Я пробежал взглядом по мелованным страницам. Все сходилось: «Ад», издательство «Художественная литература», 1940-й год. Перевод Лозинского, гравюры Доре.

— Он хотел быть отшельником, — теперь Митин голос звучал равнодушно, даже насмешливо. — Звездопоклонником наедине с любовью. Думал, что со временем она угаснет. Что после ее замужества сойдет на нет. А вышло наоборот. Вышло, что любовь никуда не исчезает. Никогда не проходит. Она может менять формы, но пройти? Вот и его любовь просто поменяла образ. Превратилась, как он говорит, «из огня в камень».

Митя вытер пот — в комнате было душно.

— Именно тогда он встретил Веру. Ну, встретил — это смешно сказать, они учились вместе, и он наконец заметил, что девушка к нему неравнодушна. Решил — хватит быть исключительным. Сколько можно? Пора начинать обычную жизнь. Может быть, тогда «нести камень» будет легче. К тому же взгляды у них были схожими. Они гуляли, общались. Потом была какая-то смутная история, когда он прописывал ее семейство в Дубровичи. После чего все разом решили, что это семейство его невесты. Не знаю, человек быстро привыкает к другому, если они похожи. К тому же он видел, что с ним она другая. Не такая скованная или молчаливая. Рядом с этим мизантропом девушка светилась от радости. Тогда он решил, что отныне смысл его жизни в том, чтобы поддерживать эту радость. Конечно, сперва он дико переживал из-за новых отношений. Я помню эти письма, где он каялся деду, что предал свою любовь и так далее. Но там была любовь-религия. А здесь он обрел любовь-дружбу. Не вечно же быть «звездопоклонником пустыни»? Вера была близка ему все больше, но повторить, что было? — нет, невозможно. Как повторить, когда бродишь ночами по улицам? Когда ждешь на мосту часами, сутками — вдруг она пройдет мимо. Такое дается один раз на всю жизнь. И он этот шанс использовал.

Митя кивал на мост, подсвеченный в темноте, — как будто мой поэт там. А может быть, он просто представлял на мосту себя.

— Он об этом знал, конечно. А еще знал, что, когда Вера рядом, на душе спокойно. Исчезает нерв. Вот он и решился. Он показал Вере тетрадь стихов, посвященных той. Чтобы Вера знала, все-все знала. Сказал, что его душа выгорела и никто не знает, пойдет ли на пепелище молодая поросль. Это его слова, про пепелище.

Митя перекладывал бумаги.

— Он не сказал ей главное — что старая любовь жива. Что она в нем как заноза. Хотел сказать, даже приготовил фразу. Но так и не открылся.

Митя процитировал:

— «Если хочешь идти с человеком, который никогда не сможет повторить пройденное им безумие любви, если ты хочешь идти с человеком, который не может уничтожить скрытый в душе клад, если ты хочешь идти с человеком, который может дать тебе только любовь-дружбу, — тогда иди. Но прежде подумай, того ли ты ждешь, того ли ты ищешь».

Мы помолчали.

— Потом был выпускной, и он сделал предложение. Они поженились и приехали сюда насовсем. На фронт его не взяли по здоровью. Войну пересидели, немцев здесь не было. После войны вступил в местное отделение Союза писателей. А работал в музее. Потом Вера выхлопотала книгу, у нее имелись в Твери связи. Детей у них не было.

Он складывал письма, завязывал тесемки. А мне все хотелось спросить — и? Ведь все это время он переписывался с другой — и?.. Как исчез, пропал без вести? Чего он медлит?

— Это она отредактировала, — невозмутимо продолжал Митя. — Отнесла в издательство. Добилась, чтобы приняли. При том, что вся книга была о другой женщине. Новых-то стихов он не написал.

Ставил табурет и лез на полку.

— Тверь, пятьдесят пятый год.

На сундук ложилась тоненькая книжка с надписью «Музей имени Данте». Голубая брошюрка умещалась в ладони.

— Что это?

Столбики стихов перемежались текстом в строчку.

— Комментарии.

— Чьи?

— Собственные. Его.

Я пробежал по странице: «В первых двух строфах этого стихотворения я рассказываю о чувствах, нахлынувших на меня после разговора с ее подругой, которая должна была передать тетрадку со стихами. Я поджидал ее в коридоре после лекции по ботанике и словно ненароком заметил. Она покраснела, но обещалась. А в последнем четверостишии я пытаюсь предугадать реакцию моей возлюбленной — после того, как она прочтет эту тетрадку — и то, как сложится от этого судьба моя».

— И они это напечатали?

Митя кивнул.

Страницы беззвучно складывались.

— Погодите...

Мне пришла странная идея:

— У вас ранние сочинения Данте есть?

Тот обиженно фыркал.

Я извинился, он полез на полку.

— «Малые произведения» подойдут?

Протягивал «Литпамятник».

Я раскрывал книгу, листал.

— Смотрите.

Митя склонялся над разворотом. Теперь его лицо находилось так близко, что виднелась рыжеватая радужка.

— Лопух, баран, идиот, — хватал себя за подбородок. — Идиотище.

Уходил с книгой в дальний угол.

— Росомаха.

Так мы открыли, что «Музей имени Данте» повторяет «Новую жизнь» великого флорентийца, написанную стихами и прозой, комментирующей эти стихи. Странно, что Митя не заметил раньше.

— Подарите?

— Что?

— Идею — что...

Он умоляюще вскинул брови.

— Какой разговор, — ответил я. — Конечно.

Митя лез целоваться соленым от огурца ртом.

— Но, — тут же отстранялся. — Стойте!

От окрика со шкафа прыгала кошка.

— Первый перевод «Новой жизни» был опубликован только в шестидесятых.

Снова протягивал «Литпамятник».

Действительно, в комментариях это значилось.

Мы молча смотрели на кошку.

— То есть, сам того не зная, он написал «Новую жизнь»?

Кошка лениво умывалась на пороге.

— Только свою.

Зашумели и стихли под окном трубы.

— Борхес какой-то.

Я открывал книгу стихов: «Человек живет и как растение, разыскивая необходимые соки для поддержания жизни, и как животное, то есть для плотских удовольствий, и как существо разумное, то есть ищущее удовольствия в духовном совершенстве. Но что есть совершенство? И есть ли ему примета? В этом стихотворении я рассуждаю о том, что совершенство заключается в любви и одиночестве, ведь только наедине со своей любовью человек неповторим».

— А ведь это тема, — Митя задумчиво теребил себя за ухо. — Для большого доклада. Но почему?

Я пожимал плечами:

— В любви все кажется важным. Хочется собрать даже крошки. Думаешь-то, что они бесценны.

Митя пристально смотрел на меня:

— Ты понимаешь.

Так, не сговариваясь, мы перешли на «ты».

Поскольку было уже поздно, пришла пора и мне открыть карты. Я выложил папку с «Дневником», спросил про магазин.

Оставил Митю наедине с документами.

Вернувшись с бутылкой, я обнаружил, что картина не изменилась, «Дневник» остался на первой странице.

— Неинтересно?

«Тоже мне музейщик».

Он поднимал от ящика невидящие глаза:

— Не обижайся.

Продолжал щелкать карточками.

— У меня своя копия. Этот педант сделал, судя по машинке, несколько.

Пододвигал машинопись:

— Так и есть, один в один.

Я недоверчиво открывал папку.

— Это копия деда, — Митя брал ворчливый тон.

На выгоревших страницах тянулись фиолетовые строчки, вторая или третья машинописная копия.

«В тот день я услышал, что в школу приехал человек с микроскопом... микроскоп я видел только на рисунках в энциклопедии ...одна баба сказала мне, что он уехал. ...этим человеком был наш новый школьный инструктор Поршняков...»

— Ты не сказал откуда, — перебил Митя.

— Что?

— У тебя — откуда?

Он имел в виду «Дневник».

5. ДВЕ ФОТОГРАФИИ

— Да-а, — сказал Митя, когда я закончил про Остров.

— Но вообще умер он здесь, — сказал после паузы. — Здесь похоронен. Мы, когда к деду на могилу ходим, к нему всегда заглядываем.

Откинувшись в кресле, я еле сдержался, чтобы не расхохотаться. Какой дед? Чья могила?

— Не может быть.

А внутри все похолодело.

— Письма же. История про двух, этих...

Но Митя не собирался спорить:

— Как называется Остров?

Я ответил.

— А.

— Что «а»? Что тебе понятно? — Я почти ненавидел этого старого мальчика с его жалостью.

— Там турбаза была, — ответил он. — Еще с тридцатых. За нашим районом закрепили домик на несколько комнат. Они с дедом туда часто ездили. Далеко, но рыбалка! Правда, потом турбаза закрылась. Пожар, кажется.

Я вспомнил дощатые хибарки с выбитыми верандами. Обгоревший фундамент. Валуны с фамилиями и датами.

Митя разлил остатки.

— Ты не расстраивайся очень-то. В нашем деле это постоянно.

— Что постоянно? — крикнул я. — Что ничего не было? Что это мои фантазии?

Кошка метнулась в коридор.

Я выпил.

Судя по Митиной физиономии, он испугался.

— Извини, ладно.

Пауза.

— Люди любят такие истории, — он осторожно протянул еще рюмку. — Времена послевоенные, а тут любовь, рай в шалаше. Кино! А безымянных могил — сам знаешь. Вот и напридумывали.

Так история, ради которой я приехал, рассыпалась. Никуда этот поэт не сбежал, никого не встретил. А тихо жил в своем городишке и даже в Союз писателей вступил. И лежит не на Острове, а, как все, на городском кладбище.

— Теоретически они могли, — размышлял Митя. — Может, даже встретились и на твоем Острове. Только не зимовали, а по путевке. Письма и «Дневник» туда попали же.

Я мотал головой.

— Что «нет»? Как члену Союза ему полагалась путевка. Она к нему туда и приехала. Но ты же знаешь, люди есть люди. Что-то не сошлось, не заладилось. Что они там себе нафантазировали? Она же сама пишет. Вот и расстались. Давай-ка я лучше покажу тебе карточки.

Я отмахнулся. Какая теперь разница, как они выглядят? Ну конечно, по путевке. С Поршняковым этим. Или один, а она не приехала. Вот и оставил там бумажки, просто выбросил. Или сделал вид, что забыл. Сколько можно жить с призраком чужой женщины?

— Ладно, поздно уже, — я сбросил с колен кошку. Посмотрел на «Дневник» и письма.

— Забирай, — пододвинул папку.

Мне они теперь были не нужны точно.

— Вот, — Митя как будто не слышал. — Держи.

Да, эта картина мне хорошо запомнилась. Я стою в коридоре у двери. Коридор узкий, голая лампочка. На стене раскладушка. Холодная латунная ручка.

— Какой! — Митя постучал ногтем по карточке. — Он.

Я взял картонку. Вбок и вдаль с карточки смотрел средних лет человек. Под кожаной кепкой угадывались седые залысины. Лицо осунувшееся, а губы, наоборот, пухлые. Тяжелый, но острый подбородок. Высокие скулы. Да, в этом лице чувствовалась здешняя порода. Вот только нелепые капитанские баки.

— Хорошо, — вернул ему.

А на другом снимке была моя Аня.

— Похожа на Ингрид Бергман, — Митя встал между мной и дверью. — Так у нее и фамилия Норринг, шведская.

Он чему-то смеялся, потирал руки. А мне было странно видеть на Ане смешной беретик. Кружевной воротник и бусы. Как будто это снимок из спектакля. И как это неожиданно, что карточка лежит у Мити.

— Австрийская, — я опустился на табуретку.

— Что «австрийская»? — не понял Митя. — Может, все-таки останешься?

— Фамилия австрийская, — прошептал я.

Так мой поэт, и Анина бабка, и сама Аня с фамилией Норринг, оказавшейся не мужниной, а бабкиной, австрийской по ее второму мужу — все сошлось в этих прекрасных Дубровичах. В узкой комнатке под абажуром на берегу тихой реки, где висит старый мост. Вся наша история, грустная и легкая, нелепая и счастливая — неожиданно распуталась.

О том, что никакого бегства на Остров не случилось, мы забыли. Теперь на меня обрушилась новая история, и эта новая оказалась еще теснее со мной связана.

Чай, который сделал Митя, давно остыл, а я все рассказывал про Аню. Зачитывал письма Норринг из лагеря, которые прислал Степанов. Сам того не замечая, я читал эти письма с интонациями Ани. Так, как она произносила бы эти слова со сцены. Теперь, когда в моем сознании две эти женщины сплелись, у студентки и лагерницы, Беатриче в ватнике, появился голос. И этот голос принадлежал Ане.

Митя ходил с чашкой по комнате, шумно прихлебывал:

— Да, Беатриче в ватнике...

То и дело переставлял чашку с полки на полку. А я сидел перед карточками и не знал, что делать: горевать или радоваться.

— Ладно твоя Аня, — Митя снова ставил чашку. — Но почему Анина мама ничего не знала? О родной тетке?

— Да мало ли, — мне хотелось защитить Аню. — О таких родственниках обычно помалкивали. Оккупированные территории, муж-австриец — сам понимаешь. Плен, лагерь. Кому нужная такая родня?

— Но хоть что-то она знала?

Я пытался вспомнить Анины рассказы:

— Она говорила, ее прадед, отец нашей, был священник. Видимо, имел приход в ваших краях. После того как в конце 30-х его расстреляли, из пяти дочерей поступила и отучилась только одна.

— Она?

Я брал в руки карточку.

— Да. Но для этого надо было отречься. Чтобы учиться — от отца-священника. Иначе к экзаменам не допускали, анкета же.

Теперь мы оба вглядывались в легкое, целеустремленное лицо девушки.

— Она отреклась, одна из всех. Поэтому и встречи с сестрами не искала, наверное. Это же предательство. Потом первое замужество, война, эвакуация. Плен и Австрия, новый муж. А про лагеря ты знаешь, вот письма.

Митя сидел на полу рядом с печкой.

Я вытирал пот, снова всматривался в карточку. Блеск в глазах, надменная линия рта. Чистый и высокий лоб. Высоко поднятый подбородок. Лицо открытое, словно ждущее — какой-то лучшей жизни, другой доли. Тут они с Аней были похожи, конечно же. Не зря та чувствовала в ней близнеца, пару.

Так за один вечер промелькнуло больше времени, чем за последние годы. Люди, чьи бумаги только что мне хотелось выбросить, вдруг стали кем-то вроде родственников. Теми, кто с тобой связан.

Я радовался, но, с другой стороны, был растерян: в Нежельске мне предстояло открыть Ане, что никакой счастливой старости в Австрии не было. Что из Вены ее бабка попала в лагерь, а потом исчезла то ли на Острове, то ли еще где-то. И ничего от нее не осталось, кроме писем и книги стихотворений никому не известного поэта из Дубровичей. Книги, о которой, скорее всего, она даже не знала.

Так, распутавшись, наша история снова затягивалась в узел.

На следующий день я уезжал с новой папкой — это Митя снял в музее копии с книги и фотокарточек. А для своей коллекции он сделал ксероксы писем из лагеря.

Прощались перед музеем у машины. Я торопился, мне хотелось поскорее в Москву, в Нежельск. А Митя, как назло, желал познакомить меня со своей девушкой. Оказывается, после вчерашнего они уже помирились.

Я укладывал вещи, а он напряженно смотрел на мост. Его кустистые брови даже подрагивали, а на щеках проступил румянец. Когда терпение у меня кончилось, он взмахнул рукой и расплылся в улыбке. Но, кроме грузной немолодой женщины с авоськой, на мосту никого не было. Я вернулся к машине и снова протер стекла и зеркало. Вытряхнул коврик. А когда обернулся, Митя уже обнимал эту женщину.

Ее звали Зина.

— Говорил же, — Митя словно укорял кого-то.

Этот «кто-то» оказался миниатюрной дамой в широких брюках и кружевной кофточке. Она стояла у дверей музея и с улыбкой смотрела на нашу троицу. Серьги-блюдца в ушах у нее покачивались. Митя снова знакомил. Это была Зинаида Борисовна, директор музея — та, что стояла вчера в музее на лестнице.

— Так быстро уезжаете, — укоряла директриса.

Я оправдывался:

— На один день вырвался.

Обещал приехать со съемочной группой.

— Да, мост у нас уникальный, — это говорила другая Зина, Митина. Голос у нее был тонкий и девчачий и совсем не сочетался с внешностью.

— Хорошей дороги, — кутаясь в шаль, Зина-директор прощалась.

Митина Зина протягивала авоську с кефиром и конфетами:

— Возьмите.

— Бери, бери, — Митя укладывал авоську на заднее.

— Халва в шоколаде, — говорила Зина-директор уже с порога. — У нас делают.

— Спасибо.

— Это ее картины, — шептал Митя. — У меня дома, ты видел. Настоящий художник.

Это он говорил про свою Зину, как-то особо напирая на слово «настоящий». Митина Зина все слышала и не смущалась. Ее длинный и пестрый балахон плохо скрывал грузную фигуру, а неподвижное накрашенное лицо напоминало маску. Только по-цыгански блестевшие глаза оживляли эту маску.

Зина опускала набрякшие веки и трогала перстень на пальце. А Митя ликовал и смущался как мальчишка.

— Понимаешь, — он прикусил заусенец, — мне нужна книга.

Пришлось заглушить машину.

— Какая?

Зина тихонько отняла его руку.

— Понимаешь, я сам не знаю, — он впервые за сутки растерялся. — Как сказать?

— Митя собирает изображения Данте, — объяснила Зина. — Недавно по телевизору показывали передачу о соборе в Сиене. Там на полу мозаики пятнадцатого века. Философы, прорицатели, художники. И среди них Данте. В толпе поэтов.

Зина отпустила Митину руку.

— Нельзя ли как-то отыскать это изображение? — он прикусил заусенец снова. — Может быть, книги? Чтобы точно выяснить.

— Так вы не знаете, что ли?

— Понимаешь, там сказали просто: «поэты». И в Интернете тоже. А кто именно, не сказали. Вот я и думаю...

Он показал на нос:

— Шапка, профиль. Это он, точно.

Пришлось записать название собора.

— Попробую.

Мы заново попрощались, я хлопнул дверью. Когда машина тронулась, в зеркале качнулся и сошел с постамента памятник Ленину. Проплыли колонны, взлетела арка моста. Толкнулся в небо и исчез за облаками шпиль колокольни.

Так в моей жизни появилась история с «Музеем имени Данте».

6. «СТИХИ НА МАШИНКЕ»

На съемках мне приходится много болтать языком. Делать дубли на камеру, брать интервью у краеведов и чиновников; выступать самому, поскольку столичная группа для них событие; спорить по съемкам с Севой и дядей Мишей. А в Москве я отмалчиваюсь. Единственная фраза, которую мне приходится говорить, даже не фраза, а слово. Это слово — «нет», когда в магазине спрашивают о скидочной карточке.

После Дубровичей я сам позвонил Севе и договорился про сценарий для Нежельска. Что, раз это моя идея — съемки за Уралом, писать сценарий лучше мне.

Сева осторожно согласился.

Во-вторых, чтобы собрать материал, пришлось снова записаться в Ленинскую библиотеку. Так к моему словарю добавилось еще несколько фраз, необходимых, чтобы заказать отчеты Кабинета Его Императорского Величества. А в-третьих, я созвонился с Яковом, чтобы вместе сходить на вечер Гека.

Яков спрашивал, как Дубровичи. Мне хотелось все выложить, но как обсуждать по телефону такие вещи? Пришлось отшутиться про книгу о сиенских мозаиках. Яков обещал помочь.

Мы встретились в метро. Он стоял за колонной — под мышкой пакет, свитер и брюки со стрелками. Обычный городской человек; и не подумаешь, что за душой у такого.

Мы обнялись — ни дать ни взять старые знакомые. Яков углами рта улыбался. Он изучал меня так, словно я вернулся с Луны, а не из Дубровичей.

Скользил взглядом по лицам на эскалаторе.

Выход на площадь преграждал полицейский кордон. Яков терпеливо объяснил, куда мы и зачем направляемся. Те сунулись в пакет и поворошили в нем дубинкой. Мы вышли.

Вокруг памятника и вдоль по улице тоже стояло оцепление — угрюмые люди в серой форме. А вокруг пестрела реклама и неслись машины с красивыми девушками; сверкало в окнах весеннее солнце.

— Через час — акция, — бросил Яков. — Ты в курсе?

На Садовом тоже стояли военные грузовики.

Я был не в курсе.

Не успел я опомниться после милиции и грузовиков, как мы пришли. Клуб, где читал Гек, считался самым крупным в центре. Это был настоящий лабиринт из залов, баров и танцполов. На входе Яков снова предъявил содержимое пакета. Два молодых человека в черных костюмах синхронно скосили глаза и посторонились. Путь был свободен.

Сцена в зале напоминала ринг, а ряды столов стояли амфитеатром. Между столов ходил официант, зал наполнялся. Пришли две красивые дамы — их дети, мальчишки, тут же устроились рисовать;

аккуратно, чтобы не греметь стульями, рассаживались в задних рядах немолодые подтянутые джентльмены; они поглядывали на женщин и задумчиво листали меню. Минут за десять до начала в зал впорхнула стайка студенток. Они долго пересаживались из-за одного столика за другой, а потом вдруг стали фотографироваться на фоне пустой сцены. Следом появились несколько пожилых людей профессорского вида; они по-хозяйски двигали стулья и столы; долго устраивались; оставив портфели на стульях, всей компанией вышли.

Все эти люди на первый взгляд не имели ничего общего с теми, кто слушал Гека пятнадцать лет назад. Это были спокойные, холеные лица. На них читалась ирония, но это была ирония над самим собой.

На секунду мне показалось, что в толпе у входа стоит моя Аня — другая и прежняя. Действительно, а вдруг все произойдет, как в тот вечер? В подвале? Тем более что разницы между тем подвалом и этим клубом я почти не чувствовал. Оба вечера расположились в памяти через тонкую перегородку — как витки одной спирали. Так, словно ты вышел в антракте покурить в зимний Сверчков переулок — а вернулся пятнадцать лет спустя в клуб на Садовом.

Как все-таки интересно устроена память!

Яков вышел и вернулся с девушкой. Ханна? Хуана? Имени я не расслышал. Она сразу уткнулась в фотокамеру и ни на кого не смотрела.

— Кто она? — спросил я, когда мы вышли покурить.

— Ханна, — затягиваясь, Яков по-кошачьи жмурился.

— Иностранка?

Затяжка.

— Да говори ты!

Выдох:

— Родители уехали в Израиль в девяностых. Вот, приехала посмотреть на родину.

Он ткнул сигаретой за сцену:

— Невеста.

Свет померк, в темноте светилась только лампа телекамеры (приехало телевидение). Дали луч на сцену. Появился человек, и я чуть не ахнул, как Гек изменился. Но нет, это был ведущий. Комкая листок программки, он рассказал о поэтическом фестивале, в рамках которого проходил вечер. Выходило, что сегодня публике представят не просто новую книгу, а целый жанр.

Публика коротко похлопала. Где-то звякнули пивные кружки, зашипела и заглохла кофеварка. Затренькал телефон, который выключили.

Когда вышел Гек, он сначала откинул ногой провод, а потом встал к микрофону; в черных узких джинсах и ботинках на каблуках; в черном свитере. Он сильно похудел, а короткая стрижка открыла большой лоб. Худоба делала его выше и стройнее, даже моложе. А в остальном он почти не изменился.

Гек стоял молча, время от времени поднимая голову и всматриваясь в зал. Наконец луч мигнул, дали музыку. Из динамиков запищал аккордеон, за спиной Гека вспыхнул экран, появились какие-то линии и пятна. Он начал.

Он читал стихи отрывисто и сухо, как инструкцию. Изображение в такт стихам проявилось. Это было лицо, покрытое ветками или тенями от веток. Оно укрупнялось, пока не заполнило весь экран, и тогда погасло. Тут и Гек закончил стихотворение.

В зале неуверенно захлопали, но тут вспыхнула новая картинка. Все снова стихло. Гек продолжал читать. Я вслушался. В его новых стихах по-прежнему было много ярких образов. Но теперь они существовали только для того, чтобы выразить мысль. Какую? Нигде напрямую он ее не формулировал. Наверное, он и сам не знал точно. И облепливал образами, чтобы понять, как она выглядит. В последний момент мысль все равно ускользала, но ощущение простоты и какой-то ясности этой мысли все-таки передавались слушателю.

Те его стихи, которые я слышал и читал когда-то, искали отклика, адресата. Теперь же Гек писал, словно закрывая одну за другой двери. В углу, куда он загонял себя, он играл роль тюремщика и узника. А стихи были чем-то вроде дневника. Жизнь, которую Гек наблюдал из угла, принимала разные формы. Одни пейзажи и города сменялись другими, еще более экзотическими — или тривиальными — а угол и «я» в этому углу не менялись, как будто превращения снаружи нужны были только для того, чтобы снова и снова нащупать и сам угол, и «я» в нем. Но того ли я ждал от поэзии? И что такое тогда поэзия?

Действие продолжалось минут тридцать. Наконец на экране медленно поползли титры. Первым стояло имя Гека, второй шла Ханна (оказывается, это ее фотографии показывали в фильме). А монтировал кино Яков.

Несколько секунд зал сидел в тишине. Потом принялись хлопать. Не дожидаясь тишины, Гек спрыгнул вниз и втащил на сцену Ханну. Теперь они стояли вместе — долговязый Гек и маленькая девушка с огромной камерой.

Ханна подняла фотоаппарат и навела на зал. Зрители на секунду замерли. Раздался щелчок, девушка улыбнулась. Народ снова стал хлопать, но многие уже вставали с мест. Вечер заканчивался.

У столика с книгами выстроилась небольшая очередь. Сам Гек стоял перед телекамерой и что-то рассказывал небрежным, даже высокомерным тоном. А потом вернулся за столик подписывать книгу.

Я взял книгу и встал в очередь.

— Кому? — Он взял экземпляр и поднял голову. — А.

На секунду в его лице отразилась досада.

— Привет, — теперь в глазах читалась насмешка.

— Яков обещал предупредить, — ответил я чужим голосом.

— Да, да, — Гек опустил глаза, взял книгу. — Потом подпишу, ладно? Не уходи только.

Лампочки на гримерных столиках слепили глаза. В зеркалах отражались шевелюры, небритые лица с очками в тяжелых оправах, обтянутые свитерами спины, пиджаки и даже один военный френч.

— Шептуха! — кричала девушка в растаманской шапке. — Или это не ты? Ты лысый зачем?

Народ оборачивался, раздавались возгласы.

— Меня с вами никто не замечает, — обиженно бубнил человек с большими кистями рук. Череп у него действительно сверкал, как обувная колодка.

— ...поехали с Грином в деревню, — это рассказывал другой тип, в светлых вельветовых штанах. — В первых числах. Думали, отдохнем. Мне роман, между прочим, заканчивать...

«Писатель» многозначительно смотрел на нас.

— А деревенские с водкой — у них, видишь ли, продолжение праздника. Ну и поехало. Баня, прорубь. «Голый в снегу при свете полной луны».

Эту фразу он даже напел.

— Не хватило, поехали ночью к Еноту. «Каста Дива» в динамиках, вокруг мертвые деревни. Ну и провалились, лед-то тонкий. Трактором потом вытаскивали. Ничего, завелась.

«Писатель» брал стаканчик с вином.

— И что, *совсем* совсем? — сомневался человек во френче.

— Крепких ноль, вина два бокала. Держусь второй месяц.

— А Грин?

Это ревниво спрашивал рукастый Шептуха.

— Купил бокалы побольше.

Все смеялись, а женщина за гримерным столиком, улыбаясь одними губами, комментировала:

— Это алкоголизм, несомненный алкоголизм.

Она говорила мягким голосом, поэтому «алкоголизм» звучало даже ласково.

— То есть? — «Писатель» вытер уголки рта.

— Когда считают бокалы, — она все так же снисходительно улыбалась. — Поздравляю тебя, дорогой мой.

Она сидела в профиль, густые темные волосы мешали рассмотреть лицо. Только бесцветная помада на губах лоснилась. Она? Нет? Я вспомнил зимний вечер у философа и как налетал из метро теплый воздух. Неловкая долговязая студентка-художница с журналами в сумке. Спокойная, уверенная в себе женщина с темными вьющимися волосами.

— Старый знакомый, — она протянула руку первой. — Я Наташа.

На пальцах звякнули крупные кольца.

— Я помню.

— Рада тебя видеть.

— Тоже.

— Кстати, спасибо, — она разглядывала меня.

Оказывается, какой-то спутниковый канал регулярно показывал в Германии нашу программу.

— Надо же. А почему Германия?

— Маму здесь лечить отказывались, — она скривила в усмешке губы. — Перебрались, теперь в Бремене. У меня детская школа, рисуем. Мама держится.

Мы помолчали.

— Ты молодец, что делаешь такую программу, — тем же ровным голосом сказала она. — Жалко, здесь такие вещи никому не нужны.

Она хотела сказать что-то, но тут вошли Гек и Ханна. Все притихли, заулыбались, а поддатый мужик в костюме с депутатским значком навалился, обнял его.

— Наш курс, — он встряхивал Гека за плечи. — Молодец!

Рядом крутился оператор с камерой, это продолжало снимать телевидение. Гек через силу улыбался «депутату», с хрустом мял пластиковый стаканчик. Ханна тревожно следила за ним.

Мы выпили, и шум, на несколько минут смолкнувший, поднялся снова. Каждый говорил свое и слушал чужое. Им хотелось побыстрее рассказать о себе, узнать о других. Голоса, смех и возгласы — все сливалось в гомон, словно это встреча однокашников. Не хватало только Якова. Куда он подевался?

Гек поднял из угла стаканчик.

Я подошел, мы чокнулись.

— Яков рассказывал, — он добродушно развалился в кресле. — Мы тоже собирались, но...

Кивал на Ханну, которая примостилась на подлокотнике.

Речь шла о концерте на Васильевском.

— Было нечто, — сказал я.

— Могу представить.

Протягивал пакет Якова:

— Просил передать.

Я сунул пакет под мышку.

— А где он?

Но Гек только отмахнулся.

В его голосе снова зазвучала насмешка:

— Узнают?

Он, как все, спрашивал про передачу.

«Далась им эта телевизионная слава».

— Когда закроют, никто не вспомнит.

— А почему закроют? — Ханна, когда говорила, слегка выдвигала подбородок. — Такая интересная передача.

— Потому что жить стало лучше, веселее.

Ханна обернулась, не понимая Гека.

— ...потому что я звезда! — громко говорила невысокая дамочка в черном платье с кружевными оборками. — А ты ничтожество, хам. Хамло.

Все обернулись, «френч» беспомощно озирался.

Это ему она выговаривала.

— Ну, началось, — вздохнул Гек.

Та, отставив стаканчик, пошла на меня:

— Какой цвет! Сепия, Джотто! Кватрочento! Да ты италоман, друг мой!

Речь шла о моей рубашке.

— Железная дорога? Стрелка? — Она не сводила красивых, по-восточному больших темных глаз.

— Точно.

Я с любопытством разглядывал ее.

— А ты приходи, — она перешла на шепот. — Презентация лучшей книги года все-таки.

— Чьей?

Она отстранилась:

— Моей, дружище. Моей.

Гек отвернулся, остальные прятали улыбки. На помощь пришел человек во френче:

— Моя мама фанатка вашей передачи, просто фанатка. Я ей передам, она с ума сойдет. Слушайте!

Он взял меня под руку и отвел от дамочки.

Действительно, поклонниками нашей передачи были в основном интеллигентные домохозяйки и пенсионеры. «Френч» вынул телефон и сфотографировал. Остальные протянули стаканчики, чтобы чокнуться.

— Это же мои места, Бологое-Полоцкое, — басил Шептуха.

— А Шуховская? — кричал кто-то. — Что с ней будет? А Полибино?

Они говорили о наших выпусках, называя города и даже памятники, о которых мы рассказывали.

— Давайте лучше за книгу, — я не ожидал такого внимания и решил сменить тему. — Гек!

Гек, не вставая, поднял стаканчик.

Бутылка пошла по кругу.

— А почему закроют? — Ханна не унималась. — Если веселее?

— Маленькая еще, — Гек гладил ее по голове.

— А Феликс? — спрашивал я. — Буддист?

— В Японии. У них там школа.

Дверь хлопала, кто-то входил.

— Ребята, через полчаса следующее мероприятие, — кричал поверх голов звукооператор. — Закругляйтесь.

— Мы дальше, — Гек неожиданно поднял Ханну на руках. — Ты как, с нами? В кафе — тут рядом.

Ханна вывернулась и спрыгнула на пол.

Я был с ними.

Пока они собирали посуду и бутылки, пока укладывали, одевались и гасили свет, я с радостью понимал, что во мне больше нет ревности к Геку. После Дубровичей и вечера то, что случилось между нами когда-то, ушло насовсем в прошлое. И сейчас я наконец это почувствовал. Что было между Геком и Аней? Какую роль играл редактор газетенки, где он работал? Кто, кого и как обманывал? С кем была Татьяна? Все это было совсем неважно. Меня переполняла искренняя радость, что у Гека новая книга и Ханна; что он окружен друзьями и славой;

и этому чувству я радовался едва ли не больше, поскольку в жизни, которая наполняла его, не осталось места ни мне, ни Ане. А мои мысли неслись в Нежельск.

На улицу вышли толпой. Девушка в растаманской шапке села на скутер, с ней увязался человек во френче. За художницей из Германии подкатил парень на старой «Волге». Шептуха и «писатель» двинули за ограду сада «Аквариум». Дамочка, называвшая себя «звездой», удалялась в одиночестве, вскинув голову и улыбаясь вечернему солнцу. А мы — я, Гек и Ханна — пошли к площади.

...По тому, как истерично сигналили машины, как быстро, словно опаздывая, шли молодые люди со значками «31» на лацканах, как уныло бубнил кто-то в мегафон, судя по гигантской пробке, которая гудела перед тоннелем, и по тому, как яростно крутил постовой жезлом, разворачивая машины, — было ясно, что на площади что-то произошло.

— Уважаемые граждане, — повторял в мегафон толстый и мокрый от пота полицейский. — Ваш митинг является несанкционированным. Пожалуйста, расходитесь. Уважаемые граждане, ваш митинг...

Полицейский проталкивался в толпе, как лоточник или зазывала, обращаясь ни к кому конкретно, а в воздух. Толстяка никто не слушал. Под навесом Концертного зала кишела толпа народа; море голов напоминало блюдо с черным виноградом; тут и там виднелись плакаты с цифрами «3» и «1».

Когда мы пробились к «Пекину», он набрал Якова. Но сначала отказывала связь, а потом к телефону никто не подходил. С моего телефона дозвониться не удалось тоже. Ханна, взобравшись на бетонное ограждение, снимала митинг. Остальные зеваки стояли на газоне разрозненными группками. Тут же, словно не имея отношения к происходящему, выстроилась цепь солдат-срочников. Худые и ушастые, подростки стояли плечо к плечу, прижав кулаки к бедрам.

— Уважаемые граждане, ваш митинг является несанкционированным... Вы мешаете проезду транспорта... пожалуйста, расходитесь...

На газоне топталось несколько женщин-полицейских. Коренастые, с густо подведенными глазами и собранными в хвост волосами, они выглядели так, словно их вынули из одного набора. Вид у полицейской собаки, которая сидела на поводке, был затравленный.

— Уважаемые граждане, ваш митинг... пожалуйста, расходитесь...

Но никто никуда расходиться не собирался.

Тем временем на Брестской из колонны военных грузовиков высаживался спецназ. В черных шлемах и пластиковых скафандрах, они выстроились между машинами и стеной дома и ждали команды.

Гул толпы со стороны Концертного зала нарастал. Над митингом поднялся транспарант с портретом, и тощая голова, перечеркнутая красным, повисла над площадью.

«До-лой, до-лой!» — принялись скандировать люди.

— Первая полуколонна пошла!

Рация хрипела и что-то без конца повторяла.

Прячась за машинами, люди в скафандрах побежали в сторону площади. Полицейские на площади уже расчистили «коридор», спустя секунды спецназ врезался в толпу митингующих и разбил ее надвое. Раздались крики и свист, а щелчки фотокамер слились в трескучий поток. Кто-то кричал «Что вы делаете!» и «Позор!». Свистели и улюлюкали.

Толпа рассеялась, но костяк у входа в зал устоял. Перечеркнутая голова на плакате взметнулась снова. Защищавшие транспарант сцепились локтями, и теперь спецназ выхватывал их поодиночке. Людей тащили за руки. Вспышки фотокамер выхватывали искривленные от крика рты и заголенные животы. Мелькнуло окровавленное лицо, а следом новеньких рыжий ботинок на волочащейся ноге, уже исцарапанный об асфальт (почему-то ботинок было особенно жалко).

— Позор, позор! — скандировали вокруг. — Свободу!

Схваченных заталкивали в микроавтобусы. Те улыбались сквозь грязные зарешеченные стекла. Показывали «викторию».

Неожиданно на крыше одного автобуса распахнулся люк. Я толкнул Гека, тот Ханну: это был Яков! Он выбрался на крышу автобуса и теперь стоял над толпой, вскинув руку.

— Сво-бо-ду! — скандировал он. — Сво-бо-ду!

Те, кто остался на площади, подхватили, и скоро разрозненные крики снова слились в скандирование. Спустя несколько секунд на крышу вылезли двое в форме. От удара Яков упал на колени, попытался встать. Балансируя, те сбили его снова. Он повалился на живот. Теперь над крышей виднелась только его голова и локти, которые он расставил, не давая столкнуть себя внутрь. Стоя на коленях, полицейские пытались что-то сделать с этой головой и локтями. И было страшно и странно видеть, что голова над крышей кричит и уворачивается от ударов.

Ханна и остальные все это снимали, а Гек стоял, зажав рот рукой. Когда голова исчезла, толпа угрожающе загудела. В спецназ полетели бутылки, вспыхнул файер. Над головами потянулся розовый дым. Подсвеченный вспышками фотокамер, он напоминал спецэффект, как будто люди не митингуют, а участвуют в шоу.

— Вторая пошла!

Из-за машин выступила новая колонна. Она шла мерным шагом. Через мгновение в толпе замелькали дубинки, транспарант закачался и исчез. Началась свалка и драка. Фотокорреспонденты, спасая аппаратуру, отступали, а зеваки разбегались. Все было кончено. Разрозненные группы еще кучковались на газонах; еще раздавались выкрики, а в пробке истошно гудели машины. Но ступеньки под навесом Концертного зала очистились. Площадь опустела.

Телефон Якова молчал.

— Схимник, блядь, — матерился Гек. — Алеша Карамазов. Куда их повезли? Эй!

Кричал полицейским:

— Не имеете права!

Те посмеивались. Ханна оттаскивала его. Мы уходили.

Мы шли по Тверской, где за витринами ресторанов спокойно ужинали пары. Какой-то человек стоял в окне дома напротив с бокалом, а другой рукой обнимал девушку, показывая бокалом на площадь и остатки митинга. Равнодушно и устало смотрели из троллейбуса те, кто стоял в пробке. Город жил так, словно ничего не происходит. Между тем в Москве бок о бок существовало то, что еще недавно было трудно представить. А теперь рубеж оказался пройденным. Грань между орудующим спецназом и ресторанными парами, между искаженными и равнодушными лицами, между ними и нами, и теми, кто пришел на вечер Гека, — это грань была тонкой, почти прозрачной. Она проходила не снаружи, а внутри каждого. И я эту грань в себе чувствовал. В этот вечер я увидел, что наступило новое время, которое рвет глянцевую пленку старого времени, выплескиваясь наружу волнами ненависти и равнодушия. Но как ни хотелось мне отомстить за Якова, какую бы брезгливость и отвращение ни вызывали люди в форме, в душе я не мог сделать выбор. Ни митингующие, ни тем более те, в форме, не вызывали доверия. Ни на ту, ни на другую сторону я не мог встать с чистой совестью. А быть зевакой казалось еще постыднее. Это новое чувство, которое родилось только что, повергало в недоумение, потому что я не представлял себе, как это — выбирать, когда выбор невозможен. Однако время, которое меня окружало, не предлагало ничего, кроме невозможности выбора. Тупик, ступор, пат: вот что означало это время.

Гек разговаривал по телефону — наконец-то позвонил Яков, которого уже отпустили из отделения.

— Книгу не потеряли, спрашивает.

Я вспомнил про пакет, который все это время нес под мышкой. Мы достали книгу, развернули оберточную бумагу. Это был альбом по сиенским мозаикам.

Гек отнимал трубку от уха, вопросительно посмотрел.

— Спасибо! — прокричал я в трубку.

Яков сказал, что на сегодня с него хватит, он едет домой. Мы молча свернули в переулок. Когда-то я неплохо знал этот квартал — недалеко от Университета и моей каморки. Но с тех пор здесь все изменилось. А Гек, наоборот, хорошо ориентировался. Он вел через незапертые калитки или знал коды на этих калитках. Через скверы и проходы между школьными заборами. Вдоль какой-то церковной ограды и по театральным задворкам.

Всю дорогу Гек угрюмо молчал, то и дело оглядываясь на Ханну, которая просматривала на ходу отснятые фотографии. А я почему-то вспоминал Худолеева, музейщика из Долгового. Его слова о том, что революция не кончилась. После того, что мы видели, я готов был с ним согласиться.

— Ну его, кафе, — первым очнулся Гек. — Давайте на бульваре, а? Ханна?

Поскольку праздник был все равно испорчен, мы с Ханной согласились: на бульваре так на бульваре.

Пошли в сторону магазина.

— Привет, — перекрикивал радио Гек.

В ответ продавщица, азиатская девушка, улыбалась тонкими красивыми губами. Он по-хозяйски распахнул холодильник. Достал из-за пива бутылку белого и красного. А мы заняли очередь.

Картины митинга еще стояли перед глазами — а в магазине собралась совсем другая компания. Тут был парень в спортивных брюках «Gap» и тапках (под мышкой трепыхалась кудлатая собачонка) — видно, спустился из дома за пивом. Два настороженных молоденьких таджика — покупали водку, тоник и чипсы. Яркая блондинка в розовых туфлях, нетерпеливо бренчавшая ключами от машины. Вряд ли они знали, что происходило пару часов назад на соседней площади.

По телевизору шли новости культуры — на экране отплясывали ряженые в национальных костюмах. Показали освящение нового музея деревянных игрушек. А дальше на экране возник Гек. Он шевелил губами (звук в телевизоре не работал) и что-то рассказывал. Мелькнула Ханна и даже моя физиономия. Потом Гек читал со сцены.

— Дайте звук! — взмолилась Ханна.

Но пока искали пульт, репортаж кончился.

Сели на бульваре, Гек достал штопор.

Нашлись у него и стаканчики.

— Пока холодное, — он разлил.

Вино ударило в голову, картинка перед глазами смазалась. Я увидел бульвар весь, сразу. Как на боковую дорожку вышел человек в наушниках и принялся делать разминку. Как два вальяжных пса в очередь задирали лапы на одно и то же дерево. Как, бормоча, брел с безразмерным пакетом «Metro», набитым другими пакетами, нищий. Или, шурша покрышками, пролетела стая ночных велосипедистов.

Их габаритные фонарики долго мерцали, а на другом конце бульвара чернел памятник Тимирязеву. Точно так же он чернел в тот вечер, когда мы шли по бульвару с Татьяной, а Гек ждал у памятника, чтобы рассказать о гавайских закатах. И было досадно и смешно, что половина жизни прошла, а бульвар все тот же, разве поменялись на фонарях лампы. И что время зачем-то снова свело нас на этом месте. Мне до сих пор не удалось ни отыскать, ни забыть Аню. Наверное, мне не слишком этого хотелось. С другой стороны, если бы все выяснилось сразу, ничего не случилось бы после. Ни Острова, ни писем, ни Дубровичей. Ни Нежельска. А значит, в наших бульварах все-таки был смысл.

Мне хотелось расспросить Гека об обычных вещах — чем он занимался, где работал. Как сложилась его жизнь. На мои вопросы он отвечал охотно. С его слов выходило, что да — он работал. Но где? Этого он не мог толком вспомнить, а путался в редакциях и журналах. Вместо того чтобы рассказать что-то существенное, он вдруг вспомнил историю, как еще в пору книжного развала они с Казахом без паспортов пытались сбежать во Францию. Как их снимал с рейса спецназ. Он говорил про Крым и что долго жил под Симеизом, пока «хохлы все окончательно там не загадили». Потом стал рассказывать про Буэнос-Айрес, куда его отправила какая-то редакция. Как он застрял там на год, а из редакции вылетел. Оказалось, что в свое время для академического театра он написал пьесу, и ее поставили. Но на мой вопрос, почему не получилось с театром дальше, только отмахивался:

— Да ну их. Скучно.

Мы разговаривали час, но, кроме баек и нелепых, смешных случаев, я ничего не узнал. Только по обмолвкам понял, что в Америке у него вышла книга стихотворений на английском и даже удостоилась какой-то премии (за которой он так и не доехал). Что в Канаде живет его ребенок, сын-подросток. Что несколько лет он издавал собственный журнал поэзии, пока не поругался с издателем. Он рассказывал истории, в которые попадал то в Лаосе, то в Фесе, то еще в каких-то диковинных и странных местах. Он со смехом признался, что привез из Камбоджи холеру; что район, где он жил, оцепили, а его упекли на Соколиную гору. Зачем-то рассказал байку, как выступал в Кракове с польским нобелевским лауреатом, а потом они всю ночь пили, пока не попали в кутузку, где своего лауреата поляки не узнали. Что в Питере у него есть коньячная заначка — фляжка, спрятанная под ангелом на шпиле Петропавловской крепости, куда он умудрился забраться во время реставрации.

Был ли он женат? Есть ли у него в Москве дети? Где он живет? Невеста ли ему Ханна или это фантазии Якова? Он говорил о себе так, словно ничего важного в жизни не случилось. Как человек, так и не обросший, как все мы, прошлым и бытом. Живущий настоящим — вот этой лавкой, и бульваром, и вином, и Ханной.

Чем дальше я присматривался к нему, тем острее понимал, что передо мной человек, который, разменяв пятый десяток, не может ничего сказать о себе. Который ничего все эти годы толком не делал. Ничем всерьез не занимался. Ничего не нажил. Но самое удивительное, что Гек совсем не переживал из-за этого. Ни богемной спеси свободного художника, ни хамской зажатости неудачника в нем не было. Свобода, вот чем он жил. Своя, по себе установленная, внутренняя — для него она была важнее, чем все, что мы привыкли считать большим и важным. А все остальное было для него несущественным.

Свою историю рассказала и Ханна — как ходила в поход на Байкал. Этот поход она организовала на велосипедах — по Интернету из Израиля. С такими же любителями приключений, только в Сибири. Как они катились по трассе через тайгу, а ночевали в палатках. Как у «Вовки на дороге полетело колесо», а единственный мужик, который ехал мимо, «не подвез нас, представляете, даже не остановился, бессовестный человек».

По тому, с каким неподдельным азартом она рассказывает, как заново переживает события, как искренне негодует на случайного мужика, было видно, что часть ее настоящей жизни осталась там. В сущности, передо мной сидел подросток, по какому-то недоразумению втянутый в компанию людей, далеких от того, что его интересовало. Как они вообще уживались вместе, Гек и эта девочка? Или она просто любила его?

Когда Ханна закончила, Гек вдруг переменился. Эта быстрая, болезненная перемена удивила и напугала меня — как будто в одном человеке проснулся другой, малознакомый и неприятный. В голосе этого человека звучало раздражение. О чем бы он ни говорил теперь — о продавщице из магазина или хозяевах собак, даже о своих друзьях, — он говорил со злой насмешкой, как будто эти магазины и собаки, Ханна с ее велосипедами и даже собственная книга чем-то не угодили ему.

Ханна подсаживалась ближе, пыталась отвлечь его, успокоить. Но Гек только заводился. На мой вопрос, что за люди пришли на вечер, он принялся говорить колкости, а иногда гадости, и насмехался — мстительно, как если бы они провинились перед ним. Однако они любили его, и я это видел на вечере и не понимал, за что он набрасывается на них теперь, когда, триумфатор и известный поэт, пьющий в компании с преданной девушкой, он должен быть на вершине блаженства.

Прикончив красное, Гек потребовал у Ханны белое. Та осторожно отводила руку.

— Дай! — он закричал на нее. — И запомни, сука...

Вино из бутылки выплескивалось.

— Ты здесь, чтобы стирать мои носки и чтобы...

Прозвучало отвратительное, грубое выражение.

Ханна опустила плечи.

Подбородок у нее задрожал.

— Ты сошел с ума, — тихо сказал я. — Извинись.

Ханна встала рядом, плечи у нее дрожали тоже.

Я обнял ее.

— Ему всегда нравились мои девки, — он ткнул в меня бутылкой.

Не понимая толком, что делаю, я размахнулся и врезал ему ладонью. Бульвар сразу поплыл, закружился — как будто ударили меня. А он только повернул лицо, словно подставляясь снова. Покорность и скука — вот что читалось на нем.

Ханна очнулась первой. Она бросилась искать слетевшие очки Гека. А он встал, допил бутылку. Повертел ее в руках.

«Ударит», — мелькнуло в голове.

Но бутылка разбилась об урну.

— Уходите, — пролепетала Ханна. — Пожалуйста.

Я взял пакет и пошел к метро.

Руки у меня дрожали.

Часть III

Сцена I

Аэропорт совсем небольшой, и пассажиры идут пешком.

Утро, солнце.

Огромные буквы на крыше вокзала сливаются с небом. Аэропорт вообще похож на большую стеклянную будку.

В воздухе пахнет сухой травой и дымом.

Между хвостами самолетов чернеет лес.

Дальше синяя гряда гор и цепочка облаков.

В зале прилета никто никого не встречает.

Никто никого не ждет.

Через несколько минут вообще пусто.

Уборщица выкатывает тележку.

Вяло трет серые плиты.

Что делать? Подождать в кафе?

С видом на входные двери?

Заказать кофе и что-то из еды?

После бессонной ночи?

Да, так и сделать.

Широкие брюки, газовый шарфик.

Серьги-блюдца.

Немолодая, но энергичная.

Не вошла, влетела (как ухают стеклянные двери!).

Сразу к стойке, вопросы.

Слушает, а потом поднимает голову.

— Вы?

Сцена II

Зинора Львовна, старший научный.

Сухая и горячая ладонь. Тяжелые кольца.

— Можно просто Зинора.

— Губернатор заварил кашу с ремонтом моста.

— Теперь все опаздывают.

Достает, когда садимся в автобус, термос:

— Не бойтесь.

Стаканчик обжигает пальцы:

— Я не боюсь.

Смеется, не разжимая золотых зубов:

— Первый раз в Сибири?

Глоток.

Еще глоток.

— Был в детстве с родителями.

Она просит рассказать, но что? Вид из вагона на ночной перрон? Драка пьяных женщин сумочками? Вонь мочи из туалета?

— Мне тогда шесть лет было.

Глоток.

— Не помню.

Музейный автобус трогается. После чая обильный пот, сердце прыгает. Зинора протягивает салфетку.

Докладывает:

— Ваши уже отсняли в музее.

— Завтра завод.

— Послезавтра пикник с губернатором.

Опять «пикник». Сколько этих «пикников» было, подумать только. Лесные «заимки» с баней, шашлыком и пьяным купанием в озере. Банкеты в закрытых на зиму санаториях. Ужины, перетекающие в ночную попойку, в губернаторских усадьбах.

Нет, лучше не вспоминать.

Сцена III

Музейный автобус едет по центральной улице Нежельска.

Я (про квартиру, которую мне сняли): В центре?

ЗИНОРА *(заглядывая в бумажку)*: Центрее не бывает.

В конце проспекта на берегу реки виден дом с башенками. Он похож на игрушечный замок. Справа клин леса, слева лысые сопки.

ЗИНОРА *(показывает направо)*: Комбинат, наша гордость. Заболеваемость щитовидной железы...

ВОДИТЕЛЬ *(ухмыляясь)*: Кузбасс мозга.

Судя по огромным, в красную полоску, и вяло коптящим трубам, судя по бесконечному бетонному забору с проломами, заложенными кирпичом и арматурой, судя по выбитым стеклам в гигантских корпусах, судя по выцветшим, почти невидным транс-

*парантам, славящим труд углекопов, судя по ржавой
и кривой паутине железнодорожных путей, вью-
щихся из-под ворот, — это целый город.*

ЗИНОРА *(комментируя желтые маршрутки на
дороге):* Китайские.

Я *(прислушиваясь):* А музыка?

ВОДИТЕЛЬ: Так на фонарных столбах динами-
ки. По утрам играет.

ЗИНОРА *(в трубку):* Заболел тренер? Тогда
на танцы. На танцы, я сказала *(повернувшись ко
мне).* Воспитываю племянника. Челдон! А это наша
Драма...

*В окне проносят фруктовое блюдо каменного
фонтана. За фонтаном на слоновьих ногах сталин-
ский портик. Афиши с надписями «Сколько стоит
мужчина», «Ретро» и «Петушок в гостях у Зайки».*

Я *(в сторону):* Замок, где прячется моя Аня.

ЗИНОРА: С этой стороны пешеходная зона. Стоп-
машина!

СООБЩЕНИЕ ОТ СЕВЫ: «Где вы?»

ЗИНОРА: Я провожу.

Я: Не надо, что вы.

*Несколько секунд мы препираемся, затем она
отдает мне сумку. Прощаемся, и я перехожу дорогу.
Во дворе пятиэтажки на бельевых веревках стучат
на ветру прищепки. Длинный сарай с номерами на
воротах. Рядом с песочницей — сваренный из железных листов теннисный стол. Дверь в квартиру на первом этаже открывает худая женщина с
темными кругами под глазами. Видно, ей пришлось
встать чуть свет. Она показывает квартиру —
открывает-закрывает двери, крутит ручки, щел-*

кает выключателями, нажимает на кнопки пульта. Выписывает квитанцию.

ЖЕНЩИНА: Пожалуйста, закрывайте, когда уходите, окна. Курить-запрещается-интернет-без-лимитный-вода-в-нагревателе-микроволновка-сломана-кондиционер-пульт-если-что-звоните...

Я *(подписывая бумагу):* Хорошо, хорошо.

ЖЕНЩИНА подхватывает авоську, набитую рулонами туалетной бумаги, и уходит. Теперь спать. Не раздеваясь, свалиться, закрыть глаза. И сразу тихий стук. Снова входная дверь? Наверное, вернулась, забыла. Но это ЗИНОРА! Придерживая шарф, заглядывает в комнату, где лежу я. Крадётся к сумке. Расстёгивает молнию. Вынимает пакет с одеждой, а потом папку, где дневник и письма. ЗИНОРА берет пакет и выходит в кухню (в зеркале видно кухню). Одну за другой комкает и бросает в раковину страницы. Включает вытяжку и чиркает спичкой. Повторяет: «Огню», «огню»! Страницы выгибаются и чернеют.

Сцена IV

Когда я просыпаюсь, на улице уже вечер.

Пора, надо идти.

Летние брюки, майка «Celebrate your image».

Настроение предпраздничное.

Не забыть ключи от квартиры.

Телефон жужжит, это Сева.

«Где встречаемся?»

«Через полчаса у Драмы».

Отлично.

В конце бульвара юбилейная стела. Между бетонными штыками вечный огонь. Полупрозрачные языки хлопают на ветру, как холстина. За стелой набережная. Как все заново отделанные, она выложена серой плиткой. Река широкая, но неглубокая, видно белые камни. На том берегу густой таежный бор. Небо чистое, только распушила дымный хвост труба комбината. Это из-за нее, наверное, воздух пахнет аптечкой. На бульваре толчея, приходится лавировать между колясками и велосипедистами. Девушки: длинноногие красотки в коротких юбках. Молодые люди: бритые головы; пиво, треники. Пожилые люди? Их нет. У Драмы вокруг фонтана юные мамаши. Тетка в шортах (видно опухшие ноги): «Покупаем воздушные шарики!» На газоне группка подростков. Старший: голубая майка, на плечах и спине мутные татуировки. Урок номер один: как блокировать удар ножом?

— Раз, два — и по почкам! — показывает «старший».

Севу видно издалека.

Семенит через проспект уверенно, вскинув голову.

При этом с опаской озирается.

Заходит в кафе, по-деловому сухо здоровается. Как будто мы вчера расстались! Переставляет пепельницу и салфетки. Листает меню:

— Что тут у нас?

Официантка, теребя блокнотик:

— К пиву чипсы, сушеные кальмары, семга слабого соленья, сухарики «Пивков и Водочкин» — что желаете?

Сева откладывает меню:

— Ох уж этот мне «Пивков и Водочкин».

— А что?

— Местный алкобренд. Пива, пожалуйста. Как долетели?

Все отлично, квартира хорошая, готов к работе.

— Зинора? — спрашиваю в ответ.

— Ничего не говорите.

Сева качает головой:

— Боевая машина пехоты. Обожаю таких женщин.

Над площадью парит крупная птица, орел или коршун. Так мне, во всяком случае, хочется назвать птицу.

— У меня для вас новость.

У Севы серьезный вид.

Смотрит прямо.

— Плохая?

Хорошую он сказал бы.

— Да.

Приносят пиво.

Сева ждет, когда я выпью.

— Нас закрывают, — медленно, как бы размышляя, говорит он.

Орел пикирует, потом взмывает.

— Что вы улыбаетесь?

— Простите.

На лице у меня, точно, улыбка.

— Почему?

Он откидывается на стуле:

— Новое руководство, а у нас низкий рейтинг.

— Разве то, что мы снимаем, может иметь рейтинг?

— Вы это мне говорите? — Сева кричит.

Официантка оборачивается.

Как это глупо, закрывать передачу теперь!

Но в душе я рад. Мне даже стыдно этой радости. Этой свободы. Да, программа была помехой тому, что я задумал, — чем бы ни кончилась история с Аней. Что я решил сделать осенью. И вот теперь...

— Что вы... — Сева хочет взять меня за руку.

Наверное, лицо у меня сейчас обескураженное.

— Что-нибудь придумаем. Без работы не останетесь, — успокаивает он.

— А вы?

Сева мнется, крутит стакан с пивом.

— Пригласили на исторический канал, — отвечает. — С сентября запускаемся. Меня шеф-редактором, дядя Миша как обычно.

Сева бросает быстрый взгляд:

— Мы вас перетащим. Дайте время.

— Конечно.

Наверное, он думает, что я страшно расстроен.

— Нет, правда. Мне так даже лучше, — говорю. — Планы, знаете.

— Да? А то Михал Геннадьич весь испереживался.

— Пьет?

— «Петров и Водочкин». Но завтра будет в норме.

У входа в театр потихоньку собирается толпа.

— О чем будет ваша новая передача?

(Представляю, как Аня гримируется.)

Сева рассказывает:

— Помните Макарьевский? Никон и Аввакум, ночная встреча?

Наш первый вечер на Острове, как же.

— Как они спорили?

Сева, поправляя очки:

— Инсценировка с артистами в интерьерах монастыря. Начало раскола, вот оно. Первое столкновение великих людей эпохи. А дальше вся история шаг за шагом. Съемки от Боровска до Пустозерска. Байкал тоже. Цикл на четыре выпуска по пятнадцать минут. Бюджет...

— Так о чем они спорили?

Сева пожимает плечами:

— Придумаем.

— Как это?

Он не замечает подвоха:

— Был ли Христос во гробе телесно, пока душа спускалась в ад, или же сходил и телесно, и духом? Три дня или подобно молнии? Да мало ли...

— Это то, о чем вы мечтали? Вы, историк?

Сева наконец понимает.

— Там хорошие деньги, — отвечает сухо.

Десять лет назад деньги могли быть аргументом. Но сейчас?

— Ладно, извините.

Когда толпа у входа редеет, видно афишу: «Сегодня: «Констанца, или Жена гения».

— Историческую часть запишем завтра в усадьбе, — Сева меняет тему. — Терраса с грифонами, вам понравится. А послезавтра интервью с губернатором и видовые съемки.

Наверное, теперь у Ани отдельная гримерка.

На стене афиши спектаклей.

Крутится гримерша, заглядывают костюмеры, обувщики. «Внимание, было три звонка, прошу всех к началу спектакля». Идет по коридору, подобрав кринолины.

— ...получаем пропуск на завод. Коксующие печи — что-то. Кстати, павильон...

Он называет имя:

— Сумасшедший голландец.

Это архитектор, строивший тут в 20-х.

— Но вообще тема интереснейшая. Где вы этого заводчика откопали?

— На Острове, — шучу.

Но это правда.

Сцена V

Утром бульвар чист. Бутылки исчезли, урны пусты, от ночной попойки ни следа. Машина вот-вот подъедет. Стоит подумать об этом, как она появляется, тормозит. Из отъехавшей двери вылезает дядя Миша. Мы обнимаемся, дядя Миша даже тычется усами в щеку. Похмельные сантименты.

— Нет, ты видел?

Показывает на соседний подъезд.

Под табличкой «Травмпункт» у подъезда курит санитар в халате. Левая сторона халата забрызгана бурыми пятнами. По телефону, не вынимая сигареты, он говорит:

— Бензопила, обычной не возьмешь. Есть?

Отбрасывает окурок.

— «Господь сидит в раю, и тут заходит к нему апостол Павел»...

Это дядя Миша со своими анекдотами.

— «Там атеисты пришли, что сказать?»

Водитель опускает пониже стекло, улыбается.

— «Скажи им, что меня нет».

Михал Геннадьич обводит нас победным взглядом.

— Да, это смешно, — откликается Сева.

Остальные неуверенно, а потом все громче смеются.

Витя молчит (не человек, черный ящик).

Машина встает на светофоре, впереди мост.

— А давай на мосту? Сева! Витя! Можем?

Дядя Миша знает, что я люблю такие виды, и хочет угодить мне.

— Прижмемся, Игорек?

— Где я тебе прижмусь?

Дядя Миша что-то высматривает, потом кричит:

— Стоп!

Игорек матерится, тормозит у обочины.

— Да, — дядя Миша.

Мы вылезаем. Место действительно отличное — изгиб реки, дальше высокий берег. И усадьбу, и завод, и тайгу — все видно. Вот что значит глаз мастера.

Пока выставляемся, я представляю: вот она едет на репетицию. Да вот хотя бы в этой маршрутке. Или на своей машине? Смешные, детские фантазии. Как мы встретимся, какие подобрать слова. Ночью не мог заснуть, все слышал на бульваре среди голосов — Анин.

— Ну, что?!

Камера давно идет.

— Извините! Еще дубль!

В финальном кадре надо сказать о заводчике главное. Но что главное в жизни человека, жившего двести лет назад? В стране, от которой ничего, кроме руин, не осталось? Зачем он бросил дом в Петербурге, балы и театры? Семью? Отправился за Урал на пустое место? В избу полузабытого острога со спившимся гарнизоном? Он, миллионер и бонвиван? Что движет человеком в таких случаях, спрашиваю я на камеру. Карточные долги? Тщеславие? Скука? Жажда переменить участь? Откуда это в человеке, желание убежать от себя, от собственного прошлого? Почему от собственного прошлого отказывается целый народ, целая страна? В поиске чего? Ради чего? Какой такой лучшей доли? *(Камера наезжает.)* И что такое горы угля и километры шахт, дымящие трубы заводов — что такое вообще «прогресс» — как не побочный эффект этого желания? Этого поиска? Этой скуки?

— Стоп, снято!

Сцена VI

Купить недорогой билет.

Не слишком далеко, не слишком близко.

— Начало в шесть! — кассирша.

В провинциальных театрах всегда в шесть.

Взять из дома пакет с «Дневником» и письмами. Сегодня, а когда еще? Чем скорее, тем лучше.

Судя по лепнине, и люстрам, и бархатным портьерам, судя по чугунным завитушкам, и решеткам, и паркету со звездами — судя по пышным сценам из классики на фотографиях и многозначительным физиономиям режиссеров — когда-то это был богатый театр. Теперь в репертуаре: «Сколько стоит мужчина», «Слишком веселая ночь» и «Девушка из записной книжки».

Анин портрет в центральной части фойе. Волосы собраны на затылке, в ушах кольца. Голову венчает бархатный обруч с длинным пером. Указательный палец прижат к углу рта. Глаза густо подведены, взгляд с поволокой. Провинциальная прима, подумать только.

Однако пора на свое место.

Декорации, что там?

Стол, шкаф, телевизор.

Большая кровать для будуарных сцен.

О, знакомые лица, экскурсовод из музея!

Улыбайся безмятежно, приветливо.

Можно даже помахать программкой.

И Зинора здесь! А кто этот юноша с двойным подбородком? С пепси-колой в руке и чипсами? Все-таки Зинора балует своего племянника.

Гасят свет! Музыка! Спектакль!

И занавес поднимается.

Занавес поднимается, но Ани нет на сцене.

Есть молодые люди.

Некие молодые люди со скуки.

Некие молодые люди со скуки обзванивают.

Обзванивают подружек, но те отказываются.

Те отказываются приехать, пока очередь не доходит.

Пока не доходит до последней в списке.

До последней страницы в записной книжке.

«Ты помнишь, кто она? — А ты? — Тоже нет».
Ни тот, ни другой — они не помнят.
Они не помнят, но набирают номер.
Она соглашается!
Она согласна, она приедет.
Да вот уже и она, звонок в дверь.
Заходите, открыто. Заходите-заходите.
Музыка, свет.
На сцене голоногая девица.
Девица в короткой юбке.
В короткой юбке и высоких черных сапогах.
Высокие голенища сапог подвернуты.
Рукава пиджака подвернуты.
Волосы подобраны.
На лице черные очки.
Аня? Она? Нет?
Посмотри в программке.
Она! *(Тише, тише.)*
Голос ее, только немного севший.
Как будто она простужена.
«Ну и чем это мы занимаемся?»
Тон у девушки развязный.
Листает непристойный журнальчик.
(Зинора поглядывает на племянника.)
Отбрасывает, снимает очки.
Распускает волосы.
(Откуда эти волосы?)
Но молодые люди, что же они?
Почему паника?
Это родственница или девушка по вызову?
Кто она?
М-да, скандал.

Один хватает пальто — вон со сцены.
Второго «Аня» сбивает.
Сбивает и прижимает каблуком.
Каблуком к полу.
Музыка тише, свет.
Монолог «Все мужчины сволочи».

...Нет, невозможно.
Невозможно смотреть на эту пошлость.
Надо быстрее, пока темно. Выйти.
«Простите, можно?»
«Прошу прощения».
«Будьте добры!»
Где зеленая табличка?
... — Уходите?
Билетерша в фойе.
— Не понравилось?
Другая.
— Второе будет поинтереснее.
Третья.
Шаги, как гулко они отдаются.
Или это стучит сердце?
— Как черт от ладана.
(Слышен тихий смех билетерш.)
— А что вы хотите, Анна Семеновна?
Тихий.
— Ставят порнуху.
Вздохи.
— Кто пойдет на Островского?
— А все ваша!
— Почему моя?
— Даром что из Москвы.
— Тише, тише.

На улице вечер, закат.

Опять эта птица!

Надо решить, что делать.

Дальше что делать?

...и обойти театр.

«Служебный вход», вот он.

Дверь, какая она тяжелая.

В полумрак.

Назвать ее имя в полумрак.

С трудом выговорить.

— Надо передать.

Еще раз.

— Из Москвы.

В полумрак.

— Давайте.

Вахтер забирает.

Дневник, письма и фотографии.

Все! Больше ничего нет.

— От кого?

Помедлить? Не говорить?

Нет, не надо было медлить.

А теперь — что же?

Записать на бумажке имя и номер.

Сцена VII

Зинора крутит головой, нервничает.

Наконец с моста скатывается серая «Волга».

Мигает фарами: «За мной!»

И наш фургон трогается следом.

Дорога поднимаемся в сопки.

— Прям как на Красную поляну, — оператор. — Да, дядь Миш?

Но тот кокетничает с Зинорой.

Витя достает компьютер и снимает виды. Пейзаж действительно — дух захватывает. По правую руку крутые сопки, покрытые соснами. На другом берегу реки плоская, до горизонта, степь. Над степью в пустом небе облака, похожие на зиккураты. Солнце.

Смотреть на пейзаж, проверять телефон, пить воду, отвечать Севе, снова смотреть в окно — и думать об Ане. С одной стороны, жалко. Уехать из Москвы ради такой «клюквы»? С другой стороны: так тебе и надо. За то, что променяла, забыла. Хотя теперь-то что? Поскорее бы все это кончилось.

Зинора тараторит, просто рассыпается перед дядей Мишей. Тот улыбается в усы. Она рассказывает про паводок; что у многих смыло дачи; про клин тайги, который куда-то въехал — или город в него въехал. А теперь хотят вырубить.

— Ну что вы? — это Сева.

Беспокоится из-за передачи.

— Все нормально.

Пауза.

— Ты же не видел других спектаклей.

Пауза.

— Что? — Сева.

Я:

— Извините, задумался.

Но я почему-то уверен, что с другими дело не лучше.

Сцена VIII

Я *(хватаю трубку)*: Алло?

АНЯ *(голос растерянный)*: Алло...

Я: Да! Аня! Да!

В трубке эхо шагов по коридору.

АНЯ: Алло!!

Отбой, короткие гудки.

ЗИНОРА *(показывает в окно)*: Наша канатка.

Пока выгружают аппаратуру, я набираю номер. Но нет — связи в горах нет.

ЗИНОРА *(раздает жетоны)*: Готовы?

ДЯДЯ МИША *(взваливает на плечо камеру)*: Сейчас такую панораму, с ума сойдешь.

ЗИНОРА: Внимание!

Встаем на фуникулер. Подкатив, сиденье ударяет под колени. Плавное, но быстрое взмывание. Голоса отодвигаются и стихают, только над головой жужжание троса.

ЗИНОРА *(взмахивая рукой)*: «По диким степям Забайка-а-а-лья...» Подпевайте!

ДЯДЯ МИША *(в объектив)*: Сейчас, сейчас.

Высаживаемся наверху. Я снова набираю, но наверху связи тоже нет. Поднимаю голову — перед глазами до горизонта зеленые сопки, гималайский пейзаж.

СЕВА *(разглядывая карту заповедника)*: Сад расходящихся тропок какой-то.

ВИТЯ *(читает вслух)*: «Снегирь», «Гнездовье», «Жаба».

ЗИНОРА: Отряд!

Мы выстраиваемся в колонну.

ЗИНОРА *(затягивает):* «Капитан, капитан, улыбнитесь...» Подпевайте!

ВИТЯ *(спотыкаясь о корни):* Черт!

ДЯДЯ МИША: Тихонечко...

ОПЕРАТОР: «Только смелым покоряются моря-я-я»...

Метров через триста лес расступается. У выхода на поляну деревянные ворота и надпись «Город мастеров». Между сосен видны фанерные домики. На поляне накрыты столы, сложены дрова для костра.

ЗИНОРА: Стоп-машина.

ТЕХНИК *(опуская в траву камеру):* Приехали.

ВИТЯ *(шепотом):* А где...

Зинора показывает на кусты. Витя перешагивает через камеру и исчезает. Камера в траве похожа на большое насекомое.

СЕВА *(бородатому):* Здравствуйте-здравствуйте...

БОРОДАТЫЙ: Добро пожаловать в город мастеров!

На поляну выходят художники.

ГОЛОС *(из-за кустов):* Три-четыре!

На поляну выбегают девушки в кокошниках и сарафанах. Они одинаково широко улыбаются. Начинается хоровод.

ДЯДЯ МИША *(оператору):* Камера?

ОПЕРАТОР: Работаем.

ПАРЕНЬ С ГАРМОШКОЙ:

— *Ах гармонь, ты душа молодца —*
что еще ты сыграешь, споешь?

ДЕВУШКИ *(с припева)*:

— *То смеялась гармонь-егоза*
и просилась слеза на глаза.

ЗИНОРА *(хлопает)*: Браво!

СЕВА: Да, это изумительно. А кто автор?

ПАРЕНЬ С ГАРМОШКОЙ *(кланяется)*: Заболотный.

БОРОДАТЫЙ МУЖИК: Прошу вас!

Зинора поднимает тост за гостей.

Художники привычно опрокидывают стопки.

Пора говорить ответное слово.

Сейчас — пусть дядя Миша выпьет.

А пока пирожки.

Девушка выносит блюдо с пирожками.

— Медвежатина, — бородатый.

В руках у него самовар.

Самовар кипит.

Связи нет.

— А дамы? — Витя.

Теснимся на лавке, чтобы посадить хор.

Девицы аккуратно поднимают рюмки.

Гармонист снова берется за инструмент.

Сцена IX

— Ты?

Теперь Аню хорошо слышно:

— Ты здесь?

— *«Заправлены в планшеты*
космические карты...»

Вылезаю из-за стола.

Аня:

— На съемках?

Она знает про передачу.

— Да.

— Как ты меня нашел?

— Длинная история.

— Откуда?

— Из Москвы, откуда.

— *Это* — откуда?

Она почти кричит: «Это».

— «Абонент находится вне зоны...»

— Мать вашу.

Зинора оборачивается.

— «Давайте-ка ребята
закурим перед стартом,
у нас еще осталось
четырнадцать минут...»

Сцена Х

Почему хористки расплываются в улыбках? Почему бородатый вылезает из-за стола, идет с рюмкой? Почему Зинора краснеет и поправляет шарфик? Почему встают художники? Кто эти молодые люди в костюмах, лезущие из кустов?

Оборачиваюсь — а, вот в чем дело!

Одна рука в кармане, в другой телефон.

Костюм и рубашка, галстук.

На лацкане значок с триколором.

Надраенные до партийного блеска туфли.

Глаза блестят как туфли.

Зубы блестят как туфли.

Лысина блестит как туфли.

А улыбка прежняя.

«Старая лиса, вот ты где».

Хотя и поседевший, и погрузневший.

И полысевший.

Но все равно — он.

— Виталий Вадимыч, — протягивает руку Севе. — Так? Вот.

Сцена XI

Та же поляна в «Городе Мастеров».

СЕВА *(хватая меня за рукав):* Куда?

ВИТАЛИК: Ну, как тебе?

Я: Нет слов.

ВИТАЛИК: Хорошо. Извините!

ВИТАЛИК отходит, чтобы поздороваться с остальными. Народ окружает его кольцом, все разом говорят, смеются. Оператор снимает.

СЕВА *(держит за рукав):* Вы лицо федерального канала.

Я: Невозможно.

ВИТАЛИК: Все в порядке? Какие будут пожелания?

ДЯДЯ МИША: Вертолет бы. Такие виды пропадают.

ВИТАЛИК *(кивнув, берет трубку):* Андрей Андреич? Вертолет москвичам на завтра можем? Добро. *(Севе).* Во сколько?

СЕВА: В десять.

ВИТАЛИК: Есть, договорились.

ГАРМОНИСТ: *«Прекрасное далеко, не будь ко мне жесто-о-ко...»*

ВИТАЛИК *(приобняв Зинору)*: Как москвичи? Не кусаются? *(Подпевает.)*

Поет Виталик с хохлацким ражем.

Сцена XII

На «Снегире» сигнал есть.

— После спектакля на бульваре — сможешь?

Она обескуражена моим тоном.

— Да, хорошо, — отвечает медленно. — А где ты?

Эта вечное беспокойство, где.

Какая разница?

— Наверху.

— Он там? Она с ним? Можешь дать трубку?

Аня почти кричит.

— На!

Блеснув, трубка описывает дугу.

Исчезает в пропасти.

Удара не слышно.

Сцена XIII

Бульвар, поздний вечер. Скамейка. Слышны пьяные выкрики у «Пивкова и Водочкина».

АНЯ *(откидываясь на скамейке)*: Ну вот и я. Уф.

Несколько секунд она смотрит перед собой. Поворачивает голову.

АНЯ *(словно изучая меня)*: Сегодня тяжело шел. Пятница, актеры на старте. Чего молчишь?

Тон наигранный, бодрый. Болтаем ни о чем, словно сами себя заговариваем. Аня — про больную костюмершу, что ее бросил муж. Поскорей бы, говорит, лето — тогда на гастроли на море. Хотя ее любимая гостиница на ремонте. Пока она говорит, я рассматриваю ее. Лицо почти не изменилось, только теперь она часто прикрывает веки, как будто щурится на что-то.

Я: Перенесли твой ремонт, не переживай.

АНЯ: Как?

Теперь моя очередь. Рассказываю, что жил в этой гостинице осенью. О съемках — зачем приехали. Подробно — про Гека и Якова, его новую книгу. Говорю об этом легко и спокойно, и на душе у меня тоже легко и спокойно.

АНЯ: А сюда — это что, он пригласил?

В каком-то смысле она права, это так. Ведь письма из Москвы я направлял на имя губернатора. И подтверждение получал из его администрации. Только имя, имя. Как я не обратил внимания?

АНЯ: А эти... ну... письма?

Она запинается, лезет за сигаретой.

АНЯ *(закуривая):* Всю ночь проплакала.

Она прерывисто затягивается.

Не забывает проводить взглядом парочки.

Я *(кивая на парочки):* Узнают?

АНЯ: А тебя?

В этот момент она похожа на Татьяну из редакции. Тот же хитрый, вострый взгляд.

АНЯ: Ну, спрашивай теперь ты.

Честно говоря, я не знаю, о чем спросить. Но кто-то другой во мне кричит, просится.

Я *(ему)*: Спрашивай.

ОН *(выпаливает)*: Почему Гек? Ну тогда?

АНЯ *(опустив глаза, грустно и спокойно, словно все эти годы репетировала)*: Он был как я.

ОН: Какой?

АНЯ *(продолжая реплику)*: ...я это поняла по заметке о нашем спектакле. Все просто написали, а он увидел.

ОН *(шепотом)*: Тогда зачем нужен был я?

АНЯ *(меняя тон на более теплый)*: Ты был другой.

ОН: Какой?

АНЯ *(презрительно)*: И потом, он сошелся с этой... Татьяной.

Постепенно картина окончательно выстраивается. Значит, Гек изменил ей с Татьяной, они расстались. А тут я со своим арбузом.

ОН: Тогда зачем этот... Виталик?

Я *(в сторону)*: Зануда.

АНЯ *(с признательностью в голосе)*: Мне жить было негде. И еще потом, когда было с мамой. Когда заболела. Никто не помог, а он — да.

Я *(нетерпеливо)*: Послушай.

Выкладываю все как есть. Что передачу закрывают, и слава богу, потому что у меня свой план. И что этот план я хочу предложить ей.

АНЯ *(словно не слышит об Острове)*: Закрывают?

Я: Нет, правда. Поехали. Все-таки твоя бабка.

АНЯ *(отодвигаясь)*: Твои... Встретились?

Я: Мои?

Она кусает губы. Ее лицо впервые живет тем, что внутри.

АНЯ: Ну как я могу? Театр же. И такая даль.

Я: Ладно, не переживай. Все напишу, как доеду. Но если вдруг соберешься... Мне кажется, тебе туда важнее. Нет? Это сентябрь.

АНЯ: А если это не она? Не ее могила?

Я: Дело, мне кажется, не в этом.

АНЯ: А в чем?

Я: В памяти, наверное. В нашем прошлом. Ты же взяла ее фамилию.

АНЯ *(устало):* А оно есть, прошлое?

Я: У всех, конечно.

АНЯ *(берет мою ладонь в руку):* Останься лучше ты.

От ее прикосновения бульвар качается. То, что в глубине души копилось годами, вот-вот захлестнет меня. Тот, внутри, уже готов сделать все, что она попросит. Смешно и грустно наблюдать за этим человечком. Какой он слабый. Капризный. Как хочет вернуть то, что не вернешь.

ОН *(с надеждой):* Ты же не одна.

Заглядывает в глаза. Эти узкие губы, эти щетки ресниц. Прозрачные брови. Как хочется целовать их.

АНЯ: Ну и что, что не одна?

Он беззвучно падает в пропасть.

АНЯ *(подробно):* Он сделает так, что тебя возьмут завлитом. Напишешь пьесу — хоть про своего заводчика. Поживешь на ведомственной, потом видно будет. Тут край небедный. Соглашайся. И мне хорошая роль будет.

Я: С двумя туалетами?

АНЯ *(резко):* Что с двумя туалетами?

Я: Ведомственная.

АНЯ *(тихо):* Иди ты, знаешь *(меняет тон).* Послушай, город молодой, люди простые, как... *(стучит костяшками по лавке).* Кроме твоего заводчика — никакой истории. Культуры тоже никакой, лепи что хочешь. Обжигай.

ОН *(умоляет):* Соглашайся!

Я: Видел я, как ты вчера обжигала.

АНЯ *(с досадой):* Дурак несчастный. Это только один спектакль. К тому же ты можешь изменить.

Я: Мне бы самому. Сначала.

АНЯ: Что? *(передразнивая).* «Самому»... Передачу твою, вон, и то закрывают. Скоро все строем ходить будем. А с ним...

Я *(перебиваю):* Как все-таки странно все сложилось.

АНЯ: Что?

Я: У твоего. Первый съезд, передовые статьи. И такая развязка. Губернатор. Партия. Номенклатура.

АНЯ *(кричит):* Почему во всем надо видеть плохое? Ты же его не знаешь!

Я: Зато знаю систему.

АНЯ: А если я скажу, что тоже вступила в партию?

Я: Теперь-то какая разница? *(Вставая.)* Извини, весь день на ногах. А завтра чуть свет.

АНЯ: Постой.

Он очнулся и готов бежать обратно. Медленно, чтобы поиздеваться над ним, оборачиваюсь. Взгляд у АНИ сухой, горящий.

АНЯ *(ищет слова)*: Что мне делать с этими... материалами?

Я: Это твоя жизнь, а не материалы. Делай что хочешь. *(Роюсь в кармане.)* Да, и вот еще. Это тоже тебе.

АНЯ *(сжимает деревянную пробку от винной бочки)*: Так ты что, все это из-за меня?

ОН *(беззвучно)*: Из-за кого же еще.

Я: Тебе же важно было. А тут само в руки.

Это правда, теперь я уверен, что именно так все и случилось. Что не мечтал, не искал. Что само вышло. Может быть, все и в самом деле просто совпало? Как этот арбуз или редакция? Ремень злосчастный? Случайно сошлось и ничего не значит? А все остальное я просто выдумал?

АНЯ *(устало)*: Господи, да ведь это когда было. В прошлой жизни.

Я *(улыбаясь)*: Какие-то вещи остаются.

АНЯ *(бодро)*: Ну, приходи на «Жену гения». Вы еще сколько у нас?

Я: Ладно. Приду.

Хотя куда? Послезавтра самолет в Москву.

АНЯ *(машет рукой)*: Оставлю два билета. Два хватит?

ГОЛОС: Анна, мы — в «Пьяный Джокер».

Я: Хватит.

АНЯ: Догоню! *(Мне.)* Когда ты хочешь *туда*?

Я: В конце сентября.

АНЯ *(сокрушенно)*: Нет, невозможно. Начало сезона.

Я: Напишу тебе, как там.

АНЯ *(обрадованно)*: Да! И фотографии, фотографии пришли. Адрес мой знаешь?

Часть IV

1. НЕСУЩЕСТВУЮЩИЙ ЭТАЖ

В Москве на автоответчике ждало сообщение от сестры. Она спрашивала, что с моим телефоном, и просила перезвонить своей Маше, моей племяннице, которой «от тебя что-то нужно».

Диктовала номер ее мобильного.

Маша долго не подходила, потом звонок сбросили. Через десять минут она перезвонила.

— Типа на лекции.

Она всегда говорила с этой короткой хмурой усмешкой.

На мой вопрос, что случилось, раздалось неопределенное:

— Ну-у...

Решили встретиться. Она предложила неожиданное место: у метро на окраинной станции. На мои возражения, что лучше в центре, в кафе — повисло скучающее молчание. Его следовало понимать как категорическое несогласие.

Маша вообще выросла серьезной девушкой.

Остаток дня я провел в Интернете, подбирая билеты в Архангельск. Сознавая, что дело решилось и маховик запущен, что обратного хода не может быть — я видел мир вокруг определенным, ясным. А на душе было легко и тревожно.

За лето ореховое дерево вымахало. Хотя я прекрасно помнил, что эта ветка не доставала до подоконника. Притихшее, утопающее в листве, сквозь которую поблескивали стены офисов, родное Замоскворечье выглядело новым. Меня вообще не покидало ощущение, что за время наших съемок прошли годы. А может быть, я уже смотрел на мир оттуда, с Острова.

На мою неожиданную и даже опасную просьбу Степанов, этот невозмутимый северный человек, отвечал просто и по делу. Он писал, что «задачу понял» и «нет ничего невозможного, были бы деньги». Что до Двинска мне придется доехать самому («взять мотор»), а «там вас примут»; что с катером он договорится и нужна такая-то сумма, чтобы оплатить частный рейс; а еще деньги понадобятся за бочку дизеля и дрова, которые — бочку и дрова — он отправит на Остров уже сейчас с туристами, пока катер регулярно ходит.

И что все это, опять же, можно оплатить осенью.

Он спрашивал, нужна ли мне рация и ружье. Говорил, что последний рейс на Остров будет в конце сентября, «так что не позже» (называл дату). Что для генератора лучше купить в Москве детали (прилагался список), «а то вдруг сломается, а без генератора там никак».

Степанов писал так, словно просьбы, подобные моей, поступали к нему каждое лето, то есть спокойным и рассудительным тоном человека, которому нужно решить поставленную задачу, не вдаваясь, кто и зачем эту нелепую с точки зрения здравого смысла задачу для него, Степанова, выдумал.

«Все закупим в Устье», — заканчивал он.

Тополиный пух летел мимо окон. Ни машин, ни пешеходов нет, выходной. К шуму листвы приплетался только отдаленный гул Садового — и тихое жужжание автоматических дворников.

На остановке, поглядывая на табло, переговаривались двое батюшек. Стояли женщина с подростком: судя по музейным стикерам, из Галереи. Курила пара невзрачных девушек.

Трамвай распахнул двери с тихим шипением. Это был «Садко», который запустили взамен «Витязя», слетевшего в прошлом году с Трубной эстакады. На боках «Садко» красовались городецкие росписи к юбилею Дмитрия Донского.

Трамвай шел удобно: по Бульварному кольцу до Патриаршего мостика. А там можно было пересесть в подземку. Вагон пустовал, только на местах для non-orthodox сидела юная парочка. Эти места ввели совсем недавно по инициативе какой-то православной фракции. И «чужие» охотно занимали их. Оба они, бритый парень с редкой бородкой и девушка в хиджабе, склонились над экраном плеера. А батюшки перешли в салон, где стояли автоматы со «снедью».

Трамвай быстро набрал скорость и через минуту, пропетляв между домами, пошел на мост. Парочка, как по команде, уставилась в окна. Когда-то мне тоже нравилась эта панорама: сталинские высотки и

башни Кремля, стальной изгиб реки. Но когда достроили Деловой Центр (и в особенности купол Зимнего
сада), все изменилось, смотреть стало не на что.

— Остановка «Яузские ворота», — объявили
станцию. — Памятник Пересвету и Ослябе.

Постояв несколько секунд, трамвай тронулся
дальше. На бульваре по стеклам защелкали ветки, а
на мониторах включились новости. За Чистыми прудами трамвай взлетел на Сретенский, начиналась
Truba: эстакада над Трубной площадью. Набрав высоту, трамвай медленно пошел вровень с кронами.
Погода стояла хорошая, и многие окна в домах были открыты. Только белые полупрозрачные занавески отделяли взгляд от того, что за ними пряталось.

Внизу на веранде ресторана «Оливье» давали
костюмированный обед. Отсюда, с эстакады, официанты, ряженные в парики и красные камзолы,
напоминали жучков-пожарников. А справа на
Цветном торчали железные фермы цирковых аттракционов.

Трамвай притормозил и пошел еще медленнее.
С тех пор, как во время тестового прогона свалился
«Витязь» и погибли люди, они в этом месте всегда
сбавляли. Официально причиной катастрофы признали технический сбой, и заказ ушел в другую компанию. А независимое расследование, утверждавшее, что аварию подстроили, замяли.

Маша сидела в кафе у выхода из метро. Она сидела за круглым столиком, подобрав под себя ногу.
Книга, которую она читала, лежала на сгибе ноги.
Читая, она потягивала сок.

Когда Маша поднимала голову, ее невидящий взгляд скользил, ни на чем не задерживаясь. Она снова возвращалась в книжку: одинокая девушка с длинными черными волосами и трубочкой в губах.

— Привет, — я подошел.

Она улыбнулась и молча протянула руку.

— Хочешь на велосипедах?

У выхода стояли велосипеды в аренду.

— Далеко, что ли? Куда мы вообще, скажешь?

Люди входили и выходили из метро, покупали на лотках и в автоматах, стояли в очередях за жетонами и говорили по телефону. И в этом круговороте только мы не двигались.

— На несуществующий этаж.

— А по-человечески?

Она вытянула руку:

— Башню видишь?

Рука прямая, а ладонь безвольно повисла.

«Их жесты».

— Вижу.

За старыми шестнадцатиэтажными «панельками», которыми этот район утыкали в конце века, торчала современная башня этажей в двадцать пять — тридцать. Бетонный цилиндр с «шайбой» на крыше.

— Пешком, чего тут.

Несколько минут мы шли молча.

— Знакомое место, — вдруг вспомнил я.

Судя по старым высоткам, это был район, где мы жили в квартире с двумя туалетами.

— Старая любовь? — Маша угадывала мысли.

— Это оксюморон, — отшутился я.

— Не хочешь, не рассказывай.

Стоило обогнуть одну «панельку», как выраста-
ла другая, а за ней третья. Потянулись яблоневые
сады. За ними вставала еще «панелька» и сразу школа. А башня и «шайба», нисколько не приблизившись,
все так же равнодушно маячили над крышами.

Наконец, обогнув теннисные корты и муници-
пальное бомбоубежище, мы вышли на велосипед-
ную дорожку. Она огибала цоколь, выложенный по
какому-то нелепому барству бурым и грубо обколо-
тым гранитом.

— Надо взять что-то, — Маша кивнула на мини-
маркет.

Через пять минут, нагруженные пакетами с едой
и выпивкой, мы поднимались.

Двери открылись в глухую стену. Я вопросительно посмотрел на Машу: застряли? Но Маша только
кивнула:

— Толкай.

Стена оказалась фанерной и легко поддалась.
Мы ввалились, но, когда я обернулся, ничего, кроме
платяного шкафа, за спиной не было. Выходило, это
из него мы вылезли.

— Сначала на кухню, ладно?

Коридор уходил вбок и терялся в полумраке.
Пропетляв по лабиринту, мы вынырнули на пере-
ход-мостик. Снова углубились в коридоры.

Двухъярусные, наподобие студийных, окна в зале занимали всю стену. На деревянном полу лежали
маты и циновки. В углу стояла барабанная установ-
ка. Подзорная труба на штативе была направлена в
окна.

И циновки, и барабаны, и антресоль, разделившая «шайбу» зала на два уровня, отражались в зеркалах на другой стене: как в балетных залах. Они удваивали и без того огромное пространство, делая зал безразмерным. А за окнами лежал город. Он был рассечен надвое проспектом и почти выскальзывал из-под ног, настолько высоко мы забрались.

— Ты здесь? — крикнула Маша. — Эй!

В ответ с антресолей раздалось сонное мычание.

— Сколько? — спросил женский голос.

Маша вопросительно посмотрела на меня.

Я посмотрел на часы.

— Полдевятого.

Пауза.

— Чего?

Теперь пришла моя очередь смотреть на Машу.

— Ты что, мать!

— А.

Голос с антресолей показался мне знакомым.

Этаж состоял из комнат-клетух, нарезанных вроде коммунальных. Ничего, кроме занавесок или бумажных перегородок, эти «секции» не разделяло. Мебели, за исключением надувных матрасов и напольных ламп, почти не было. Дерюги, маты, спальные мешки — вот и все удобства.

Кто-то из молодых людей читал. Кто-то лежал, водрузив на колени компьютер, и шелестел кнопками. Две девушки в трико занимались на коврике йогой. В другом «пенале» бренчал на электрогитаре бородатый парень.

Гитара звучала в наушниках, и он беззвучно качал цветастой шапкой в такт. Перехватив мой взгляд, тоже в такт кивнул.

— А здесь художники.

Маша остановилась.

— Положи пока.

Мы поставили пакеты на трубу.

— Можно?

Комната пустовала. О том, что это мастерская, говорил только верстак, заваленный цветными пленками. Да на стене висели две плазменные панели.

Задребезжало стекло, открылась балконная дверь.

— Манюня!

Выпуская дым, с балкона ввалился грузный бровастый тип. Он широко, по-театральному улыбался, выпятив живот в восточном жилете. А пухлые ладони держал в боковых кармашках.

Так он называл нашу Машу.

Та подбежала, обняла его. Закрыв глаза, смиренно положила голову ему на грудь:

— Дядя Витя...

Он погладил ее как маленькую, поцеловал в макушку. Не открывая глаз, Маша назвала мое имя.

— Покажи ему? — попросила.

«Дядя Витя» вздохнул и стал тянуть провод.

«Манюня» опустила жалюзи.

Панель вспыхнула.

Это был среднерусский пейзаж: речушка, поле, церковь. Потом поверх пейзажа высветилось еще одно изображение. Теперь на картине, расставив в полях ноги, стоял гигантский моджахед с «калашниковым».

На кухне, распахнув пустой «ЗИЛ», Маша принялась раскладывать по полкам то, что мы принесли из магазина. Натягивала резиновые перчатки:

— Заросли по уши.

Я улыбнулся — Машина бабушка, моя мама, говорила, когда я был маленький, точно так же. Наблюдая, как старательно Маша делает то, что раньше делать не умела и не любила, — как перемывает посуду, развешивает полотенца, оттирает пятна на плитке, отскабливает кастрюльки (кастрюлек стояло великое множество), — я видел нового человека. Странно, что между мной и этим человеком была натянута прочная нить. И от сознания этой связи во мне поднималась волна тепла и нежности к этой, в сущности, школьнице.

Она протягивала веник. Я выметал кухню, выволакивал в коридор пакеты с мусором. Машинально здоровался с теми, кто беззвучно возникал в проемах лабиринта — и так же беззвучно исчезал.

— А бутылки сразу в бар, — распорядилась Маша.

Сделав круг по лабиринту, я снова очутился рядом с комнатой, где занимались йогой.

— Что, заблудились?

Это говорила та, что лежала на спине, закинув ноги за голову.

— Да.

Я поискал глазами лицо.

— Сейчас.

Ко мне вышла другая, задернула занавеску.

— О, алкоголь? Отлично. Великолепно. Идемте.

Ее худенькая фигурка летела впереди, почти не касаясь пола. Она махнула рукой направо и развернулась.

В качестве барной стойки *они* приспособили доску для серфинга. Вместо столиков на дощатом полу стояли скамеечки. На досках был нарисован круг со знаками вроде Зодиака. Компьютер с динамиками стоял на полке за стойкой. Тут же мерцали ряды немытых чашек и стаканчиков.

Через десять минут в баре играла музыка, а лампочки гирлянды мигали. Вечеринка набирала обороты. За компьютером возник парнишка в тельняшке и шарфике. Это он подбирал треки и разливал спиртное. Стаканчики быстро разбирали. Народ уже сидел или лежал на тюфяках, потягивал вино. Между ними ползала крохотная девочка, совсем младенец. Один парень с тощим голым торсом принялся, чтобы позабавить девочку, крутить среди знаков Зодиака пустую бутылку. Девочка легла на спинку и принялась крутиться, перебирая ножками, тоже. Вращаясь, девочка в каком-то оцепенении смотрела на потолок. Все смеялись.

Вскоре за барной стойкой появилась девушка в желтых рейтузах. Ее балахон из лилового шелка держался на большой медной булавке. Пугающе тонкую талию опоясывал широкий пояс, а в волосах чернел цветок. Это она занималась йогой.

Она взяла девочку на руки и приласкала ее. «Бармен», чтобы позабавить младенца, нырнул под стойку и выудил соломенную шляпу. Эта шляпа, и шарфик, и тельняшка, и большие, навыкате, глаза делали его похожим на персонажа с картины какого-нибудь экспрессиониста.

— Морячок!

«Лиловая девушка» капризничала.

— Что пожелаете? — он.

Она показывала на пакеты.

— Белого, пожалуйста.

Среди того, что мы принесли, имелся и белый.

Выпивка довольно быстро кончилась и весь этот странный народец исчез так же внезапно, как и появился. Просто растворился в ячейках этажа.

— Не скучай, — шепнула Маша и выскользнула тоже.

Я остался один между землей и небом.

Через минуту ноги снова вынесли меня в большой зал. Наступила ночь, и город в окнах исчез, только огненные реки улиц змеились. По берегам этих рек вздымались пылающие столбы многоэтажек. Зрачки фар, гирлянды фонарей, бледная нитка Останкинского шпиля, морзянка самолета, идущего на посадку, вывески, слов на которых не разобрать, — город превратился в светящийся шар. Все узлы и сплетения в этом шаре непрерывно свивались и развивались, но общий рисунок оставался неизменным. За каждой такой светящейся ниткой и точкой, в каждом неоновом узелке пульсировала жизнь. Она была замкнута на себе, чужая и одинокая. Подчиненная чужой воле, которая вела ее. И я эту волю чувствовал. Мне хотелось запомнить это ощущение — слепой, но вместе с тем разумной силы. Той, что связывает миллионы людей, даже не подозревающих, какой рисунок они образуют. Пока еще я был частью этого рисунка; ниткой, которую скоро выдернут из ткани.

— Если нравится, поднимайся.

Голос доносился с антресоли.

Ася? Не может быть.

— Тут лучше видно.

Ася!

2. СМОТРИТЕЛИ

— Сюда, здесь. Где ты там?

Низенький топчан, застеленный цветастым покрывалом, стоял у стены. Бетонную стену покрывали чертежи и эскизы. Стол, за которым сидела Ася, упирался прямо в окно. Отражаясь в стекле, книги, наушники и разная мелочь казались частью ночного города. Асино лицо отражалось в окне тоже. Она улыбалась:

— Развивает пространственное мышление.

Ее щека была сухой и мягкой. В ответ она ткнулась губами в подбородок.

— Ну, рассказывай, — я небрежно привалился к стене.

«Надо же, какой сюрприз».

— М-м-м? — она держала в зубах карандаш.

— Что хочешь.

Ася хитро улыбалась, словно ждала меня. Словно не прошло полгода и нет ничего особенного в том, что мы неожиданно встретились.

— А что тут рассказывать? Взяли в аренду технический этаж, устроили творческую мастерскую, проводят лекции, концерты, семинары, тебя вот хотим...

— Меня?

Она отложила карандаш, кончик которого влажно блестел:

— Я думала, Манюня...

— Нет, ничего.

Ася нахмурилась.

— Нам же надо зарабатывать... Кто-то на барабанах у метро, кто-то чайные церемонии. А ты вот лекцию про памятники. Так и набирается.

Лестница заскрипела, это поднималась Маша.

— О, ты все знаешь, — она опустилась рядом.

— Нет, откуда.

Я сделал вид, что мы с Асей ни о чем не говорили.

— Не будь деревяшкой.

Она выразительно посмотрела на Асю.

«Ты понимаешь, с кем я имею дело».

— Они... — начала Маша.

— Мы, — поправила Ася.

— Ну да.

Они рассмеялись.

— ...хотим, чтобы ты рассказал. Про монастыри свои или дворцы. Железную дорогу. Помнишь, ты говорил маме? Ну, где царя? Типа.

Маша вдруг с восторгом вскидывала ладони:

— О, лучше нет! Лучше другое!

Они с Асей переглядывались.

— Про художника с доярками.

— Точно.

Имелся в виду Венецианов, похороненный на сельском кладбище.

— Или тип из крепости. Генерал турецкий. Которого топором зарубили. Да?

Пересказывая сюжеты наших выпусков, Маша тревожно поглядывала на меня. Кажется, обе они сильно сомневались, что мне понравится их затея.

— С удовольствием, — согласился я.

— Йес! — от радости они взвизгнули.

Ася встала из-за стола.

— Есть проектор, туда... — показала на голую стену. — Можно фильм.

Я кивал, разглядывая ее вислые джинсы и огромную рубашку. Несуразные подтяжки.

— Можно.

— А давайте несколько. Цикл! Ты же можешь?

Они, как завороженные, повторяли: «цикл», «цикл».

— Про гонорар сказала?

Оказывается, со сборов они собирались заплатить мне.

— Можно и цикл.

Я снова смотрел на Асю и не узнавал: от южной девушки, бредившей морем и Храмом великой богини, не осталось следа. «Гаврош какой-то».

Они открыли календарь и стали выбирать даты. Так программа, которую я похоронил, возродилась. И где? Там, где меньше всего можно было предположить: в молодежном сквоте.

Через полчаса объявился художник.

Он бродил по залу:

— Манюня! Аська!

Маша по-взрослому вздохнула:

— Пришел.

Вниз она не спустилась — слетела.

— У них любовь, — прокомментировала Ася.

Протянула пепельницу и зажигалку.

Вечер сюрпризов продолжался.

Почему она здесь? Что с раскопками? Где та нимфа, какой она была осенью? Почему ее голосом говорит эта насмешливая, курящая, с выбритыми висками, девица? Но Ася только пристально, с по-юношески безжалостным, бесполым любопытством разглядывала меня.

Затягиваясь и медленно выпуская дым, я рассказал, чем закончилась моя история. Перескакивая с одного на другое, выложил и про редактора-губернатора, и про театр. Даже про выброшенный телефон.

— Сначала она была с Геком, а потом случился роман со мной. Вроде назло ему, из-за Татьяны. А Виталик все это время ждал. Никакого австрийца, конечно, не существовало, тут с неправдоподобием перебор вышел. Ремень принадлежал Геку, с которым она втайне от меня встретилась. В квартире Виталика сперва жил Гек, туда он и привел после спектакля Аню. Потом, когда они поссорились и Аня стала жить со мной, Гек бешено ревновал. И терпел меня на лотке только из-за нее. Хотя какой я возлюбленный? Так, подвернулся.

— Он любил ее.

Ася говорит про Гека.

— А она?

— Она никого не любила.

Я злился. С какой стати эта девчонка распоряжается? Кто дал ей право? Но еще больше меня злило, что она попала в точку. Бесстрастно оценила то, что я пытался скрыть от себя все эти годы.

— Постой, а те — на Острове? Баунти?

Я спохватился: в самом деле.

Как можно было забыть главное?

— Ты не поверишь!

Так начиналась еще одна история, та, что открылась в Дубровичах. Я рассказал ей, как невероятно все увязалось на берегу Мсты с тем, что произошло давным-давно на Острове и в Ленинграде. С тем, что произошло со мной за Уралом, в другом богом забытом месте. Где все, только начавшись, тут же закончилось.

Мой рассказ она слушала как-будто рассеянно, вполуха. Сосредоточенно втягивая и выпуская дым. Но в те мгновения, когда она смотрела на меня, думая, что мне не видно ее отражение в стекле, она смотрела пристально, как смотрят те, кому надо принимать решение.

— И что она? Твоя — согласилась?

— Да нет, конечно. Поеду один.

Ася вскочила, прошлась по комнате.

— А я, знаешь, бросила.

Села на топчан по-турецки и теперь улыбалась.

— Что бросила?

Я не понимал, чему она радуется.

— Да всю эту историю. С Храмом. Ты же про это хочешь?

Я пожал плечами. Жалко, такое открытие, и впустую.

— Идея была интересная.

— Вот поэтому и бросила, — отрезала Ася.

Кивнула на чертежи.

— Лучше это.

На ватмане угадывались контуры какой-то усадьбы.

— Сдам, как все, проект реставрации. А Храм...

Ася постучала себя по лбу.

— Пусть останется здесь.

Теперь она смотрела умоляюще:

— Это же мой Храм. Мой Музей.

— Что?

Я не верил своим ушам.

«Музей, снова Музей! И кто? Девчонка из сквота».

Коллекционеры призраков, вот кто мы были.

Два хозяина, два сторожа.

Смотрители Музеев, которых нет на свете.

Кто-то невидимый еще бродил по коридорам, где-то еще не спали и шушукались, тихо смеялись. Чьи-то голые пятки пробегали по половицам, не хотел засыпать и хныкал в глубине лабиринта ребенок, тренькала гитара. Но звуки стихали, свет гас. Несуществующий этаж засыпал. Где Маша? Ее художник? Остаемся мы или уходим?

Ася собралась в ванну, взяла полотенце.

Я попросил компьютер.

— Конечно.

Пока Ася была в ванной, я проверил почту.

Никаких писем из Нежельска не было.

«И слава богу».

— Слушай...

Она уже вернулась и даже залезла под покрывало.

— Ты говорил — там монастырь?

Я не сразу сообразил, о чем она.

— Ну, на Острове.

Ася спрашивала про монастырь Никона.

— Так, остатки.

Высовывала голое худое плечо:

— Совсем?

— Вот.

Я набирал адрес и протягивал ей компьютер с картинками. Она листала:

— Ничего себе.

Возвращала компьютер, отворачивалась к стене. Натягивала покрывало.

Асина одежда лежала на полу, а сама она исчезла под покрывалом — девушка, которую я запомнил на море. Пятна бликов на коже. Гибкое, узкое, вытянутое тело.

Я выключил лампу — теперь в темноте светился только экран компьютера. Не раздеваясь, лег рядом. Ася сразу прижалась ко мне. Боясь пошевелиться, мы лежали несколько минут без движения. Потом я осторожно обнял ее. Ася сложила кулачки на груди. Мы по-прежнему не двигались. На секунду мне стало не по себе: в темноте ее глаза страшно чернели. И даже тогда, когда, отталкивая и прижимаясь, она расстегивала пуговицы, вдавливая костяшки пальцев, я чувствовал этот сверлящий, отчаянный взгляд.

Потом, когда Ася уснула, я все гладил ее, пока она не перестала вздрагивать — как во сне, наплакавшись, вздрагивают дети. Сам я уснуть так и не смог, да и ночь уже кончилась. За стеклом серели очертания облаков. Небо подернулось розовой пеленой, наступало утро.

Я оделся, оглядел комнату. Подумал, что нужно обязательно все запомнить. Белеющую женскую руку, прижатую к спящим губам. Журналы, разбросанные на полу. Комочки белья и провода от наушников. Треугольники, квадраты и звезды на покрывале. Контуры русской усадьбы на ватмане и даже коляску и фигуру извозчика, пририсованные у входа. Мне хотелось запомнить даже то, что будет. Как заскрипят ступеньки с антресолей — а женщина под одеялом вздрогнет. Дверцу шкафа и лифт. Звуки и запахи несуществующего этажа, в глубине которого спит и моя Маша. Как будет холодить спину ветер, когда я выйду на улицу. Запомнить, чтобы поместить в Музей вместе с остальным скарбом, забыть который я хотел бы, но не имею права.

3. НОГА СУДЬБЫ

В середине лета мои лекции состоялись, но сколько я ни тянул шею, сколько ни всматривался в юные серьезные лица — Аси среди слушателей не было.

Что случилось? Куда она исчезла? Почему?

Спросить, кроме Маши, было некого, но та только пожала плечами:

— Не знаю. Уехала на каникулы.

Подозрительно вглядывалась:

— А что?

— Ничего.

Я хотел забыть Асю — и не мог. Мне не стоило труда втянуть ее в отношения, но я говорил себе, что это неправильно — затевать роман перед отъездом; начинать новую историю, едва закончил с прошлой. Пусть она тебя забудет, говорил я себе. Оставь ее в покое, ведь та ночь, скорее всего, ничего для нее не значила.

На следующее после лекции утро в почтовом ящике обнаружились два извещения, обычное и повторное. Бандероль, судя по надписи и штемпелям, пришла из Израиля два месяца назад и просто провалялась на почте. А в ящик я, выходит, давно не заглядывал.

Вечером по дороге домой я забрал посылку. На пакете было написано имя Гека. Имя и адрес (Хайфа). На ощупь что-то твердое — наверное, прислал «Стихи на машинке», которые так и не подписал мне. Я хотел вскрыть пакет сразу, но передумал и отложил. Потом что-то отвлекло меня, и я забыл о посылке. А через несколько дней в утренних новостях сказали, что Гека больше нет.

Стоя в душе, я услышал стандартную фразу: «Печальная новость пришла из Израиля». И зачем-то выключил воду. «Известный московский поэт скончался в одной из клиник Хайфы, — говорил диктор. — По решению вдовы тело покойного похоронят на Святой земле». Дальше пошла музыкальная отбивка, потом прогноз погоды. А я стоял в луже и не мог поверить.

Гек? Вдова? Похороны?

На сайте радиостанции никаких подробностей не сообщали тоже. Остальные каналы просто перепечатывали новость. Я схватил телефон, но вместо Якова в трубке раздался ощупывающий мужской голос. Визитка Ханны, которую она вручила мне на вечере, куда-то подевалась, а больше звонить было некому. Не в Нежельск же?

Оглушенный и раздавленный, я сел на пол. Снова и снова на меня обрушивалось то, с чем я не знал, как справиться. После смерти отца это была первая смерть, имевшая ко мне прямое отношение. При том, что тут было другое, совсем. Это была смерть человека, с которым моя жизнь переплелась хоть и случайно, и помимо моей воли, но накрепко. К тому же это была смерть сверстника, то есть человека, схожего по существу, по истории, не говоря уж об Анне. Нет, я не мог представить себя на его месте, поскольку смерть непредставима. Но мысль, что вместе с Геком умерла часть меня, что его смерть отняла и у меня что-то — эта мысль неотвязно лезла в голову. С изумлением и отчаянием я наблюдал, как с его смертью во мне многое изменилось. Как будто в комнате передвинули мебель. В той части меня, где раньше с именем Гека открывался пусть узкий и темный, но ведущий наружу тоннель, теперь образовалась глухая перегородка. Как будто двери лифта теперь открывались в стену. С другой стороны, во мне особенно ярко вспыхнул его образ. Он проснулся, заходил, заговорил во мне. Стал отчетливым, пугающе живым. И только от меня зависело, что с этим образом будет, ведь сам Гек уже не мог управлять им. Теперь, когда Гек умер, он умер где-то там, далеко. А здесь, наоборот, заново родился. Через свою смерть он переселился в меня. Это переселение было не временным, как раньше, а окончательным. О том, нужен ли мне такой постоялец, меня никто не спрашивал. От сознания этой необратимости, переселения без спроса — я злился, почти негодовал. И на кого? На того, кто уже не мог ответить. А еще кто-то маленький и давно забытый, забитый — испытывал чувство облегчения. Для него эта смерть была победой.

Тогда же я вспомнил о посылке. Я понял, что с того дня она так и лежит там, куда я ее бросил.

Я вскрыл посылку: так и есть, два экземпляра «Стихов на машинке» и письмо. Оно было напечатано на машинке. В сотый раз пробегая по строчкам, я искал знака, свидетельства. Предчувствия. Но никаких знаков в письме не было. Отматывая время, я с горечью сознавал, что тогда, на чтении, Гек уже был болен и жить ему оставалось считаные месяцы. Хотя никто, кроме Ханны, еще не знал об этом. Сколько сил ей стоило скрывать эту болезнь? Держать в себе? Делать вид, что все в порядке? От этих мыслей и что теперь ничего не вернешь и не переделаешь, на душе было горько и пусто.

«Прости, что не от руки, а на машинке, — писал Гек. — Пробовал от руки, но выходят каракули, докторский почерк. А тут машинка. Люди мы печатных машинок или нет? Все-таки последнее поколение, которое успело на них поработать. Да, люди печатной машинки, люди черновиков. А потом пришли мобильные телефоны, и рисунок жизни изменился. Без телефонов люди строили планы, держали слово. Потому что без слова — какие планы? Отменить-то нельзя было. Но планы — это же судьба, потому что если хочешь насмешить Бога, расскажи ему о планах. Как Он над нами, наверное, покатывался!

Ты чувствовал, что в жизни есть рисунок? Что тебя кто-то ведет? Звучит смешно: рука судьбы, нога. Но это слова, дело не в них. А в том, что ты чувствуешь или нет. Я этот момент очень хорошо помню. Когда дверца закрылась и ты свободен, за тебя никто не отвечает, никто тебя не держит. Плыви, лети. А теперь готов отдать все, чтобы снова ощутить эту руку.

Вот мои мысли. Больше-то мне поговорить не с кем! Ну так и буду говорить. Как герои Достоевского, помнишь? «Это я теперь только заговариваюсь, это у меня теперь, должно быть, лихорадка — но выслушайте меня, и вы поймете, что мне довелось пережить...» /какие мы все-таки безнадежно литературные мальчики, и как мне это нравится/. А что такого пережил я, чтобы писать, как герой Достоевского? Откуда эта тяга к фразе? Ничего и ниоткуда. Все наше сходство заканчивается на том, что мы тоже говорим. Слушаем, а сами только и ждем, чтобы сказать, вывернуть себя. Но что сказать, когда сказать нечего? Я думаю, люди делятся на тех, кто это понимает, но продолжает говорить, — и тех, кто не понимает. Первые — подлецы и сволочи; я сволочь; вторые — дураки; их жалко. А есть те, кто молчат. Вот ты — молчишь, и всегда молчал. Мне сейчас слышно, как ты молчишь. Твоему молчанию я даже завидовал.

Заглянула Ханна, передает тебе привет. Спрашивает, куда выслать фотографии с вечера /мы уже у нее в Израиле/. Она советует мне вести дневник. Чтобы не забывать: записывать. Для кого, спрашиваю? Для будущих читателей. Хорошая, но наивная девочка. Верит, что есть читатель, а я гений. Не жалей ее нисколько, пусть думает. Хотя ударил за нее правильно, только мало. Сам не знаю, что на меня нашло, припадок какой-то. Раньше таких не было. Но она влюблена и прощает, когда с ней грубо. Пока прощает. Ей еще не наскучила роль сиделки. Вот дневник, она говорит: надо, чтобы привлечь внимание, вести дневник. Но это же унизительно, использовать бельевой шкаф. Нельзя ничего выворачивать, нельзя заискивать перед читателем. Писать надо так, как если бы ты жил на необитаемом острове. Эта страсть все записывать — она от плохого образования, мне кажется. И от самомнения. Психология выскочки и самоучки. Того, кто вырос, как сорняк, на обочине. С другой стороны, поэт и есть сорняк, а поэзия обочина. То, что никому не нужно и ни к чему неприменимо. Ну буквально, бытово — что бесполезно. Что нельзя продать, не товар. Если можно продать, это не стихи, вот мое определение поэзии. Нельзя продать катастрофу. Мир прекрасен, а ты умираешь, это же катастрофа! И поэты голосят, пишут жалобы. Всем-всем-всем, но главное туда, наверх. Бог, СОС /извини, тут нет латиницы/. Бог, это ошибка! Так нельзя, это нелепо и глупо! Абсурд, где смысл? Вот наши молитвы. Все стихи об этом, если хочешь знать. Если они стихи. А если поэт не обочина и сорняк, не мольба и не об этом — он чиновник. Вот говорят, сейчас время литературных чиновников. Ничтожных, высокомерных, состоящих в ничтожных партиях и партийках. Но и что? На короткой дистанции всегда побеждает средний уровень, великий средний уровень. Глупо переживать по этому поводу. Давай-ка я лучше расскажу, пока не забыл, историю. Она хорошая и совсем про другое. Я тут со скуки придумал, что теория эволюции не противоречит божественному происхождению. Это просто стороны одной монеты /или одна сторона двух, как говорили в Анином спектакле/. Просто люди все на свете понимают буквально. А если взять глину, из которой слепили человека, метафорически? Если обезьяна и была глиной? Которую Он выбрал? Ведь объяснений, почему при одинаковых исходных человеком стала именно эта обезьяна — у науки нет. Но тут возникает другой вопрос: а почему обезьяна? Может быть, имелся кто-то другой? До обезьяны? И надо просто вспомнить? Из какой ты глины? Главное ведь там, за памятью. Вспомнить то, чего не было /вот настоящие стихи, они об этом/. Одно время я был уверен, что я насекомое. Жук. Мрачный, угрюмый такой. Как в спичечном коробке — скребет лапками. Майский, помнишь? Или растение, борщевик. Бамбук! А потом летучая мышь. Она и сейчас во мне, я знаю. Я это она. Когда тьма, слепота, но какой сигнал! И ты летишь вслепую. Когда Ханна отвела меня на рентген, мы ее сразу увидели, эту мышь. Сидит ровно посередине черепа. Крылышки, перепонки. Ты же это дерево, у тебя все от корней. А женщины все птицы.

Когда-то я много ездил. Десять лет только и делал, что ездил по миру. Бежал от себя, куда? К себе, разумеется /только не говори об этом домоседам/. В основном восток, почему-то тянуло на восток. Хотя почему «почему-то»? Это Лева, философ, он много говорил об исламе, когда приезжал. И заразил меня, подсадил. Я поехал туда, где все начиналось. И знаешь, мне не стоило труда представить себя в этих кельях или пещерах. Пятьсот, семьсот лет назад — в Дамаске, Стамбуле, Исфахане, Каире, Дар-эс-Саламе. Потому что даже сквозь тысячу лет ты чувствуешь цель. Их, мудрецов этих. Чистота, вот в чем она была. Но что может быть чище мысли о мысли /они считали Всевышнего мыслью/? Двойная очистка. И они размышляли. О Его совершенстве и непостижимости. О том, что Всевышний размышляет лишь о самом себе, поскольку ни о чем другом размышлять не может, ведь Он совершенен. Уподоблялись, в сущности. Я представлял себе это так отчетливо, потому что поэзия тоже всегда о себе самой. Любой поэт рано или поздно к этому приходит. Все стихи о стихах, а потом уж о мире. Потому что в языке весь мир. Так зачем писать отдельно? Пиши, и напишешь о дереве, которое в языке спрятано. О человеке. Стихи всегда об этом — о внутреннем дереве. Или о внутренней лягушке. Что такое лягушка? Что такое дерево? Каково это — быть рыбой? Как ощутить древесность? Рыбность? Водность? В стихах это можно. Нужно только вспомнить. Воображение плюс память, вот крючки. И тогда весь мир можно «скачать» как книгу. Знаешь, как отличить настоящее стихотворения от обычного? Теперь это важно, поскольку теперь говорят, это дело вкуса. Нравится, не нравится. А это глупость, потому что не дело вкуса. Потому что, если машина не едет, это не дело вкуса, а халтура. Так и со стихами. Я это называю «зеленой вспышкой». На Гавайях была смешная девчонка с опереточным именем Мэри Кроуфорд, дочь продавца досок. Это она научила меня, открыла глаза, можно сказать. Когда от солнечного диска над водой остается край размером с ноготь, можно увидеть вспышку. Как укол, как выстрел. Длится долю секунды, а потом все, солнце село. Тут простая физика, что-то со спектром. Зеленый исчезает последним, что ли. И вот эта изумрудная точка. Но чтобы ее увидеть, надо зрение. Внимание, как у хирурга или вратаря. Чистый горизонт и прозрачный воздух. Так и в поэзии. Есть тысячи стихов, красивых, как закаты, но нет вспышки. А есть, где все невзрачно — и вспышка. Дырка в холсте, сквозь которую бьет свет. Этот свет и есть цель. Когда понимаешь, что за холостом что-то есть. Эту вспышку невозможно имитировать или описать. Только пережить, как женщину или обморок. Вот Анна, она была для меня такой вспышкой. Сама не знала, а была. А потом ты остаешься один. И ничего с этим не поделаешь, стены-то строил сам. Потому что мешали, дергали, отвлекали. Потому что не хватало покоя. Это случилось, когда я бросил ездить и стал писать, писать, писать. Пока в один день не понял, что вокруг стены, что ты в коробке; сам себе письмо и бутылка. Но как жить в бутылке? Это ад, мука. И ты начинаешь искать выход. Бьешься головой в собственные стены. А когда ломаешь, снаружи никого нет. Исчезли, испарились. Другие люди, другой мир. Другой город. Друзья моей юности, где вы? Любимая женщина? Нет, нет и нет. Хотя... Вот, например, Яков. Я ему завидую, у него есть четкая цель. Хотя иногда мне кажется, он просто мстит этим сволочам. Мстит за свою невесту, за Церковь. Он уверен, что мир и людей можно исправить, вечный подросток. Писал юношеские стихи, когда пробуешь внешний мир на язык, на слух. Какой он на ощупь. Как устроен, какая физика? Вот стихи Якова. Но мир надо не разглядывать, а протыкать, как Буратино холст. Он, когда это понял, бросил писать. Между прочим, великий шаг — бросить. Но себя-то не бросишь и не обманешь. Поэтому теперь он на баррикадах. А я не верю в баррикады. Хочу с ним, но что-то удерживает. А что? Ведь зло нашего времени так очевидно, так выпукло, имеет имена и лица. А все равно не могу.

Извини, я, наверное, заболтал тебя. Но и ладно, перечитывать не буду. Мы же люди черновика, правда? Пусть это будет мой черновик. Передай одну книгу Ане /я знаю, ты ездил — мы смотрим/. А другая твоя, ты не взял тогда. Это мой чистовик. Она и есть я, а остальное забудь. А второе /хотя, конечно, это первое/: мы с Ханной решили переехать сюда. Это все неожиданно, но мы хотим пожениться и жить здесь. Зимой она отправила меня по врачам /проверяла перед свадьбой «товар» — вот новое поколение/, а после врачей сюда. У нее дом и море, и родители под боком /мы сейчас у них/. Ну, попробовать пожить здесь. Она почему-то считает, что здесь /там/ я не выдержу. Говорит, задохнешься. Не знаю, по-моему она преувеличивает. Да и вообще в наше время — какая разница? Где жить? Мы же всегда можем вернуться, говорит Ханна. А я верю ей больше, чем себе. Моя маленькая еврейская девочка, в ней говорят сивиллы. Я напишу, когда устроимся. На свадьбу не зову, у них тут своя история. А потом приезжай. Посмотрим, какой он, закат в палестинской пустыне. Может быть, здесь мы будем счастливы? По крайней мере, в этой стране я впервые. Что-то удерживало. Нога судьбы? Твой Г.».

ЭПИЛОГ

03.10

По утрам сильный ветер бьет в стену (Степанов говорит «в *избу*») — при том, что изба стоит в глубине Острова. И это только октябрь! Просыпаюсь от ветра, смотрю с кровати в окно. Видно крыльцо и поляну. На ней распиленные бревна от старой избы (они тут разобрали старую). Труха, но легко колоть и горят как спички. Надо наколоть и сложить их сегодня-завтра. Часть в сени, другую в братский корпус (вместо сарая). В корпус на весну, а остатки в баню.

По утрам в избе холодно, даже нос мерзнет. При том, что здесь две печи: русская и лежанка. Обхожусь лежанкой, она быстро нагревается, а русскую в морозы и готовить, если что-то с баллоном. Избу недавно подняли на фундамент, но от пола все равно тянет. Надо обсыпать землей стены. Хорошо бы вообще залезть в подпол, посмотреть, что там. Половицы вон ходуном ходят. Лежанку топлю утром и вечером. Утром, если набил лежанку с вечера, дрова сухие и быстро разгорятся, тогда можно еще поспать.

04.10

Тепло не держится из-за гнилых рам, выдувает через щели. Хорошие рамы есть в «рыбацком домике», это хибара на берегу, там живет Казимир. Он скоро съедет, тогда можно поставить себе. Он отставной полковник или подполковник, не знаю. Надо Степанова спросить. Завод в Двинске, подводник. Рыбачит тут. Первое время я часто к нему бегал. То, это. Он приходил, показывал. Катер, на котором он уедет, через неделю. Потом все. Зовет на уху.

06.10

Нужно не бросать дневник. Каждый вечер хоть что-то записывать. А то счет времени потеряешь. И так уже время превратилось в один день, в одну ночь. Не зря Степанов заставил меня календарь купить. Где он, кстати? Надо бы повесить.

Погода меняется на глазах. Сегодня после обеда моросило, серятина. И вдруг солнце. Тучи разбежались, лужи сверкают. А вечером опять мокрая взвесь какая-то. Кожа от влаги липкая.

07.10

После дождя две радуги. Потом по очереди исчезли, выключились. Еще облако. Третий день над Островом стоит, приплывает и встает. Низко — так, что в воде отражается. Из-за этого вода вся белая. Это красиво очень. При том, что горизонт черный, там тучи. А вечером иду смотреть закаты. Это на малом Острове, где могила. Самый красивый закат — это когда солнце за облаками и подсвечивает края. Тогда все облака разных оттенков. Это от разницы в высоте, наверное.

08.10

Снова потрясающий закат. Облака столбами просто горели. Вообще, если нет дождя, можно смотреть закаты хоть каждый вечер. Художник не повторяется.

09.10

После отлива голое дно. Ничего особенного, покрышки, обрезки труб, старые лодки. Дальше тина и водоросли. Не пройдешь, грязь. В лужах можно ловить руками рыбу. Но это идти с километр, а прилив.

10.10

В избе пахнет дымом. Где железная труба соединяется с русской печью, оттуда. Там тряпье какое-то, не подлезешь. Стопки журналов. Наверное, так Степанов и нашел письма. Про запах Казимир говорит — это не страшно. Не угарный (угарный не пахнет). Просто где-то через трещину сифонит, надо залепить глиной. Стали искать ведро у него с глиной. Размочить, немного песка — и замазать. Лучше по холодному. Помочь? Сам.

11.10

Каждый день обход. Сначала к храму (вдоль стены) — уже каждый камень выучил. Неужели мы тут год назад снимали? А после монастыря на утес. Это самая высокая точка Острова. На камнях под утесом рыбачит Казимир. Орем друг другу (ветер). Раньше тут стоял памятный крест, туристы поставили. А самый первый крест был еще никоновский. Место действительно отличное — в хорошую погоду видно материк. Узкая такая серая полоска. По вечерам огоньки (восемь километров всего). А внизу пляж. Песок между валунов твердый, пружинит. Летом тут купаются (надписи на камнях). Самое красивое место. Из фотографий Острова, что я видел, большинство отсюда. Только прибой из-за торфа грязный.

12.10

Щель между камнями на берегу оказалась проходом прямо в центр Острова. В сосновый бор, где источник. Вроде коридора. Над источником когда-то стояла часовня, пара гнилых венцов осталась. Сам колодец забит. Жалко, потому что тут могла быть хорошая вода (в нижнем колодце вода горчит). От этой воды все горчит — и чай, и суп, и макароны. Хотя Казимир говорит, привыкнешь. От источника тропа на перешеек. Он соединяет большой Остров с малым. Там конец моего маршрута.

13.10

Первые дни на Острове — припасы. Испортится, пропадет, сожрут мыши. Страхи. Рассыпать по банкам, спустить в подпол или в сени. В бак, сверху крышку, на нее камень. Или подвесить за балку. Казимир говорит, что зимой ко мне со всего Острова мыши сбегутся.

14.10

О том, что зима, лучше вообще не думать. Дни складываются в недели, но целых пять месяцев? В снегу? Окруженный ледяной кашей? Как буду откапывать крыльцо или баню? Такая тоска, просто комок в горле. Как в пионерском лагере, когда впереди смена. При виде какой-нибудь вещицы из дома наворачиваются слезы. Но я сам этого хотел. Сам сослал себя. Мой бедный Робинзон, у тебя есть только одно средство — что-то делать руками. Натаскать воды, наколоть еще дров. Отпилить сломанную ветку, чтобы не упала на провод. Физика против психики, физика побеждает, конечно. Или топить весь день баню. Сидеть в парной до синих кругов перед глазами. Выскочить на улицу. В пруд, обратно в парную. Раскаленный воздух облепляет ледяную кожу. А утром, пока вода не остыла, стирка.

15.10

Перед заездом скупали в Устье продукты. Степанов только посмеивался, как будто я не на зиму, а на выходные собрался. На пикник.

Макароны — три коробки по двадцать пачек.

Мешок картошки, полмешка сахара.

Свекла, репа — по полмешка.

Бочонок квашеной капусты.

Коробки с чаем.

Пятилитровая бутылка подсолнечного масла.

Мешок гречки, коробка риса.

Десять кило сырокопченой.

Пять коробок шоколада.

Ящик лимонов.

Тушенки три ящика.

Сухарей мешок и пряников.

Банки с фасолью, с томатами, с огурцами.

Трехлитровая банка меду.

Спички и сигареты, батарейки для фонарика.
Два ящика водки и шампанское.

— Зачем шампанское-то? — спрашиваю.

— На Новый год.

16.10

Остров — это время. Из него тут состоит все.
Не знаю, как объяснить, но это так. Монастырь,
например — это прошлое? Нет, это время, потому
что его просто бросили. Забыли. Предоставили
времени. Свое время у избы, у печей. У тепла печ-
ного. У моря (приливы и отливы). Зола, как она остывает. Как остывает печь и нагревается воздух.
У воздуха! У валунов, как они оседают в землю. Как
покрывает валуны мох. У бревен, из которых изба.
В щелях, как они тянутся. В дереве, куда не во-
бьешь гвоздь, потому что оно от времени окамене-
ло. Время везде, и везде разное. А где мое время?
Наверное, на этот Остров я забрался, чтобы найти его.

18.10

Утром видел в море подводную лодку, всплыла
минут на десять. В бинокль. Рассказал Казимиру,
тот отмахнулся. Какая? Откуда я знаю. Ну, форма
рубки. Форма? Тут так, а тут выступ, дай нарисую.
Да понял я. Сматывает удочки (завтра катер). Странно, говорит. Чего это они всплыли? У воды тут разная плотность, соленая и речная. Не самое лучшее место. Для радионавигации одни помехи, рис-
кованно.

Вечером

Пошел за чайником (забыл чайник в бане). Темно, только сосны шумят. А в моей избе окна горят так уютно, так хорошо. Абажур видно, стол. Угол печки. Хорошо сейчас тому, кто внутри. Но кто? Ведь я здесь.

19.10

Почему Степанов возится с монастырем? Потому что это его время, монастырь. А у тебя? Чем ты можешь ответить? Только своим временем.

20.10

Из «Философии общего дела» (читаю Федорова):

«Призываются все люди к познанию себя сынами, внуками, потомками предков. И такое познание есть история, не знающая людей, недостойных памяти».

«Истинно мировая скорбь есть сокрушение о недостатке любви к отцам и об излишке любви к себе самим; это скорбь о падении мира, об удалении сына от отца, следствия от причины».

«Единство без слияния, различие без розни есть точное определение «сознания» и «жизни»...»

«Для кладбищ, как и для музеев, недостаточно быть только хранилищем, местом хранения...»

«Запустение кладбищ есть естественное следствие упадка родства и превращение его в гражданство... кто же должен заботиться о памятниках, кто должен возвратить сердца сынов отцам? Кто должен восстановить смысл памятников?»

«Для спасения кладбищ нужен переворот радикальный, нужно центр тяжести общества перенести на кладбище...»

Как это просто и правильно, если поменять «кладбище» на «прошлое» («...для спасения *прошлого* нужен переворот радикальный, нужно центр тяжести общества перенести в *прошлое*...»). Как точно, если считать, что человек живет прошлым. А это так, он живет. Каждый шаг вперед есть результат опыта, то есть — что было. Значит, будущее есть прошлое. Значит, ничего, кроме прошлого, у человека нет? Даже сознание живет памятью. Усилием сохранить опыт. Понять его. Не это ли его способность? Главное свойство? Память! Но если прошлое есть будущее, то память есть механизм, который их сцепляет. Как железнодорожная стрелка. Помню — значит буду. Но взять память в чистом виде? Без эмоций? Нет, невозможно. Аня, Гек, все что случилось — память чувства есть форма жизни. Существования души. Точка опоры, то, что вне времени. За прошлым и будущим. В Музее. Пусть память чувств ничтожных, смехотворных — да. Не таких величественных, как хотелось бы. Но другого прошлого у меня нет. Можно обнулить его — как это сделала Аня. Начать с чистого листа. Или, как Гек, обмануть — умереть. Любую потерю можно вытеснить, сегодня целые индустрии на это работают. Забудь, забудь — говорят. И тогда не нужно никакого прошлого. Ни памяти. Но готов ли ты при здравом размышлении отказаться от этого? Обокрасть, обнулить самого себя — готов? Нет, не готов.

22.10

Казимир уезжает. Уже на пирсе — сует вдруг какие-то брикеты. На, возьми. На всякий пожарный. Это сухой паек, моряцкий. Эквивалент недельной дозы калорий на случай кораблекрушения. Катер то выныривает из волн, то исчезает. Причалили, Степанов бросил доску на берег, скатываем бочку с дизелем. А Казимир затаскивает рюкзак и удочки. До отлива еще есть время. Позвал Степанова на чай. Он удивился: как я обустроился. Занавески, покрывала, коврики. Что нашел, то и развесил. Стало уютно более-менее. Правда, лежалым все равно пахнет. Ну, выветрится.

— Рамы-то... — вспомнил.

— Сегодня вечером заберу.

Вернулись на пирс, там Казимир спорит с капитаном:

— Вчера!

Тот мотает головой:

— Брехня.

Это они про лодку.

Степанов прощается:

— Через неделю? Что-то еще нужно?

Я протягиваю деньги за дизель:

— Да вроде ничего.

— Книги я отправил! — кричит с борта.

Альбом для Мити и «Стихи на машинке» для Ани. Не успел в Москве.

— Спасибо!

Попрощались с Казимиром.

Тот уже выпил, обнимается.

— На всякий пожарный, — шепчет.

Все, подняли доску.

— Через неделю, — повторяет Степанов.

Глупое чувство, один дома.

23.10

Сколько раз представлял себе — один на Острове. И вот один. На Острове. Все то же самое, что вчера, просто одному еще спокойнее. Как будто ты начальник и у тебя в подчинении. Но кто? Камни? Сосны? Монастырь этот? Смешно. Но и нет, не смешно. Мысли четче, улыбка на лице. Даже весело стало. Только теперь, когда один, все время хочется запереть избу. В общем, когда пошел на малый Остров, замок повесил. Снова закат невероятный. Лучи бьют сквозь разрывы в тучах, как прожекторы. Тени на воде от камней черные и тянутся далеко. Море в разноцветных пятнах и тенях. Вспомнил осветителя нашего. Наверное, обычная история: не поступил, искал работу. Подвернулась по объявлению («специальное образование не требуется»). Устроился. И вот — банка из-под конфет «Моцарт». Еще одна безымянная могила.

История облепляет время, как ракушки — дно корабля. Но куда плывет корабль? Не знаем и путешествуем.

Обследовал заброшенные домики на турбазе. Инстинкт — искать, тащить все в дом. Зима же, потом занесет снегом к чертовой матери. «И это ты, городской мальчик». Кусок арматуры — готовая кочерга. Лист железа (бросить перед печкой, а то искры). Лавка, только поперечины не хватает. Ведро с надписью «Рыба». Амбарные книги — разжигать печку.

Листаю амбарные книги. 1957-й год. Август. «Транковский, Дедов, Пелагеева, Мурашев (отдельно в/с). Зуй, Лемешко, Самурский К.И. (дети). Работники ленинградского Пищетреста № 45 — 5/VII-1940 (уточнить у тов. Панина!)». А, вот и он. Вместе с С.А. Поршняковым (17/VII — 23/VII, проф. 50%). Так, а где она? Пятое, шестое, седьмое число. Восьмое. Есть! «А. Норинк» (записано с ошибкой). Они в первом, она в пятом. Все сходится. Все, как предполагал Митя. Но разве это *они*? За коричневыми от времени строчками — о ком ты столько думал? Кого представлял в Дубровичах? Кого искала Аня? Другие, конечно. Никак с нами не связаны. Чернильные. А где тогда те? Кто в могиле? Какая теперь разница. Он у себя в городе, а она? Так даже лучше, думать, что вообще исчезла. Где-то, когда-то. Нигде и никогда.

Сколько себя помню, никогда не знал, что меня ждет. Всегда неожиданность. Университет, театр, Аня, Гек, усадьба и комната во двор. Могила эта. Остров. Ася и афишка. Даже программа, куда я попал — тоже случайно. Есть люди, кто знает и кто — нет. Я нет, и никогда не знал. И те, кто меня окружал, тоже нет. Может быть, это черта поколения? Когда свободное плавание и ты сам выбираешь? Все время невероятные стечения обстоятельств.

Целые романы, истории. И страшно, потому что минутой раньше-позже — и все могло быть по-другому. Но ни минутой, ни секундой. Как по расписанию. И тоже страшно, потому что когда так, когда судьба в чистом виде — то страшно.

Белое море — молодое (Казимир говорил). Дно каменное. А мы на его выступе (на Острове). На каменной кочке. Органических осадков ноль, никакой нефти. «Северный Ледовитый вон скоро весь разроют. А у нас ничего нет, камень». Эта нефть ему почему-то не давала покоя.

Пил он, конечно, здорово. Днем рыбалка, начинал прямо на берегу. Под уху (варил на камнях, на треноге). Потом вечером, и все водка, водка. Зайдешь, с виду вроде трезвый. Но такую околесицу! Петром себя называл, другой раз с ружьем выскочил. Хотя иногда что-то мелькало разумное. То вдруг рассказывал, что Остров не остров, а часть косы приречной какой-то. Поэтому двести лет назад монахи до Большой земли в отлив посуху ходили. А потом глобальное потепление, косу затопило. Еще про англичан, которые высадились во время интервенции. Что от них ружейный склад остался, а у него с того склада ружье дедовское (с которым он выскакивал). Утверждал, что малый Остров называется Фаресов, от греческого «Фарос». Никон его так назвал — потому что маяк для судов зажигали. А название нашего Острова означает «порог», «переправа». Остров якобы был частью каменной гряды при впадении реки в море. Не знаю, верить ему? Жалко, что он уехал.

Вспомнил, как Гек рассказывал про Африку. Что в горной деревне видел приспособление (вроде опахала) на длинном бамбуковом черенке, отгонять облака. В этих горах (западная Африка) такое часто — живут высоко, а облака низко. Зацепится за скалу и льет, льет. Огороды заливает. Вот они и сталкивали. Из деревни в деревню гоняли. И так уверенно Гек все это рассказывал, что я верил. Несколько секунд, минуту — что так и было. Потому что он сам верил. У него эта грань как бы не всегда существовала. А может, он ее сам устанавливал. «Зачем ему эта смерть?» — спрашиваю себя, как будто он не умер. Как будто это инсценировка. Может, и вправду просто решил исчезнуть. Начать все снова.

Чем ближе катер, тем чаще вспоминаю поездки со съемками. Особенно первые часы дороги в какой-нибудь глухомани. Осень, мокрые поля. Мертвые деревни, все эти Дудихи и Фетюхи. Скучаю по этому ощущению, когда туда погружаешься, в эти сумерки. В это время. Оно другое и затягивает. Просто топит тебя в себе. Вот оттуда эта жажда, наверное. Ищу с тех пор это ощущение. Хронофил. Хронофаг. Хрономан несчастный.

Как это было глупо — звать Аню на Остров. Представь, ты и она. Здесь. В избе. Нет! Это же моя идея. А она что? Ей все равно, кто там в могиле. Вернуть долг нужно не ей, а мне. Не от хорошей жизни они сюда попали (как хорошо тогда Ася сказала). Если это не мое прошлое, то чье? Пусть лучше безымянная, чем никакой. Пусть чужая история, чем никакой.

Нашел на турбазе печатную машинку. Такое совпадение, надо же. Как Гек рассказывал. Хотя продукт массового производства, ничего странного. Машинка как новая. Смазал ленту водкой — печатай. Теперь дневник только на машинке. И «Стихи на машинке» перепечатал. Когда печатаешь стихи, через физическое усилие (клавиша) можно почувствовать усилие слова (стихи). Чем больше перечитываю, тем больше нравятся. Как будто сам написал, кажется (после машинки).

Что, если бы люди знали время смерти? Куда бы ушла история? Зашла? Вернулась? Встала? Если бы дату смерти каждый получал при рождении? Случайные даты, как в рулетку? Как бы люди вели себя? А то живут, словно впереди вечность.

Пустую, не очень талантливую, как ты мог полюбить ее. Столько лет держать в сердце. Но есть счастье, чтобы уехать, а есть, чтобы опоздать на поезд. Когда решение принято, чего бежать за последним вагоном. Зато теперь плывем, несемся. Остров, и все, что на нем — летим! Куда?

Приладил на пирсе флаг. Красный Крест (нашел в медпункте). Теперь идем под флагом. Сегодня катер. Штиль, тепло (последние деньки). Воздух прозрачный и густой. Про такой говорят, что можно ложкой. Каждую мелочь видно как на ладони.

Идут? Нет?

Или это мы идем?

Идут.

На носу фигурка. Это Степанов вылез из рубки, машет. Рядом еще одна фигурка, маленькая. Потом исчезает, а сердце задыхается от воздуха. Наверное, дочка его. Сейчас же каникулы.

— Другого не нашлось? — Степанов улыбается по весь рот. Показывает на флаг.

— Не нашлось.

Борт в покрышки, пирс ходуном. Брызги.

Балансируя, доску.

Давайте!

Оранжевый рюкзак летит на берег.

Оранжевый рюкзак и какие-то кофры.

Степанов протягивает руку.

Кому?

С причала не видно.

Но потом —

— Ася!

ИЗ КНИГИ
«СТИХИ НА МАШИНКЕ»

* * *

что напишет под утро снежком,
я уже научился читать —
ковыляет старуха с мешком,
а могла бы как птичка летать
— по такому снежку не спеша
хорошо до никитских ворот
а старуха из-за гаража
— и качается стая ворон

* * *

прозрачен как печатный лист,
замысловат и неказист,
живет пейзаж в моем окне,
но то, что кажется вовне,
давно живет внутри меня —
в саду белеет простыня,
кипит похлебка на огне,
который тоже есть во мне
и тридцать три окна в дому
открыто на меня — во тьму
души, где тот же сад, и в нем
горит, горит сухим огнем
что было на моем веку
(кукушка делает «ку-ку»)
— и вырастает из огня
пейзаж, в котором нет меня

в деревне

человек остается с самим собой —
постепенно дымок над его трубой
поднимается ровным, густым столбом,
но — перед тем как выйти с пустым ведром,
чтобы элементарно набрать воды,
человек зажигает в деревне свет,
развешивает облака, расставляет лес,
а потом устраивает метель или гром
(в зависимости от времени года) —
в сущности, этот человек с ведром
просто переходит из одного дома в другой —
и остается собой

* * *

ворона прыгает с одной
тяжелой ветки на другую —
здесь что-то кончилось со мной,
а я живу и в ус не дую,
небытия сухой снежок
еще сдувая вместо пыли
— так по ночам стучит движок,
который вырубить забыли

* * *

где этот птичий гомон, где
все билась о причал
доска на каменной воде
— и вся ее печаль,
куда пропали, побросав
костюмы, господа —
зачем на веслах старый граф,
и в сапогах вода —
стучат на лавках в домино,
летит на борт канат,
там будет вечное кино!
и желтый лимонад —
а здесь железная трава
и мокрое белье
полощет в небе рукава
— и зарастет быльем

* * *

низко стоят над москвой облака,
сквозь облака ледяного валька
стук раздается в сырой темноте —

всадники с гнездами на бороде
едут по улицам, свищут в рожок,
и покрывается пленкой зрачок,
птичьим пером обрастает рука,
в белом зрачке облака, облака

* * *

человек на экране снимает пальто
и бинты на лице, под которыми то,
что незримо для глаза и разумом не,
и становится частью пейзажа в окне —
я похож на него, я такой же, как он,
и моя пустота с миллиона сторон
проницаема той, что не терпит во мне
пустоты — как вода — заполняя во тьме
эти поры и трещины, их сухостой —
и под кожей бежит, и становится мной

* * *

гуляет синий огонек
в аллее дачного квартала
— не близок он и не далек,
горит неярко, вполнакала
как маячок среди стропил
того, кто прошлой ночью эти
на землю сосны опустил
и звезды по небу разметил —
стучит его больной мелок,
летит в небесное корыто,
он это маленький глазок
за дверь, которая закрыта

* * *

в моем углу — бревенчатом, глухом —
такая тишина, что слышно крови
толкание по тесным капиллярам
да мерная работа древоточцев —
ни шеи, ни руки не разгибая,
в моем углу я словно гулливер,
то с этой стороны трубы подзорной
смотрю вокруг — то с этой
(меняя мир по прихоти моей),
но слышу только равномерный скрежет
— пройдет еще каких-нибудь полвека,
изъеденный, дырявый — угол мой
обрушится под тяжестью себя,
и только *скобы* новый гулливер —
изогнутые временем, стальные —
поднимет из травы на свет и скажет
умели строить

* * *

качается домик
на белой воде
бульварного неба —
а может, нигде
— качается
между бульваров
москва (давно
опустели москвы
рукава) — одна
по привычке
дворняга нужду

справляет в ее
позабытом углу
(мелькает как облако
жизнь в голове)
— и дальше бежит
по небесной
москве

* * *

моя стена молчит внутри;
на том конце стены горит
фонарь или окно без штор —
отсюда плохо видно, что
я слышу только скрип камней
прижмись ко мне еще плотней
кирпич бормочет кирпичу
— стена молчит, и я молчу

* * *

наших мертвецов
продрогшие виолончели
мы вынимаем из футляров
и день за днем, нота за нотой —
трогая слабые, сухие струны
— вспоминаем, как они звучали

* * *

гуди, гуди, мой черный ящик,
на пленку сматывай, пока
мой привередливый заказчик
не обесточил провода

— пока потрескивает сверху
его алмазная игла
я не закрою эту дверку —
мне по душе его игра,
в которой медленно и тускло,
без препинания и шва,
слова прокладывают русло
реки наверх — а жизнь прошла

* * *

во мне живет слепой угрюмый жук;
скрипит в пустой коробке
                                из-под спичек
шершавыми поверхностями штук
хитиновых — и кончиками тычет —
ему со мной нетесно и тепло
годами книгу, набранную брайлем,
читать в кармане старого пальто,
которое давным-давно убрали

* * *

кому-то облако во благо,
кому-то темный переход —
бежит бездомная собака,
как будто кто-то ее ждет
из чернозема смотрят окна,
горит под окнами закат —
давно повесил бы замок на,
да жалко брошенных щенят

пальто

набрасывается на человека —
обрывает ему пуговицы, хлястик;
выкручивает рукава и карманы —
трет / мнет / рвет / режет
а потом выбрасывает на вешалку,
и человек висит в кладовке —
забытый, никому не нужный
— и тяжело дышит,
высунув розовую
подкладку

* * *

часовую на башне крути, машинист,
карусель, упражняйся в счетах —
я отвечу тебе, что не слишком речист
и не густо в моих закромах;
что живу на земле возле каменных стен
и годами не вижу огня,
но когда он горит, появляется тень
— посмотри, как танцует она

* * *

старых лип густая череда
гнезда в липах, словно черепа —
тихо наверху во тьме стучат:
завтра будет сильный снегопад,
а пока на небе карусель,
плещет в небе стая карасей,
комья по настилу, гром копыт —
я стою, зима во мне летит

мой стих

слепой, как птица на ветру,
облепленный пером
чужих имен — как вкус во рту,
который незнаком —
на вечном обыске, по швам
все ищет край времен,
как много будущего — *там*,
как холодно мне в нем

* * *

человек состоит из того, что он ест и пьет,
чем он дышит и что надевает из года в год
— вот и я эту книгу читаю с конца, как все;
затонувшую лодку выносит к речной косе,
ледяное белье поднимают с мороза в дом
и теперь эти люди со мной за одним столом;
тьма прозрачна в начале, и речь у нее густа —
открываешь страницу и видишь: она пуста

* * *

невысокий мужчина в очках с бородой
на чужом языке у меня под луной
раскрывает, как рыба, немые слова —
я не сплю, ты не спишь, и гудит голова
— значит, что-то и вправду случилось со мной,
пела птичка на ветке, да стала совой,
на своем языке что-то тихо бубнит
и летит в темноте сквозь густой алфавит

* * *

в зябких мечетях души бормочет
голос, который не слышно толком,
красный над городом кружит кочет
и притворяется серым волком —
сколько еще мне бойниц и башен?
улиц-ключей на крюках базара?
город ночной бородой погашен
и превращается в минотавра

* * *

как долго я на белой книге спал,
и книга по слогам меня читала,
а розовый скворец вино клевал,
ему вина всегда бывает мало —
как сладко, проникая между строк,
ловить ее некнижное теченье,
пока во тьме земли копает крот,
мой город-крот, темно его значенье

* * *

...немногих слов на лентах языка,
но слишком неразборчива рука,
и древо опускается во тьму,
затем что непостижная уму
из тысячи невидимых ключей
сплетается во тьме среди корней
и новый намывает алфавит, —
ручей петляет, дерево горит

* * *

когда не останется больше причин,
я выйду в сугробы ночного проспекта,
где плавают голые рыбы витрин
и спит молоко в треугольных пакетах, —
в начале начал, где звенит чернозем,
я буду из греков обратно в варяги,
и женщина в белом халате подъем
сыграет на серой, как небо, бумаге

* * *

на дне морском колючий ветер
гоняет рваные пакеты,
а где-то в небе крутит вентиль
жилец туманной андромеды —
и дождь стучит над мертвым морем,
соленый дождь в пустыне света,
как будто щелкает затвором
создатель третьего завета
— но стрелы падают сквозь тучи,
не достигая колыбели,
по-колыбельному певучи,
неотличимые от цели

* * *

когда размечены по небу
перед закатом облака,
мне безымянную планету
неплохо видно из окна —

она без устали пустыми
на небе звездами бренчит,
она одна в моей пустыне
— и пестрый сумрак сторожит

* * *

тебе, невнятному — тому,
кого уже почти не слышу,
скорблящий взглядом темноту,
и дождь ощупывает крышу,
так понемногу голос твой —
футляр, оставшийся от речи —
мне, безъязыкому, в глухой
— с тебя наброшенной на плечи

ОГЛАВЛЕНИЕ

Часть I

Литературно-художественное издание

ЛАУРЕАТЫ ЛИТЕРАТУРНЫХ ПРЕМИЙ

Шульпяков Глеб Юрьевич
МУЗЕЙ ИМЕНИ ДАНТЕ

Ответственный редактор *О. Аминова*
Ведущий редактор *Ю. Качалкина*
Младший редактор *О. Крылова*
Художественный редактор *А. Сауков*
Технический редактор *Г. Романова*
Компьютерная верстка *Е. Кумшаева*
Корректор *Е. Сербина*

Иллюстрация на переплете *Ф. Барбышева*

ООО «Издательство «Эксмо»
127299, Москва, ул. Клары Цеткин, д. 18/5. Тел. 411-68-86, 956-39-21.
Home page: **www.eksmo.ru**   E-mail: **info@eksmo.ru**

Өндіруші: Издательство «ЭКСМО»ЖШҚ, 127299, Мәскеу, Ресей, Клара Цеткин көш., үй 18/5.
Тел. 8 (495) 411-68-86, 8 (495) 956-39-21
Home page: www.eksmo.ru   E-mail: info@eksmo.ru.
Тауар белгісі: «Эксмо»
Қазақстан Республикасында дистрибьютор және өнім бойынша арыз-талаптарды
қабылдаушының
өкілі «РДЦ-Алматы» ЖШС, Алматы қ., Домбровский көш., 3«а», литер Б, офис 1.
Тел.: 8(727) 2 51 59 89,90,91,92, факс: 8 (727) 251 58 12 вн. 107; E-mail: RDC-Almaty@eksmo.kz
Өнімнің жарамдылық мерзімі шектелмеген.
Сертификация туралы ақпарат сайтта: www.eksmo.ru/certification

Сведения о подтверждении соответствия издания согласно
законодательству РФ о техническом регулировании можно получить
по адресу: http://eksmo.ru/certification/

Өндірген мемлекет: Ресей
Сертификация қарастырылмаған

Подписано в печать 29.07.2013. Формат 80×100 $^1/_{32}$.
Печать офсетная. Гарнитура «Балтика». Усл. печ. л. 19,26.
Тираж 2 000 экз. Заказ № 5588

Отпечатано с готовых файлов заказчика
в ОАО «Первая Образцовая типография»,
филиал «УЛЬЯНОВСКИЙ ДОМ ПЕЧАТИ»
432980, г. Ульяновск, ул. Гончарова, 14

ISBN 978-5-699-65981-4

Оптовая торговля книгами «Эксмо»:
ООО «ТД «Эксмо». 142700, Московская обл., Ленинский р-н, г. Видное,
Белокаменное ш., д. 1, многоканальный тел. 411-50-74.
E-mail: **reception@eksmo-sale.ru**

По вопросам приобретения книг «Эксмо» зарубежными оптовыми
покупателями обращаться в отдел зарубежных продаж ТД «Эксмо»
E-mail: **international@eksmo-sale.ru**

International Sales: International wholesale customers should contact
Foreign Sales Department of Trading House «Eksmo» for their orders.
international@eksmo-sale.ru

По вопросам заказа книг корпоративным клиентам, в том числе в специальном
оформлении, обращаться по тел. +7 (495) 411-68-59, доб. 2261, 1257.
E-mail: **vipzakaz@eksmo.ru**

Оптовая торговля бумажно-беловыми
и канцелярскими товарами для школы и офиса «Канц-Эксмо»:
Компания «Канц-Эксмо»: 142702, Московская обл., Ленинский р-н, г. Видное-2,
Белокаменное ш., д. 1, а/я 5. Тел./факс +7 (495) 745-28-87 (многоканальный).
e-mail: **kanc@eksmo-sale.ru**, сайт: www.kanc-eksmo.ru

Полный ассортимент книг издательства «Эксмо» для оптовых покупателей:
В Санкт-Петербурге: ООО СЗКО, пр-т Обуховской Обороны, д. 84Е.
Тел. (812) 365-46-03/04.
В Нижнем Новгороде: ООО ТД «Эксмо НН», 603094, г. Нижний Новгород,
ул. Карпинского, д. 29, бизнес-парк «Грин Плаза». Тел. (831) 216-15-91 (92, 93, 94).
В Ростове-на-Дону: ООО «РДЦ-Ростов», пр. Стачки, 243А. Тел. (863) 220-19-34.
В Самаре: ООО «РДЦ-Самара», пр-т Кирова, д. 75/1, литера «Е». Тел. (846) 269-66-70.
В Екатеринбурге: ООО «РДЦ-Екатеринбург», ул. Прибалтийская, д. 24а.
Тел. +7 (343) 272-72-01/02/03/04/05/06/07/08.
В Новосибирске: ООО «РДЦ-Новосибирск», Комбинатский пер., д. 3.
Тел. +7 (383) 289-91-42. E-mail: eksmo-nsk@yandex.ru
В Киеве: ООО «РДЦ Эксмо-Украина», Московский пр-т, д. 9. Тел./факс: (044) 495-79-80/81.
В Донецке: ул. Артема, д. 160. Тел. +38 (032) 381-81-05.
В Харькове: ул. Гвардейцев Железнодорожников, д. 8. Тел. +38 (057) 724-11-56.
Во Львове: ТП ООО «Эксмо-Запад», ул. Бузкова, д. 2. Тел./факс (032) 245-00-19.
В Симферополе: ООО «Эксмо-Крым», ул. Киевская, д. 153.
Тел./факс (0652) 22-90-03, 54-32-99.
В Казахстане: ТОО «РДЦ-Алматы», ул. Домбровского, д. 3а.
Тел./факс (727) 251-59-90/91. rdc-almaty@mail.ru

Полный ассортимент продукции издательства «Эксмо»
можно приобрести в магазинах «Новый книжный» и «Читай-город».
Телефон единой справочной: 8 (800) 444-8-444. Звонок по России бесплатный.

Интернет-магазин ООО «Издательство «Эксмо»
www.fiction.eksmo.ru
Розничная продажа книг с доставкой по всему миру.
Тел.: +7 (495) 745-89-14. E-mail: **imarket@eksmo-sale.ru**